W0288008

MICHAEL BOENKE

Versumpft

MICHAEL BOENKE

Versumpft

Kriminalroman

GMEINER SPANNUNG

Bisherige Veröffentlichungen im Gmeiner-Verlag:
Kässpätzlesexitus (2015), Kuhnacht (2013)
Nonnenfürzle (2012), Riedripp (2011), Gott'sacker (2010)

Personen und Handlung sind frei erfunden.
Ähnlichkeiten mit lebenden oder toten Personen
sind rein zufällig und nicht beabsichtigt.

Besuchen Sie uns im Internet:
www.gmeiner-verlag.de

© 2017 – Gmeiner-Verlag GmbH
Im Ehnried 5, 88605 Meßkirch
Telefon 07575/2095-0
info@gmeiner-verlag.de
Alle Rechte vorbehalten
1. Auflage 2017

Lektorat: Claudia Senghaas, Kirchardt
Herstellung: Mirjam Hecht
Umschlaggestaltung: U.O.R.G. Lutz Eberle, Stuttgart
unter Verwendung eines Fotos von: © Wolfgang Veeser
Druck: GGP Media GmbH, Pößneck
Printed in Germany
ISBN 978-3-8392-2083-2

Für Ansgar (1961–2016)

1. GARTENGESPRÄCHE

Das Ried lag so, wie es seine Gewohnheit war, zwischen Ostrach und Wilhelmsdorf. Satte Sommerfarben, verschwommen in flirrender Hitze, bestätigten den alljährlichen, medial angeordneten Jahrhundertsommer. Mehr blutsaugende Fluginsekten als in den vorherigen Jahren besiedelten die Lüfte, die potenziellen Opfer und im vorherigen Larvenzustand die Gewässer und Pfützen. Über den dunklen Waldstücken schraubten sich Bussarde und Rotmilane in die blaue Höhe, um dann jäh auf ein kleinsäugendes Opfer niederzustürzen. Die Krähen machten ihnen ihre alltägliche Jagdlust zu einem weiteren Abenteuer, da sie ihnen gewöhnlich die Lufthoheit streitig machten. Kleine wendige Falken tauchten dort auf, wo lästige Tauben Häuser und Gartenmobiliar versauten. Hätte sich einer der kühnen gefiederten Jäger aus hohen Lüften senkrecht nach unten stürzen lassen, wäre er direkt auf einem der Tischchen in Friedas kastanienbewachsenem Biergarten gelandet.

Der »Goldene Ochsen« atmete noch die gleiche Ruhe wie vor 100 Jahren. Vom Ziegeldach stieg Hitze schlierig und spiegelnd in das Blau. Das kommunikative und kulinarische Zentrum Riedhagens wurde von Frieda, der feisten Wirtin in monokratischer Manier und freundlichster Despotenschaft geführt.

»Wer will noch was bestellen?«

Vier müde Hände deuteten in Richtung Raubvögel. Frieda lächelte mit zufriedener Strenge.

»So ist's recht! In der Hitze müsst ihr was trinken. Da verliert man viel zu viel Flüssigkeit, der Körper dyrydiert.«

»Dehydriert«, erklärte der ansonsten eher wortkarge Flaschen-Gordon.

»Egal, ihr müsst auf jeden Fall was trinken, es muss um die Zeit ja nicht immer Bier sein. Ihr könnt vielleicht zwischendurch auch mal ein Spezi oder ein Wasser trinken.«

Seit der Preis einer Flasche Mineralwasser den einer Flasche WalderBräu deutlich überstieg, zeigte Frieda öfters auch mal ihre vernünftige Seite und versuchte, ihre Gäste zu einem Glas erfrischendem Mineralwasser zu überreden. Ihre jetzigen Bemühungen waren jedoch nicht von Erfolg gekrönt. Drei der Herren bestanden auf ihr kühles »Walder«, der vierte gönnte sich jedoch ein Mineralwasser.

»Also jetzt kommt mal zur Sache. Sollen wir jetzt Deo zum Ehrenmitglied ernennen, ja oder nein?«

»Der ist doch schon längst Ehrenmitglied, der kommt fast zu jedem Stammtisch.«

»Aber nicht offiziell! Wir müssen ihn offiziell zum Ehren-Biker ernennen.«

»Das können wir aber nicht ohne Dani machen, das muss der Präsi mitbestimmen.«

»Dann haben wir ja bald mehr Ehrenmitglieder als eigentliche Mitglieder.«

»Warum? Wer ist noch Ehrenmitglied?«

»Frieda, vor zwei Jahren haben wir Frieda zum Ehrenmitglied ernannt. Das weiß ich noch ganz genau, das war das Jahr, als das Kässpätzlewettessen war und die Sache mit den Zwillingen. Den Heberle-Zwillingen.«

»Stimmt. Aber sind das schon zwei Jahre, ich dachte eins? Das war ja eine unheimliche Geschichte mit den Heberle-Zwillingen und jetzt liegt die Chantal auf dem Friedhof. Deo war auch beim Wettessen mit dabei. Ich denke, der hätte eine offizielle Ehrenmitgliedschaft verdient, also mit allem Drum und Dran: Urkunde, Geschenk, Rede vom Präsi, also das ganze Geraffel und nicht nur schanderhalber Ehrenmitglied.«

»Aber Deo hat doch gar kein richtiges Motorrad.«

»Eine Quickly ist auch ein Rad mit Motor, also ein Motorrad.«

»Ha, Motorrad, die Quickly ist mit Deo auf dem Sattel langsamer als jedes E-Bike!«

»Es kommt doch bei einem Ehrenmitglied nicht auf die Motorisierung oder die Geschwindigkeit an. Dann dürftest du mit deiner Harley auch nicht bei uns mitfahren, du fährst ja selten über 70!«

»Doch, ich finde schon. Denk deinen Satz einfach mal weiter, aber Denken war ja noch nie deine Stärke: Irgendwann sind dann Elektro-Autofahrer unsere Mitglieder, wenn jeder mit jedem Gefährt bei uns Mitglied oder Ehrenmitglied werden kann!«

»Ehrenmitglied, maximal Ehrenmitglied. Vielleicht will ja Deo gar nicht Ehrenmitglied werden, er scheint sich auch ohne diese Auszeichnung ganz wohl bei uns zu fühlen. Vielleicht will er mit seinem Beruf das gar nicht haben. Äh, aus ethischen oder solchen Gründen!«

Es wurde immer lauter am Tisch. Die frisch gefüllten Bierkrüge, auch eine Flasche, ebenso das Glas Mineralwasser perlten und schäumten gegeneinander und sorgten nicht für die nötige Entspannung. Die Diskussion um

Deodonatus Ngumbus Ehrenmitgliedschaft im erlauchten Kreis der Riedhagener Motorradgang wurde immer engagierter und hitziger geführt.

»Wir sollten einfach warten, bis Dani kommt.«

»Warum ist der denn noch nicht hier?«

Frieda, die gerade um die Ecke schaute, um nichts zu verpassen, rief:

»Es gibt auch Leute, die noch arbeiten, der ist in der Schule und hat heute erst nach der sechsten Stunde aus. Nicht jeder kann schon am frühen Nachmittag in Gastwirtschaften herumlungern.«

»Ich habe, äh, Ausgang! Ich lungere nicht rum!«

»Sei froh, dass ich meine Mittagspause bei dir mache!«

»Wann wird denn Dani ungefähr hier sein?«

Frieda trat aus dem Schatten des dunklen Eingangs zum Tisch unter der mächtigen Kastanie, um, kurz geblendet von der unbarmherzigen Augustsonne, im Licht zu stehen. Blinzelnd stand sie vor den Vieren und sinnierte ins Ried, das sich hinter dem Biergarten weit öffnete. Lediglich zwei Häuser waren vor die das Ried begrenzenden Nadelgehölze gebaut und markierten den Dorfrand Riedhagens. Frieda nickte zu einem der Gebäude.

»Ich glaube, Cäci ist schon da, ich sehe ihr Auto. Dann kommt Dani bestimmt auch bald. Aber vor den Ferien geht's in der Schule ja immer drunter und drüber. Ich wollte nicht Lehrer sein!«

»Lehrerin, Frieda, du bist weiblich!«

»Ach was, redet nicht so blöd daher. Das sieht man mir doch an, dass ich eine Lehrerin wäre und kein Lehrer, aber um das geht's ja nicht. Ich wollt das nicht machen, die Jugend, die wird ja immer schwieriger. Mit ihren Handys und so. Gestern waren welche im Biergarten, die wollten nichts trinken, die wollten Porkemanns jagen.«

»Pokemons.«

»Egal, ich kann den Dani nur bewundern, wie der seinen Job aushält, bei *der* Jugend. Früher gab es so etwas nicht!«

Frieda stemmte zur Bestätigung beide Fäuste in ihren Hüftspeck, streckte ihr Doppelkinn in Richtung Ried, dorthin, wo das Heim ihres Schwiegersohnes leuchtend weiß am Rande des Rieds in der Sommerhitze stand.

»Ihr solltet nur mal eine Woche unterrichten müssen, dann wüsstet ihr, was das bedeutet. Was glaubt ihr, warum *der* schon hier sitzt?«

Frieda deutete auf Flaschen-Gordon, den Lateinlehrer, der verlegen sein Bierglas drehte, als die couragierte Wirtin ihn anvisierte.

»Der hat den Burn-out, euer Kumpel, den Burn-out. Was glaubt ihr, warum der jetzt schon hier sitzt? Den Burn-out habt ihr bestimmt nicht. Ihr Tagdiebe! Was glaubt ihr, warum der in der Irrenanstalt ist?«

»Ich bin nicht in der Irrenanstalt, ich bin in der Psychosomatischen!«

Flaschen-Gordon schien leicht verärgert über die unpräzise Terminologie Friedas und deren Interpretation seines Aufenthalts in der Psychosomatischen Akutklinik. Flaschen-Gordon gehörte mit zu den Gründungsmitgliedern der MIKEBOSSler und war als Latein- und Sportlehrer vom Kreisgymnasium Riedlingen nach einem Versetzungsantrag seit dem neuen Schuljahr im Wilhelmsdorfer Gymnasium untergekommen. Seine Psyche war jedoch ins Ungleichgewicht geraten, nachdem einer seiner engsten Freunde durch eine leichtsinnige Wette das Leben verloren hatte. Einmal in der Woche ging Flaschen-Gordon auf Butzis Grab.

»Egal, wie man dazu sagt, die Schule ist dir einfach über den Kopf gewachsen. Da kann man schon verrückt werden mit der Jugend heute. Und das an einem Gymnasium hier auf dem Land. Wilhelmsdorf ist ja nicht Stuttgart-Mitte. Oder Berlin-Neukölln, dort, wo's halt so zugeht. Und trotzdem ist's zum verrückt werden hier. Und der Dani ist ja nicht einmal an einem Gymnasium, wo es ja noch gesittet zugeht. Der kämpft an der Front! An der Berufsschule!«

Flaschen-Gordon schüttelte langsam seinen Kopf und blickte über den angrenzenden Hühnerstall zum Kirchturm, dorthin, wo der Friedhof das Kirchlein wie ein Hufeisen umgab:

»Das ist nicht nur Burn-out, das ist … das ist … alles!«

»Ach was, Kopf hoch, wie heißt das in dem Lied? ›Doch wenn du denkst, es geht nicht mehr, dann kommt von irgendwo der Mut wieder her und sagt dir, dass alles besser wird und dass die Hoffnung zuletzt stirbt.‹ Das läuft doch den ganzen Tag im Radio. Von dem, der so näselt.«

»Ja, Jan Delay, das heißt aber Mucke und nicht Mut!«

»Egal, seid einfach fröhlicher, trinkt was, das Wichtigste ist sowieso die Gesundheit. Das werdet ihr schon noch merken, wenn ihr in mein Alter kommt.«

Stolz warf die feiste Wirtin den Kopf in den Nacken, und keiner der sonnenmüden Herren wagte, der sich in Rage redenden Wirtin in ihrer fein geblümten Kittelschürze zu widersprechen.

2. SCHULGESPRÄCHE

»So, dann können wir heute ja mal ausnahmsweise ein bisschen chillen, vielleicht ein Filmchen schauen oder …«

»Das machen wir schon seit Wochen. Können wir zur Abwechslung nicht ein bisschen Unterricht machen? Mündliche Prüfung vorbereiten? Es ist immerhin die letzte Doppel-Stunde vor dem Mündlichen!«

Erstaunt nahm ich meine Stiefelchen vom Pult und ging auf die Klasse zu. Das waren ja ganz neue Töne. Lernen, sie wollten etwas lernen? Zum Zeichen meiner uneingeschränkten Autorität nahm ich meine Hände aus den Hosentaschen und wedelte mit dem rechten Zeigefinger Kurven in die stickige Klassenzimmerluft.

»Okay, die schriftlichen Prüfungen sind geschrieben, ihr kommt in Deutsch ins Mündliche. Wenn ihr unbedingt wollt, können wir das noch mal wiederholen, was prüfungsrelevant ist … zum 100. Mal! Und passt bitte auf, *das* ist die letzte Einheit vor der Prüfung.«

Ich nickte in das kleine Häuflein derer, die ich nun nicht mehr ganz fachfremd auf die Deutschprüfung vorbereiten musste. Die aktuelle politische Situation hatte es erforderlich gemacht, dass ein Großteil qualifizierter Deutschlehrer abgezogen wurde, um Flüchtlingen, überwiegend aus Syrien, die schöne deutsche Sprache beizubringen, damit sie ihren, so kanzlerinnensuggeriert, angestammten Berufen als Ärzte, Architekten und qualifizierte Techniker deutschkundig nachgehen könnten. So kam ich in den letzten Ferien und nach vielen Fortbildungsstunden zu einer Schnellbleiche »Große Fakultas Deutsch. Ein Sonderlehrgang für motivierte BS-Lehrer«. Natürlich hatte ich da sofort zugeschlagen. Mit Geografie und Katholischer Religionslehre saß man quasi auf einem Schleudersitz. Und speziell ich mit meiner beruflichen Genesis war schon öfters ins schulische Schleudern geraten und immer wieder im Fokus übertriebener Beobachtungen durch das Oberschulamt. Also Schnellbleiche, neue Fahrt, neues Glück.

Und jetzt: »Die Leiden des jungen Werthers« mit Genetiv-S. Das war wichtig, das »s«. Von einem gewissen Goethe. Dann, als ob das nicht ausreichen würde, um die Studierfähigkeit an einer Fachhochschule zu erlangen, auch noch das Adoleszenzdrama »Frühlings Erwachen« von einem mir gänzlich unbekannten Herrn Wedekind. Aber mit einer Portion »Kommunikation«, Schulz von Thun und Watzlawick, etwas Literaturgeschichte light und eben den literarischen Themen hatten wir genug Pulver für eine ansprechende mündliche Prüfung beieinander.

»Okay, wir leben nicht in Nordkorea, demokratische Abstimmung, wo sind noch Lücken? Was soll wiederholt werden? Also ich plädiere für den Werther!«

»Nein, Kommunikation!«

»Ich habe noch Lücken bei Frühlings Erwachen!«

»Ich bei der Literaturgeschichte!«

»Ich begreife gar nichts bei Frühlings Erwachen!«

»Kommen Balladen auch noch dran? Da bin ich voll blank!«

Also entschied ich mich für den Werther. Der Briefroman, da kannte ich mich am besten aus.

»So, nehmt eure Lektüre heraus. Geht mal zur ersten Herbst-Passage. Was fällt da auf?«

Die drei Schülerinnen und zwei ihrer männlichen Kollegen griffen zum gelben, kaum briefmarkengroßen Format und blätterten widerwillig darin.

»So, nun vergleicht mal diese Herbstszene mit der ersten Frühlingsszene. Welche Unterschiede in der psychischen Verfasstheit des Werther lassen sich herausarbeiten? Ihr habt 20 Minuten Zeit. Obwohl, das wird euch mal wieder nicht reichen, machen wir gleich 40 Minuten. Also geht jetzt ran, ihr habt genügend Zeit. Wenn ihr gut arbeitet, gibt es abschließend noch ein paar heiße Tipps zur Prüfung.«

Es war ein zähes Ringen mit den Schülern und ihrem Intellekt, die Sprache des stürmenden und drängenden Goethe in Einklang mit den Waaas? und Häääs? und Lols und Omgs der Schüler zu bringen. Abschließend, um größere Katastrophen zu verhindern, gab ich einen der angekündigten heißen Tipps:

»Leute, alle mal zuhören! Wie gesagt, die goldenen Worte fallen direkt vor der Prüfung. Für alle jetzt: Schaut euch noch einmal die Theorie zu den Balladen an. Das Lyrische, das Erzählende, das Dramatische, ihr erinnert euch?«

Schweigen.

»Hallo, Lyrik, Epik, Drama, Goethes Ei!«

»Waaas?«

Keiner schien sich zu erinnern.

»Das Ur-Ei, in dem alle Formen noch vereinigt sind, das, was ich gerade gesagt habe! Und vor allem, denkt an eine ganz spezielle Ballade, die wir stundenlang bearbeitet haben. Natur, Stichwort Natur.«

Stille.

»Wo leben wir hier denn?«

»In Oberschwaben?«

»Ja schon, aber ich kenne jetzt keine berühmte Oberschwaben-Ballade. Was haben wir denn bei Wilhelmsdorf, Ostrach, Rieeeedhausen? Was haben wir denn da? Bei Rieeeedlingen?«

»Die Behindis?«

»Quatsch! Kennt ihr spezielle Behinderten-Balladen?«

Langsam zweifelte ich an den Früchten meiner Unterweisungen. Vor allem an deren Ernte.

»Leute, wir haben hier eine einzigartige Naturlandschaft. Das Ried, Sumpf, Moor prägen die Natur hier. Wer erinnert sich an eine Ballade, die mit dem Moor zu tun hat?«

Die bleiche Antonie wagte es und streckte. Das konnte eigentlich nur schief gehen, sie war eine typische Inklusionistin, mit vielfältigen Handicaps ausgestattet, aber nett. Später würde sie bestimmt Politikerin werden, bei den Rot-Grünen. Antonie, mein kleines Sorgenkind, erstaunte immer wieder mit scheinbar surrealen Einschüben, die dann seltsamerweise im Gesamtkontext einen Sinn ergaben. Aber nicht immer.

»Ja bitte, Antonie?«

»Wir hatten doch das mit dem Mohr, der in ein Tintenfass gesteckt wurde, der, der so ziemlich rabenschwarz war. Das kann ich sogar halb auswendig …«

»Nicht der Mohr wurde in das Tintenfass gesteckt, sondern die drei Buben, weil sie den Mohren wegen seiner Hautfarbe diskriminiert haben. Und Antonie, da hast du jetzt etwas falsch verstanden oder ich habe mich missverständlich ausgedrückt. Ich meine nicht Mohr, sondern Moor.«

Antonie dachte heftig nach, kratzte sich bis tief in die strubbelige Frisur hinein:

»Sie haben doch auch einen Mohren als Freund, der ist doch Pfarrer? Ach ja, jetzt fällt's mir wieder ein. Das war der Struwwelpeter, da musste ich als Strafarbeit das Gedicht mit diesem Mohren auswendig lernen.«

Fehlerfrei rezitierte sie:

»Es ging spazieren vor dem Tor
Ein kohlpechrabenschwarzer Mohr.
Die Sonne schien ihm aufs Gehirn,
Da nahm er seinen Sonnenschirm.
Da kam der Ludwig hergerannt
Und trug sein Fähnchen in der Hand.
Der Kaspar kam mit schnellem Schritt
Und brachte seine Brezel mit;
Und auch der Wilhelm war nicht steif
Und brachte seinen runden Reif.
Die schrie'n und lachten alle drei,
Als dort das Mohrchen ging vorbei,
Weil es so schwarz wie Tinte sei!«

Ich verhinderte weiteres Missverstehen und unterbrach die gelehrsame Elevin, bevor sie alle Verse herunterratterte:

»Ja, Antonie, das hast du gut gelernt, aber der Kontext war ein ganz anderer. Du darfst auch Mohr und Moor nicht verwechseln, ich meinte *das* Moor mit zwei o. Verstehst du? Ich dachte da an die naturmagische Ballade von der Droste: Der Knabe im Moor. Und den Struwwelpeter vom Heinrich Hoffmann vergessen wir jetzt mal ganz schnell. Dort ging es mir doch um politisch korrekte Sprache. Also, ist die Botschaft angekommen? Schaut euch von der Annette von Droste-Hülshoff ›Der Knabe im Moor‹ an: O schaurig ist's übers Moor zu gehen, wenn es wimmelt vom Heiderauche … und so weiter und so fort. Ihr erinnert euch?«

Ratlose Gesichter. Die Ballade hatten wir sechs Stunden lang diskutiert, analysiert, interpretiert, quasi seziert.

Endlich der wohlverdiente Kaffee im Lehrerzimmer. Ich wusste, es war nicht gern gesehen, aber ich legte die Beine auf den Tisch hoch, meine Stiefelchen auf eine noch von Weihnachten stammende lila eingefärbte Serviette mit güldenen Sternchen. Der Espresso in meinem leopardengemusterten Tässchen schmeckte kräftig. Ach ja, die Maschine entkalken, bei einem 60-köpfigen Kollegium war das dringendst nötig. Ich kam nicht mehr aus dem Vorferien-Stress heraus. Irgendwann, wenn das so weiter ging, würde ich wie mein Freund Flaschen-Gordon enden, der gerade mit einem Burn-out bei den Psychos in der Klinik oben in Bad Saulgau abhing. Bestimmt hatte er gerade eine therapeutische Sitzung mit einem schönen Stuhlkreis und musste von seiner Kindheit erzählen.

Eine sanfte Hand auf meiner linken Schulter riss mich aus meiner meditativen Entkalkungsprozedur. Die scharfe Essigsäure stieg mir als Opener und Wiedereintritt in die reale Schulwelt von der Nase ins Gehirn. Hilde, meine Ried-Nachbarin und Kollegin, stand schräg hinter mir, hatte sich angeschlichen, damit ich nicht fliehen konnte.

»Hi, Dani, auch Hohlstunde?«

»Äh, ja.«

»Trinken wir einen Kaffee zusammen?«

»Geht nicht, du siehst doch, dass ich gerade entkalke.«

»In deinem tollen Tässchen ist noch ein kleiner Schluck, darf ich den?«

»Okay.«

Eigentlich bot Hilde all das, was sich Männer wünschten und eine moderne Frau brauchte: Sie hatte eine tolle Figur, sah klasse aus, hatte perfekte Maße, sah spitze aus, war gut gebaut, hatte eine Top-Figur …

Trotzdem minnte sie seit Jahren vergeblich um mich. Cäci hatte das Rennen gemacht. Bei der Hochzeit, die noch heute Dorfgespräch war, gehörte Hilde zu den Brautjungfern, die am Kirchenausgang in einem transparenten Blüschen Blumen streute, mit einem Löwenzahnkränzchen im Haar, mir keck zuzwinkernd.

Heute nutzte sie die Chance des leeren Lehrerzimmers und ging auf Tuchfühlung:

»Na, wie schmeckt denn die Ehe mit Kind?«

»Wie Espresso. Mal bitter, mal süß!«

»Überwiegen die süßen Momente?«

»Wie bei einem Espresso, sie sind in ausgewogener Harmonie.«

»Du weißt ja, wo du hin musst, wenn du ein Stückchen Zucker mehr brauchst!«

Ja, ich wusste es. Hilde leckte mit der Zungenspitze den Zucker aus meinem winzigen leopardengemusterten Espresso-Tässchen, hob es abschließend kurz in die Höhe:

»Auf eine weiterhin gute Nachbarschaft. Ach, bevor ich's vergesse: Die unangenehme Sache mit dem Lederer, ist die jetzt endgültig erledigt? Weißt du, ich habe mich, als ich das Grundstück von deiner Mutter gekauft habe, schon darauf verlassen, dass die Grenzfragen eindeutig geklärt sind.«

»Keine Sorge Hilde, du weißt, dass alles für uns entschieden wurde.«

»Dem Lederer stinkt's nur, dass wir seinen Riedblick ein bisschen einschränken. Vielleicht hat er tatsächlich auch vorgehabt, ein kleines Hotel unterhalb seiner Villa hinzustellen, wer weiß?«

»Und du meinst, da kommt nichts mehr auf uns zu?«

»Nein, keine Sorge, der wird noch ein bisschen herumstänkern, aber rechtlich ist alles geklärt. Der soll froh sein, dass er keine Anzeige wegen Urkundenfälschung bekommen hat.«

»Na, wenn du's sagst, Dani.«

Mit einem kleinen Klaps auf mein Gesäß verabschiedete sich meine wohlgeformte Nachbarin Hilde von mir. Sie schüttelte ihr kurzes Haar, schwenkte provokativ die Hüften und sang nach einer Melodie, die mich stark an ›Lady in Black‹ erinnerte:

»Eigentlich habe ich auch noch Unterricht, eigentlich habe ich auch noch Unterricht …«

Ja, das machte die Hilde schon richtig. Man musste in diesem Beruf relaxed die Sache angehen und auch auf sich achten, nicht nur auf die Schüler, ansonsten konnte es einem wie Flaschen-Gordon ergehen. Der war vielleicht in diesem Augenblick in einem zähen Einzelgespräch mit seinem Psychiater. Vielleicht musste er nach Freudschem Vorbild auf einer unbequemen Couch liegen und reden. Obwohl er so gern gar nicht redete. Vermutlich musste er gerade schwere Traumata aus seiner Kindheit aufarbeiten. Referieren, wie er vielleicht von Onkeln und Tanten gequält wurde, oder wie er in den 60er-Jahren als Kind Kleidungsstücke tragen musste, die kratzten.

3. IMMER NOCH IM BIERGARTEN

Flaschen-Gordon, Gesicht, Joe und Goldi waren mittlerweile bei allerbester Laune. Vor allem Flaschen-Gordon, der dem therapeutischen Alltag der Bad Saulgauer Psychosomatischen für einige Stunden entflohen war, hielt glückselig sein Fläschchen »Walder« zwischen beiden Händen und spielte, verträumt ins Ried blickend, mit dem Bügelverschluss des erfrischenden Trunkes. Gesicht, der muskelbepackte Fitnesscenter-Betreiber, machte seinem Spitznamen wieder einmal alle Ehre, mit minimalistischer Mimik folgte er aufmerksam der Gesprächsrunde, um immer wieder einen trockenen Kommentar einzuwerfen. Joe, der ewige Hausmann, wischte den überlaufenden Schaum vom kondensatglitzernden Krug, während das jüngste Mitglied der MIKEBOSSler, sowohl

Mitgliedszeit als auch Alter betreffend, Goldi, an seinem Mineralwasser herum nuckelte. Goldi war bekennender Antialkoholiker und überzeugter Vegetarier, beides jedoch temporär und vor allem situativ. Frieda saß nun auch mit am Tisch bei einem Glas Hahnenwasser, wie sie Leitungswasser nannte. Das Bild wurde erfreulich aufgefrischt durch Cäci, die immer wieder achtsam zu »Disney-World« schaute, dem Kinderbereich mit Rutsche, Schaukel und Sandkasten. Korbinian T. Rex Bönle, Cäcis Nachwuchs war gerade mit Inbrunst dabei, goldgelbe frisch geschlüpfte Küken die glattglänzende Rutschbahn hinunterrutschen zu lassen.

Cäci führte in diesem Moment das Wort:

»Da müsst ihr schon warten, bis mein Mann kommt, da könnt ihr nicht einfach so darüber hinweg entscheiden. Als Präsident müsst ihr ihn wenigstens fragen. Ihr wisst, dass er eigentlich alles abnickt, aber in diesem speziellen Fall, wenn es auch noch um einen seiner besten Freunde geht, müsst ihr ihn schon in die Entscheidung mit einbeziehen. Auch wenn jetzt schon eine Mehrheit für die Ehrenmitgliedschaft Deos gegeben ist.«

Cäci warf ihr brünettes glattes Haar energisch mit einer strammen Handbewegung hinter sich und streckte, im Klappstuhl wieder zurückrutschend, ihre langen Beine mit einem kiesschlurfenden Geräusch von sich, steckte die schlanken Hände in die Hosentaschen, blickte prüfend zu Korbi, seufzte:

»Korbi, lass das, das ärgert die Bipperle!«

Frieda stimmte nickend ihrer Tochter zu, bei jedem Brustkontakt des Doppelkinns entstand ein Dreifachkinn:

»Ich sag's euch doch, ihr müsst auf Dani warten, sonst wird er sauer. Und ihr wisst ja, bei dem geht's lange, bis der verärgert ist, aber wenn's dem reicht, dann kann er richtig unangenehm werden.«

Joe lachte laut auf und signalisierte damit, einen Kommentar abzugeben:

»Das stimmt, so wie bei unserem letzten Treffen, da ist er ja völlig ausgeflippt, so habe ich ihn noch gar nie erlebt.«

»Ach lass das, das war eine Ausnahme, der Lederer hat ihn doch nur provozieren wollen.«

Joe neigte in gespieltem Erstaunen seinen Kopf zur Seite:

»Ach, und was war mit Lederers Partnerin? Der wäre er beinahe ins Gesicht gesprungen.«

Cäci hatte sich in Kampfposition begeben, die Beine nach hinten, die Füße um die Stuhlbeine, die Unterarme lagen auf dem Tisch, die zu Fäusten geballten Hände zeigten helle Knöchel.

»Wisst ihr, wenn es um euren Grund und Boden geht, würdet ihr genauso reagieren. Es kann ja wohl nicht sein, dass er behauptet, Hildes und unser Grundstück würden um einige Quadratmeter auf seinem Grund liegen. Und dieses dumme Geschwätz, er würde dafür sorgen, dass beide Häuser wieder wegkommen würden, das ist doch alles nur Säbelrasseln.

Mit Frieda war ich auf dem Vermessungsamt, da stimmt alles mit der Grenzeinhaltung. Dem stinkt's nur, dass er jetzt nicht mehr so gut ins Ried schauen kann und seinen Grundstücken unterhalb seines Hauses ebenfalls der Riedblick verbaut ist. Aber er hat doch gewusst, dass das alles unterhalb seines Grundstückes Frieda gehört, und es war seit Jahren klar, dass wir da einmal hinbauen werden.«

»Aber dass Dani so ausrastet, das hätte ich nicht gedacht!«

4. RÜCKSCHAU – GARTENFREUD UND GARTENLEID

Das Meteorologische Institut Berlin hatte dem antizyklonalen Luftstrom den Namen Elisabeth gegeben, wir nannten das stabile Hoch, das seit Wochen die Wetterlage in nahezu ganz Europa bestimmte, nur Hoch Eli. Die adiabatisch erwärmte Luft hing ebenso über Oberschwaben, sodass kaum ein Quellwölkchen das betörende Blau des Himmels trübte.

Gestört wurde die friedliche Stimmung in Friedas Biergarten lediglich durch die Anwesenheit der Lederers. Das Pärchen wirkte auf den ersten Blick nicht disharmonisch. Im Gegenteil, er könnte der beleibte Vater sein, der seine Tochter zu einem »Eisbecher Schwarzwälder Art« eingeladen hat, währenddessen er wichtig auf einem

Tablet mit Daumen und Zeigefinger herumtapst. Die Tochter im Ultramini, in enger Bluse, wasserstoffblond, auf älter geschminkt, desinteressiert ins Ried sinnierend. Aber falsch, es war das Ehepaar Lederer. Er: Riedhagener mit Leib und Seele, heimatverbunden, Gemeinderatsmitglied und Besitzer einer Immobilienfirma. Der 42-Jährige saß in kurzer bayerischer Wildlederhose und rot kariertem Hemd breitbeinig am Nachbartisch und traktierte sein Tablet der neuesten Generation mit seiner Rechten. Die Linke lag auf dem Schenkel seiner Gattin Valentina. Theodor und Valentina, das Start-up-Pärchen Riedhagens. Wenn sie im Cabriolet durch Riedhagen flogen, er mit dicker Zigarre im Mund, sein Markenzeichen, sie mit einem Kopftuch aus Seide zum Schutz des blondierten Haares, drehten sich die meisten Riedhagener nach ihnen um. Jawoll, die hatten was erreicht. Die hatten es geschafft. Yes, we can! Wir schaffen das!

Die anderen hielten sie einfach für Arschlöcher.

Unser Bikerstammtisch war wegen Hoch Eli verlegt worden. Nicht Saulgau, das Badstädtchen mit dem ebenfalls kastaniengeschwängerten Biergarten, war heute unser Ziel. Riedhagen bei der Schwiegermutter war heute Treffpunkt. Der »Goldene Ochsen«. Da konnte ich nach Hause laufen, und die anderen waren nicht mein Problem. Als Präsident waren einem heutzutage kaum mehr Privilegien vergönnt. Wie ist es denn dem guten Guttenberg ergangen? Und außerdem ist es nur zum Wohle der Vereinskasse, denn Frieda spendet uns für jedes getrunkene Bier ein Zehncent-Stückchen in das Porzellanschwein.

Die schweren Maschinen standen hitzetickend vor dem Eingang des »Goldenen Ochsen«. Die Motoren gaben über die Kühlrippen schlierende Wärme an die Umwelt ab und leisteten einen winzigen Beitrag zur globalen Erwärmung und zur Abschmelzung der verdammten Gletscher, die eh kein Mensch brauchte. Die Harleys zeugten mächtig von der Anwesenheit der fünf MIKEBOSSler. Keiner hätte es gewagt, einen der Helme, vier Halbschalen und ein Vollvisierhelm, oder gar eine der Maschinen, in deren Zündschlössern ganz selbstverständlich die Schlüssel steckten, widerrechtlich zu entwenden. Allzu provokant und arrogant war diese Form männlicher Reviermarkierung, als dass es jemand gewagt hätte, die »Lex MIKEBOSSlica« zu missachten. Das Revier war klar abgegrenzt.

Joe, Gesicht, Flaschen-Gordon, Goldi und meine präsidiale Wenigkeit hatten den schönsten Platz. *Reserviert* stand auf dem stilisierten Metallmotorrad, das Hermann, mein Leib- und Hofmechaniker, so originell mit seinem Schweißbrenner für unseren Stammtisch erstellt hatte. Man müsste mal über eine Ehrenmitgliedschaft Hermanns nachdenken …

»Hallo, Ruhe jetzt, hört einfach mal zu! Wir sollten ein bisschen eine Struktur in unsere Diskussion bringen. Eine Struktur, Ruhe bitte, wir sind nicht in der Schule!«

Ich hieb mit meiner flachen Hand auf den Tisch, dass die Gläser zitterten, und versuchte, das kleine Grüppchen zum Schweigen zu bringen.

»Also, alle herhören, bevor Deo kommt. Ihr wisst, um was es geht. Deo, so mein Wunsch, soll Ehrenmitglied der MIKEBOSSler werden. Die Gründe habe ich eben schon dargelegt und argumentativ …«

»Lall doch nicht herum, lass uns endlich abstimmen!«

»Also, dann stimmen wir halt ab. Wer ist dafür, dass Deo, obwohl er nur eine Quickly fährt und trotzdem unsere Belange voll unterstützt, Ehrenmitglied unserer Gang wird? Ich denke an seine wertvolle Unterstützung beim letzten Kässpätzlewettessen, ohne ihn hätten wir keine so gute Platzierung erzielt. Nicht unerwähnt möchte ich auch die Segnung der Motorräder lassen, bestimmt ist uns dadurch das eine oder andere Unglück erspart geblieben. Auch seine moralische Unterstützung in einigen, wie soll ich sagen, kritischen Situationen darf nicht unerwähnt bleiben, denn …«

»Komm endlich zur Sache. Abstimmung!«

»Okay, wer ist für Deos Ehrenmitgliedschaft? Eigentlich brauchen wir nicht abstimmen, das ist reine Formsache.«

Gesicht schaute ausdruckslos in die Runde, tat, als ob er abzählen würde:

»Das ist eindeutig, nur einer! Und wenn deine Präsidenten-Stimme nicht wieder das Fünffache zählt, ist die Sache klar. Das geht ja nicht gegen Deo, aber ich meine, wir brauchen aktive, bikende Mitglieder und keine Ehrenmitglieder!«

Das war eindeutig eine Niederlage für mich, damit hätte ich nicht gerechnet, dass meine Freunde so intolerant waren und Deo wegen seines untermotorisierten Fahrzeuges mobbten. Ich musste mit einem Trick arbeiten.

»Ihr wisst ja, dass wir die offizielle Ernennung mit einem bacchantischen Fest feiern werden? Okay, das geht euch halt verloren, also fürs Protokoll: Deo wird mit 4:1 Gegenstimmen nicht …«

Goldi hob die Hand und rief:

»Stopp, das mit dem Fest wurde bis jetzt nicht erwähnt. Wer ist dafür, dass wir noch mal abstimmen?«

Fünf Hände gingen in die Höhe.

Eine zweite Abstimmung brachte das von mir gewünschte Ergebnis. Ich erhob mich kurz vom Platz und verkündete:

»Einstimmig beschlossen wurde, dass Deo zum Ehrenmitglied der MIKEBOSSler ernannt wird. Der Zeitpunkt der Ernennung wird vom Präsidenten ad hoc festgelegt, sie findet nämlich im Rahmen des Sommerfestes als spezieller Festakt statt.«

Gerade, als ein vierkehliger Proteststurm anhob, denn das Sommerfest stand unmittelbar bevor, rettete mich der zu Ehrende.

»Ruhe, Deo kommt! Das soll doch eine Überraschung bleiben!«

Sofort kehrte Ruhe am Tisch ein, als sich mächtig und schwarz Deodonatus Ngumbu, der Riedhagener Pfarrer, dem Tisch im Schatten der mächtigen Kastanie näherte. Deo warf fast noch mehr Abendschatten als die ausladenden Äste des dicht belaubten Baumes. Auch wirkte der von der untergehenden Sonne erzeugte Schatten-Zwilling Deos auffallend lang und schlank. In der unverzichtbaren Soutane kam der mächtige Massai, dessen Vater bei Nairobi eine große Rinderherde besaß, auf den Tisch zu und verdeckte kurz zur Gänze die rötlich hinter dem Ried untergehende Sonne. Helle Fetzen aus kaum wahrnehmbarem Nebel legten sich über die Felder zwischen den dunklen Waldstücken.

»Und, bist du mit der Quickly angereist?«

Der Geistliche nickte und lachte, dass ein weißes Band in seinem Gesicht erschien:

»Natülich, und ich habe sie an deina Haaley angelehnt, Dani!«

Ich sprang auf:

»Du hast es nicht schon wieder getan?«

»Doch!«

Der weiße Balken in Deos Gesicht wurde noch breiter. Ich wusste, dass er nicht log, das konnte er schon von Berufs wegen gar nicht.

»Hei, beruhige dich!«

Goldi, unser temporärer Wassertrinker, machte eine beschwichtigende Handbewegung, stand jedoch von Neugierde getrieben auf und ging zur biergartenbegrenzenden Ligusterhecke.

»Hei, kommt schnell her, das müsst ihr gesehen haben, schnell!«

Goldi winkte uns aufgeregt. Wir stellten uns auf die Zehenspitzen und guckten über die Hecke. Goldi schlug sich auf die Oberschenkel:

»Schaut euch den an!«

Ein Tourist mit keckem Schlapphütchen, fein kariertem kurzärmeligen Sommerhemdchen sowie kurzer, der gängigen Mode entsprechender beigefarbener Hose, von Trägern gehalten, stand vor meiner chromblitzenden Harley, an der tatsächlich Deos perlgraue und jadegrüne über 50 Jahre alte Quickly S lehnte. Der Mann schien begeistert vom außergewöhnlichen Motiv. Er dirigierte nun seine Familie, eine magere Schwarzhaarige und zwei Mädchen im Prä-Teenalter, vor das schandhafte Arrangement, gesellte sich selbst dazu, fuhr seinen Handystick weitestmöglich aus und rief: »Tschieees!«

Kein Sturm der Entrüstung kam aus den Mündern meiner Gang. Nein, sie brüllten los vor Lachen, auch Deo bekam feuchte Augen.

»Oh, Dani, bista nun traurig, weil deina Haaley mehr im Zentrum steht als du selbst? Oda ist es tatsächlich da Schande, dass eina Quickly deina Haaley entehrt? Aba wie steht schon in da Bibal: Die Letzta werda die Ersta sein!«

Das Gelächter wurde lauter. Mittlerweile gab es noch mehr Zaungäste, die von schwäbischem Wunderfitz getrieben, über den Liguster schauten. Links neben mir stand plötzlich Lederer:

»So, der Herr Lehrer, oder soll ich sagen, der Herr Grenzschummler … hat das deine Eitelkeit verletzt?«

Lederer streckte seinen rot karierten Ranzen bis in die Ligusterhecke und deutete auf mein schwarzes chromveredeltes Eisen.

»Lederer, wir haben darüber geredet, die Sachlage ist eindeutig, die Grenzen liegen seit Urzeiten fest. Mein Haus steht eindeutig dort, wo es hingehört. Das Grundstück hat Frieda gehört, du hast damals allem zugestimmt, und dass du jetzt nicht mehr so gut ins Ried hinein siehst … Man hat kein Recht auf einen Riedblick. Außerdem steht Hildes Haus ja auch noch vor deinem. Und jetzt zu behaupten, wir hätten unerlaubterweise ins Naturschutzgebiet gebaut, ist ja mehr als lächerlich. Du weißt genauso gut wie ich, wo die Grenzen verlaufen! Hinter Hildes und meinem Grundstück beginnt das Naturschutzgebiet. Genau da, wo die Pfähle mit den grünen dreieckigen Schildern stehen. Und für mich ist das Ganze juristisch abgeschlossen! Du weißt, dass deine Klage abgelehnt wurde!«

»Für mich ist da noch lange nichts abgeschlossen, du wirst dich wundern, ich gehe bis in die letzte Instanz. Und wenn dein Junge noch einmal über mein Grundstück läuft, dann brenn ich ihm eins mit dem Luftgewehr drauf!«

Was gerade noch heiterste Abendstimmung mit goldrot geschwängertem Sonnenuntergang war, drohte in einen handfesten Streit zu kippen. Lederer, mein, aber auch Friedas und ebenso Hildes Nachbar, war mit dem ehemals zugestimmten Bau der beiden Häuser am Rand des Riedes plötzlich nicht mehr einverstanden. Man munkelte, er wolle unterhalb seines Hauses ein »Hotel Riedblick« bauen, da das Ried immer mehr touristisch genutzt wurde. Um eine Genehmigung für diesen Bau zu bekommen, müsste er aber einen Teil meines Grundstücks haben und das dazugehörige Wegerecht. Beide Rechte, Grenz- und Wegerecht, waren jedoch juristisch geregelt und notariell beglaubigt auf unserer Seite. Friedas ehemaliges Grundstück entsprach dem Grenzrecht. Lederer, Betreiber der kleinen, aber feinen Firma Ried-Immo, wollte dies nun nicht mehr anerkennen und versuchte seit einem Jahr mit allen Mitteln, Cäci und mir einen Teil des Grundstückes abzuluchsen. Er bot einen horrenden Preis für die Zufahrtsrechte und einen kleinen Teil, ca. 400 Quadratmeter, unseres Grundstückes. Cäci und ich gingen auf das Geschäft nicht ein, wir wollten kein »Hotel Riedblick« hinter unserem Haus haben. Auch Frieda, die sonst jeden zusätzlichen Gast in ihrem

Unternehmen schätzte, war vom Gedanken, neben sich ein Hotel zu haben, nicht begeistert.

»Wenn du das wagst, Lederer, dann mach ich dich alle. Lass bloß meinen Jungen aus dem Spiel und die Finger von meiner Familie, und wenn du jetzt dein dummes Maul nicht hältst, prügel ich dich vor den Augen deiner Valentina aus dem Biergarten! Hast du mich verstanden?«

Ich packte Theodor Lederer am Kragen, um die Ernsthaftigkeit meiner Aussage zu unterstreichen. Eine sanfte Hand zog mich beiseite:

»Lass das, Dani, mach dir an dem aufgeblasenen Hirsch die Hände nicht schmutzig.«

Meine Gattin hatte recht. Auch meine Jungs konzentrierten sich nun wieder mehr auf die Harley-Schändung und den Hobbyfotografen.

»Ist Korbi eigentlich schon im Bett?«

Cäci legte den Kopf schräg, grinste vorwurfsvoll:

»Ich hab's dir doch vorhin schon gesagt, Oxana passt auf ihn auf.«

»Auf, Dani, wir trinken noch einen! Lass den Trottel reden, es ist doch längst alles geschwätzt!«

»Du darfst dich nicht von ihm provozieren lassen!«

Joe klopfte mir auf die Schulter.

Auch Deo musste seinen Senf zur Causa Lederer dazugeben:

»Jesus wiad von eina Schriftgelehrten gefragt: ›Meista, was muss ich tun, dass ich de ewiga Leba ererbe?‹ Das steht bei da Lukas 10. Da Antwort auf diesa allawichtigsta Fraga ist schon in da Alta Testament, die Tora, da sagt da Moses: ›Du sollst den Herrn, deina Gott, lieba von ganza Herzaa, von ganza Seela – und jetzt kommt da Wichtigsta: und deina Nächsta sollst du lieba wie dich selbst.‹ Hast du gehöat, Dani, deina Nächsta lieba wie dich selbst!«

»Ich hab's gehört, Deo, aber Jesus kannte diesen Arsch nicht, sonst hätte er dieses Gebot nicht aus dem Alten Testament übernommen.«

Wir setzten uns wieder an unseren Stammtisch. Mittlerweile illuminierten bunte Leuchtketten den Biergarten, Falter wanden sich in Agonie im heißen Wachs glasgeschützter Kerzen, riedgeborene Schnaken explodierten in bläulich schimmernden Elektrofallen. Im Dunkel der kühlen Nacht lag das Ried unterhalb des »Goldenen Ochsen« und entwickelte allmählich und heimlich seinen aktiven Nachtzustand.

Plötzlich stand Lederer wieder vor mir am Tisch. Sein mächtiger Bauch sprang mir förmlich ins Gesicht. Offensichtlich trug er unter seinem hübsch karierten Hemd kein Unterhemd. Das ging gar nicht, zumal nun, aufgrund Lederers Leibesfülle, genau vor meinem Gesicht ein Hemdspalt offenstand und mir den Blick auf einen haarig umrandeten, weißlichen Bauchnabel, der mit allerlei Gefusel angefüllt war, freigab. Der Immobilienmakler schwankte leicht, als er mir sein Tablet vors Gesicht hielt:

»Siehst du, hier ist's schwarz auf weiß, das ist der Originalplan von meinem Großvater. Hier siehst du genau den Grenzverlauf.«

Er fuchtelte mit seinem Zeigefinger über den hellen Bildschirm seines Tablets, auf dem dunkle Linien vor meinen Augen hin und her tanzten.

»Das ist die Grenze, siehst du's? Und nicht so, wie's im Katasteramt verzeichnet ist. Das ist falsch!«

Der offensichtlich betrunkene Theodor geriet ob seiner Erklärung ins Schwanken, stützte sich auf dem für sein Körpergewicht zu schwachen Tisch ab, brachte die Bierkrüge ins Wanken. Ich reagierte aufgrund des Tablets vor meinem Gesicht zu träge, der köstliche Inhalt meines »WalderBräus« ergoss sich auf meine schwarze Jeans und tropfte auf meine bloßen Füße. Die Cowboystiefel hatte ich, wie im Sommer üblich, mitsamt meiner Lederjacke in Friedas Garderobe gelagert. Üblicherweise lief ich barfuß durch die kühle Wiese nach Hause und holte nach durchzechter Nacht Motorrad und Accessoire am nächsten Tag.

Das kühle Nass auf meinem Fußrücken, der gelblichweiße Bauchnabel Lederers, seine vor Lachen kreischende und blondierte Gattin waren zu viel für mich. Langsam stand ich auf und packte Lederer am rot karierten Hemd, zog ihn weg vom Tisch und sagte ganz, ganz ruhig:

»Hau ab mit deiner Russenschlampe und lass dich hier nie wieder blicken, sonst passiert etwas Schreckliches!«

Was Besseres war mir im Moment hoher Echauffage nicht eingefallen. Ich wendete mich ab, wollte mich gerade wieder setzen, als mich der Schlag an den Hinterkopf traf. Mit der flachen Hand hatte mich der betrunkene und enthemmte Makler geschlagen.

»Lederer, lass das, geh nach Hause und schlaf deinen Rausch aus und belästige mich nicht mehr mit gefälschten Grundstückskarten. Hau ab!«

Valentina Lederer zog ihren Rock in Richtung Knie und packte ihren schlingernden Gatten unterm Arm und näselte:

»Ckomm, Ledi, die sind unter unsere Niveau. Komm, wir gähen nach Chause!«

»Nein, ich bleibe, ich lass mich hier nicht rauswerfen. Ich bin Mitglied im Gemeinderat, dir wird ich's zeigen, dir … dir … dir … dir Lehrer!«

Das war wohl in seinem Zustand das schlimmste Schimpfwort, das ihm einfiel!

Ich winkte ab, setzte mich wieder an den Tisch, meine Freunde, die aufgesprungen waren, versuchten, mich zu beruhigen. Frieda stützte Theodor Lederer, der partout wieder an seinen Tisch zurück wollte, um sein Bier noch auszutrinken. Valentina, die Blonde, schimpfte ihn:

»Ckomm nach Chaus, du Trottel, bled, was säufst du auch so viel? Und die Benle machen wir ganz anders fertig!«

Sie deutete mit ihrem frenchnailbestückten Zeigefinger auf mich. Lederer nickte und grinste:

»Ja, da gibt es andere Mittel. Wenn du bei der Arbeit bist, dann ist die Cäci mit deinem Sohn ja ganz alleine … Da gibt es andere Mittel!«

Sein schweißglänzendes, rot angelaufenes Gesicht verzerrte sich zu einer grinsenden Fratze, er öffnete seinen sabbernden Mund, die schleimige Zunge führte ein abstoßendes Tänzchen in Richtung Cäci auf.

Das war zu viel. Ich stand auf und rief Valentina, die mittlerweile Richtung Hühnerstall auf ihren High Heels dahin mäandernd den Weg nach Hause antrat, zu:

»Dein Ledi wird sich noch wundern, ich mach euch alle, ihr werdet euch wundern, so springt man nicht mit einem Bönle um!«

Es schien sie nicht sonderlich zu berühren, sie hob

die Arme gen Nachthimmel, grinste mich spöttisch an, machte ein paar akrobatische Tanzschritte, drehte den Rücken der Gesellschaft zu, summte eine Melodie und wackelte provokativ mit dem Gesäß.

»Mir reicht's, das ist zu viel für mich.«

Flaschen-Gordons Psyche schien der Eskalation nicht gewachsen.

»Ich gehe, ich rufe ein Taxi, ich sollte eh schon längst in der Klinik sein. Die Maschine hole ich morgen. Ich möchte im Hof auf das Taxi warten, ich muss meinen Kopf noch ein bisschen frei bekommen!«

Im Dunkel zwischen Gastwirtschaft und Hühnerstall verschwand Flaschen-Gordon hinter Valentina. Die Dunkelheit verschluckte die beiden wie ein schwarzes Leichentuch.

»Soll ich mit Gordon reden?«

Mein Blick ging zu Deo, der nachdenklich sein Bier betrachtete.

»Nein, lass ihn, er ist seah angeschlaga, lass ihm die Ruhe, bis da Taxi kommt. Es ist bessa für ihn. Er kann in da Klinik üba das Erlebte sprecha, da daaf man nichts erzwinga!«

Weise nickte unser Geistlicher.

Frieda brachte eine Flasche Schnaps. Ich ging hinter Flaschen-Gordon her, bog jedoch auf die Toilette ab. Das Ganze war mir doch auf den Magen gegangen und von dort Richtung Gedärm.

Frieda fuchtelte mit der schlanken Schnapsflasche:

»So, jetzt beruhigt euch mal alle wieder. Lederer, du nimmst einen Doppelten und hältst deinen Mund und bleibst ganz brav hier sitzen. Morgen tut dir alles wieder leid und du heulst rum, ich kenn dich doch. Und auf deine gefälschten Urkunden ist ja das Gericht nicht hereingefallen, also lass es doch jetzt endgültig gut sein. Sauf halt nicht so viel, wenn du's nicht verträgst! Und jetzt trink einen mit den anderen zusammen, auf!«

Sie schenkte ihm einen Doppelten ein.

»Dein Schwiegersohn ist ja nicht hier! Der hat wohl Angst bekommen!«

Sein Blick flackerte ins Dunkel zwischen Gastwirtschaft und Hühnerstall.

5. RÜCKSCHAU – IM DUNKEL DER NACHT

Valentina schlingerte auf ihren roten High Heels, den »Louis«, wie sie das exklusive und hochpreisige Schuhwerk nannte, am Hühnerstall vorbei, summte ein Liedchen und wollte Richtung Straße gehen. Überlegte es sich anders, bückte sich, zog die Louis aus und verschwand hinter dem Hühnerstall in der Wiese. Dunkelheit hinter ihr, Dunkelheit vor ihr. Aufregend wie in ihrer Kindheit, als sie in Sewastopol Nachtverstecken gespielt hatten. Da kribbelte es so schön in Richtung Unterleib. Sie nutzten ab und zu diese Abkürzung, um nach Hause zu kommen. Vor allem, wenn es nicht so auffallen sollte, dass Theodor, ihr Ledi, zu viel getrunken hatte. Und manchmal, wenn Ledi in Stimmung war, hatte er sie auf der Wiese genommen. »Durchgebürstet«, wie er zu sagen pflegte. Sie kicherte in das Schwarz der Nacht, lediglich das Sicherheitslämpchen an ihrem Haus wies ihr den Weg die knapp 300 Meter zu ihrem luxuriösen Heim, oberhalb des Rieds. Sie summte weiter, sang ein paar Worte: »Bajuschki baju«.

Sie kicherte, die kalten Gräser, nun schon mit Tau angereichert, kitzelten ihre Füße. Sie tanzte ein paar Schritte, hob die rot glänzenden Louis mit tänzerischen Bewegungen in den Nachthimmel, fühlte sich wie eine Prinzessin in Sewastopol. Die blonde schöne Tochter des Generals. Sie waren dort nicht niemand – und was war sie hier? Die Russin. Sie tanzte wieder ein paar Schritte, der Alkohol, sie hob die Arme, die Schuhe tanzten über ihr in den Nachthimmel, und sie sang das Schlaflied: баюшки – баю, Bajuschki baju, das ihr die Mutter immer vorgesungen hatte, wenn sie nicht einschlafen konnte. Was wäre, wenn Mutter noch leben würde, wenn der Krebs sie nicht geholt hätte. Voller Melancholie tanzte Valentina in kleinen Schritten über das Feucht der Wiese. Der Tod ist immer Begleiter. Es war kühl und feucht, sie fröstelte.

Schlaf mein Kind,
ich wieg dich leise,
Bajuschki, baju,
Singe die Kosakenweise,
Bajuschki, baju.

Draußen rufen
fremde Reiter
durch die Nacht sich zu.
Schlaf, mein Kind, sie reiten weiter,
Bajuschki, baju.

Einmal wirst auch
du ein Reiter,
Bajuschki, baju.
Von mir ziehen immer weiter,
Fernen Ländern zu.

In der Fremde,
fern der Heimat
Denkst du immerzu
an die Mutter, die dich lieb hat,
Bajuschki baju.

Schlaf mein Kindlein,
Halt ein Schläfchen,
Bajuschki baju.
Silbermond und Wolkenschäfchen
Seh'n von oben zu.

Sie hörte die Reiter, wie sie näherkamen. Leise, wie es gar nicht deren Art war. Sie hörte ein Schnauben. Das der Rösser?

Valentina stockte der Atem. Hier war nicht die Ukraine, hier sang nicht ihre Mutter. Das hier war Riedhagen, und sie war auf dem Weg nach Hause, und hinter ihr atmete jemand heftig. Sie drehte sich um in der Hoffnung, dass ihr Mann ihr gefolgt war. Die bunten Lichter aus Friedas Biergarten blendeten sie. Schemenhaft erkannte sie ihn, ihre Gesichtszüge entspannten sich, sie grinste zynisch.

»Was willst du hier, Dani? Das wusste ich schon immer, dass du scharf auf mich bist. Ckomm, du kannst von mir noch was lernen, ckomm ich besorg's dir. Du hast mich doch Schlampe genannt!«

Als sie die linke Hand mit einem der blutroten Schuhe hob, um das Gegenlicht abzublenden, und die rechte, um mit dem spitzen Absatz des zweiten Schuhs Daniel ins Gesicht zu schlagen, verspürte sie einen Stich zwischen den linken Rippen. Dann einen weiteren.

Valentina hatte nie an Out-of-body-Erlebnisse geglaubt. Nun wurde sie quasi postmortal eines Besseren belehrt. Die nächsten Szenen sah sie außerhalb ihres Körpers. Sie schwebte schräg links oben über sich. Sie wusste, dass das Leben schon aus ihr gewichen war, als ihr Mörder immer noch auf sie einstach. Das hätte sie nie von ihm gedacht. Sie wusste, dass er ein arrogantes Arschloch war, aber dass er sie kaltblütig abstechen würde … Nein, das hatte sie nie erwartet. So, wie er sie immer angeschaut hatte, hätte sie eher erwartet, dass er einmal geklingelt hätte, wenn Ledi nicht zu Hause war. Aber das! Der stach ja immer weiter. Sie konnte es nicht länger mit ansehen – ihr schöner Körper, mausetot und so zugerichtet.

Спокойной ночи! ßpakójnaj nótschi.

Gute Nacht!

6. RÜCKSCHAU – AUSKLANG

»Gute Nacht!«

Wie auf Tennisbällen bewegte sich Theo Lederer in derangiertem Zustand Richtung Hühnerstall. Er wollte die Abkürzung zu seinem Heim nehmen. Über die nächtliche Wiese. Valentina würde er garantiert nicht mehr einholen. Die war schon zu Hause. Vermutlich war sie an der Straße entlang den sicheren Weg gegangen. Er würde heute die Abkürzung nehmen. Zwischen Hauptgebäude und dem stinkenden Hühnerstall betrat er Friedas Wiese, auf der in nächtlicher Dunkelheit versteckt einige Streuobstbäume ihr Dasein fristeten. Schon die ersten Schritte bewiesen Theodor, dass er zu viel Alkohol im Blut hatte und – worauf er sein Schlingern hauptsächlich zurückführte – die Wiese viel zu feucht für seine profillosen Ledersohlen waren. Vali, wie er in zärtlichen Anwandlungen seine Valentina nannte, hätte bestimmt die Schuhe ausgezogen und wäre vor ihm her getanzt.

Grinsend erinnerte er sich an Heimmärsche, die sie alkoholbedingt zu Fuß zurücklegten, obwohl er sonst jeden Meter fuhr, die dann jäh in Wiesensex endeten. Was hatte er Vali hier schon durchgebürstet! Diese Erinnerung machte Theo freundlicher und gerechter. Und die Sache mit dem Grundstück, mein Gott, das versucht man halt mal, wenn es um Millionen geht, die herausspringen können. Okay, die Sache mit den Originalplänen, die sie dann herangeschleppt hatten, war dann eher zu seinen Ungunsten ausgegangen – obwohl, die waren zum Teil so undeutlich und vergilbt. Ein anderer Richter hätte vielleicht zu einem anderen Zeitpunkt anders entschieden. Aber einen Versuch war es wert gewesen. Vielleicht gab es ja einen Weg, die Sache noch einmal zu drehen? Vielleicht sollte er sich doch mal mit diesem arroganten Sack zusammensetzen, um die Sache bei einem Schnäpschen zu bereden? Gott sei Dank waren die Herren vom Katasteramt einigermaßen davon überzeugt, dass er beim Einscannen der Unterlagen ein bisschen verrutscht und der Grenzstein daher verrückt war.

Wieder rutschte sein rechter Fuß am geneigten Hang aus. Fluchend drehte Lederer bei, kehrte um und verließ auf regulärem Weg die Gastwirtschaft zur Straße hin.

»Gute Nacht!«

Joe, der ewige Hausmann, führte den ausgestreckten Zeige- und Mittelfinger als Abschiedsgruß zur Stirn.

»Wo ist denn eigentlich Dani? Der war aber ganz schön sauer.«

Frieda nickte und brummte:

»Was weiß ich, wo der steckt? So einen Ärger will ich in meinem Reich eigentlich nicht haben. Das muss ich auch noch einmal Dani sagen!«

»Der kann nichts dafür, der Lederer hat ihn provoziert. Mir wäre der Kragen schon viel früher geplatzt. Warum erteilst du den beiden denn kein Lokalverbot?«

»Einem Mitglied des Gemeinderats? Ja, spinnst du! Und mit der Valentina kann man normalerweise prima auskommen. Die hat's bestimmt nicht immer ganz leicht. Wie kommst du nach Hause?«

»Meine Frau holt mich.«

Joe streckte sein Smartphone hoch.

»Hab sie gerade angerufen.«

Noch einmal hob er die Hand zum Abschied. Deo, Cäci, Goldi und Gesicht taten es ihm gleich.

»Gute Nacht, ich schau mal nach Dani und hole Korbi. Ich muss ins Bett, ich bin hundemüde. Und außerdem wird's mir langsam zu kalt!«

Cäci ging zum Eingang, gab ihrer Mutter en passant einen Wangenkuss und umarmte sie kurz.

»Gute Nacht!«

»Gute Nacht! Dann gehe ich jetzt auch, wenn hier allgemeine Aufbruchstimmung ist.«

Gesicht nickte auffordernd zu Deo hin, der sich gerade erhob, um zu gehen.

»Wie kommsta du nach Hause?«

»Mit Goldi, der hat ja nichts getrunken.«

Ich kam gerade noch rechtzeitig, um die drei MIKEBOSSler und Deo zu verabschieden.

»Wo warst du denn?«

Als Präsident einer der härtesten Gangs zwischen Bodensee und Schwäbischer Alb konnte ich schlecht zugeben, dass der Streit mit Lederer mein Magen-Darm-System etwas durcheinandergebracht und ich deshalb die letzten 20 Minuten auf Friedas Toilette zugebracht hatte.

»Ich war ein bisschen Laufen, den Kopf freibekommen. Das Fest mental vorbereiten, da bleibt ja nicht mehr viel Zeit«, flunkerte ich.

Goldi nahm das Thema dankbar auf:

»Übrigens, das klappt wahrscheinlich mit den Geschwistern.«

Er grinste breit und hob die Hand zum Abschied. Der mit seinen Geschwistern. Deo umarmte mich kurz und mahnte:

»Nimm das nicht so ernst mit da Ledera, der weißa doch, dass er mit da Sache nicht durchkommt. Der will doch nur blöffa und provoziera. Wenn du willst, werde ich mit ihm reda!«

Cäci zog mich am Arm:

»Komm jetzt endlich, wir holen Korbi, dann geht's nach Hause!«

Ich nickte. Ja, nach Hause.

7. PRÜFUNG DER REIFE

Nun war sie da, die Prüfung, das Mündliche. Zweimal vom Kultusministerium verschoben, konnte sie nun doch noch vor der Entlassung der Schüler durchgeführt werden. Eine Elternklage mit einer Einstweiligen Verfügung gegen die Gleichstellung von Inklusionsschülern beim Prüfungsstoff war für das Hinausschieben der mündlichen Prüfung verantwortlich. Gleichzeitig lief noch eine Klage wegen Missachtung der Gleichstellung von Inklusionsschülern an Beruflichen Schulen. Eine Elternklage. Nicht die Schüler machten uns mittlerweile das Leben schwer, die standen ganz chillig unter Ritalin und seduktiven Psychopharmaka, sondern ihre ADHS-Eltern, die meist auch noch grenzdebil waren, stellten eine neue Herausforderung im Schulalltag für uns Pädagogen dar.

Das Ende vom Lied war ganz einfach, nämlich dass wir Lehrer nun im Sinne eines binnendifferenzierten Unterrichts nach dem Churer Modell, so die pädagogisch gebildete Richterschaft, auch binnendifferenzierte Prüfungen durchführen mussten. Es war eine Forderung, den Unterricht zu differenzieren und die Inhalte dem Entwicklungs- und Lernstand der SchülerInnen anzupassen. Jeder weiß, dass die SchülerInnen beim Lernen nicht auf demselben Stand sind. Es war auch zu beachten, dass die Kinder sich auf unterschiedliche Art und in unterschiedlichem Tempo neuen Inhalten stellten.

Sprich, der Dummbatze-Schüler bekam eigens zugeschneiderte Dummbatze-Fragen, der Behindi-Schüler bekam Behindi-Fragen, und der Volltrottel-Schüler bekam, man errät's eigentlich schon: Volltrottel-Fragen. Aber was erhielt der intelligente Schüler? Der erhielt normale Fragen. Somit gingen alle Schüler, selbstverständlich auch Schülerinnen, vor allem aber auch die unglaubliche Menge an transgendersexuellen Schülern, … ja, was jetzt, Schüler oder eben Schülerinnen, halt Menschen, mit den Noten 1,5 oder 1 aus der mündlichen Prüfung. Jawoll, das war schon eine gerechte neue Welt seit Rot-Grün. Beinlose wurden Sprintweltmeister. ADHSler übten den Beruf des Lehrers für Transzendentale Meditation aus. Gehörlose wurden die besten Sänger, Blinde die begnadetsten Maler. Menschen, die den Geschmacksinn verloren hatten, arbeiteten als Sommeliers in Fünfsternerestaurants. Ja, da hatte die Inklusion schon viel Gutes bewirkt.

Nun saß sie vor mir, die Antonie. Bleich, und ihr dunkles Haar machte sie noch bleicher. Wie immer hatten wir für eine angstfreie Atmosphäre im Prüfungsraum gesorgt. Der Delinquentin saßen lediglich fünf Personen gegenüber. Ein Protokollant, der Prüfungsvorsitzende, ein Vertreter des KuMis, der die neuen Richtlinien zur Prüfung überwachte, die neue Rektorin unserer Schule, Frau Zettelmann-Schmidt von Rüdinghausen, und meine Wenigkeit als Fachprüfer.

Mein binnendifferenziertes Prüfungsangebot für Antonie war die Ballade von Annette von Droste-Hülshoff »Der Knabe im Moor«. Die erste Aufgabe für Antonie bestand darin, die Ballade, wenn möglich fehlerfrei, zu lesen. Das gelang ihr ganz gut. Lediglich aus dem *gespenstischen Gräberknecht* machte sie einen gespenstischen Weberknecht, und aus dem *irren Rind* entstand ein irres Kind. Die Interpretation und Goethes Ur-Ei liefen dann ganz passabel.

»Antonie, kannst du mir, bevor wir das Thema wechseln, noch sagen, warum wir gerade eine Ballade über das Moor im Unterricht behandelt haben?«

»Ja, das haben wir gemacht, weil in unserer Nähe auch Moore oder Riede sind.«

»Kennst du selbst welche?«

»Ja, das nächste von hier aus ist das Pfrunger-Burgweiler Ried, aber bei Bad Waldsee gibt es auch noch eines.«

»Was fasziniert dich denn am Ried?«

»Ich denke, das ist genau das Gleiche, wie die Droste das geschildert hat. Zuerst mal ist ein Ried für uns heute schön, mit den Pflanzen und Tieren, das ist alles noch voll öko. Aber was mir am Ried besonders gefällt, ist das Unheimliche. Ich gehe da gern mal ganz alleine spazieren, wenn es dämmert. Das ist voll gruselig. Man denkt dann wirklich, dass da noch etwas ist. Und wenn man seinen Augen nicht mehr richtig traut, dann sieht man alles Mögliche. Das ist dann voll spooky. Ich kenn da auch viele Verstecke, wo die Touris gar nie hinkommen, und im Herbst gehe ich da in die Pilze. Ich weiß auch, wo die Biberburgen sind. Der Biber baut ja voll die interessanten Burgen und kann ganze Wiesen unter Wasser setzen …«

Ich unterbrach die Bleiche, damit die Deutschprüfung nicht zum Biologieunterricht verkam.

»Kannst du noch ein bisschen auf das Ominöse, das Unheimliche eingehen? Denn das hat die Droste ja auch wohl ganz besonders beeindruckt.«

Antonies Augen suchten einen Punkt in der Weite, sie hatte den Kopf zum Fenster gedreht und schaute Richtung Sießener Wiesen, wo Störche gerade aufmerksam das Gras durchsuchten.

»Ja, das Unheimliche begegnet einem erst, wenn man bereit ist, ins Ried einzutauchen, also, wenn man mit allen Sinnen dabei ist. Man darf sich von nichts ablenken lassen, also kein Handy oder Ohrhörer mit Mucke, sondern man muss das Ried hören, es riechen und so. Erst dann spricht es auch zu einem, dann erlebt man das Unheimliche.«

Antonie bekam rote Wangen und hektische Flecken auf die Stirn, die Hände waren ineinandergeschoben und rieben aneinander.

»Kannst du uns ein Beispiel dafür geben?«

»Ja schon, aber wie gesagt, das ist nur, wenn man sich einlässt, das ist auch sehr subjektiv. Wenn ich zum Beispiel durchs Ried gehe, ganz alleine, dann komm ich immer in so eine Zombie-Stimmung, dann denke ich manchmal, ich bin ein Zombie, und dann sehe ich auch manchmal die anderen Zombies.«

Antonie fixierte einen Storch, der sich nahe ans Sießener Bächle herangewagt hatte. Ich fragte nach:

»Was für andere Zombies?«

»Ja die, die halt wie in der Ballade einen erschrecken, wenn man da durchgeht. Da geht es mir auch wie dem Knaben, da renne ich dann plötzlich los und denke, dass jemand hinter mir her ist. Man denkt dann wirklich, dass da jemand nach einem greift oder da rum liegt.«

Die Schülerin drehte den Kopf, und ihre dunklen Augen bohrten sich in meine.

»Und oft denke ich, ist das jetzt Illusion oder real? Erst gestern habe ich wieder gedacht, dass mich jemand verfolgt, und als ich aus dem Ried raus bin, da bin ich dann beinahe noch über einen Zombie gestolpert. Das war voll gruselig.«

Obwohl keine Zeit mehr für einen Themenwechsel war, reichte es für eine 1,5. Die Bleiche war glücklich.

8. HINTER VORGEHALTENER HAND

Oberschwäbischer Tratsch folgt gewissen Regeln. So ist die Eröffnungsformel häufig: Hast du auch schon gehört? Oder: Weißt du schon? Seltener: Du weißt ja, dass …! Das Tratschhandelsplatz-Ranking bestätigt für den Stammtisch lediglich Platz 3, da traditionelle Stammtische aussterben; Platz 2 belegt die Straße, die Öffentlichkeit, der Gartenzaun, der Small Talk nach der Kirche; Platz 1 belegt der Frisör. Und da Riedhagen keinen Frisör hatte, wurden News hier meist auf dem gekiesten Platz vor der Kirche nach dem sonntäglichen Gottesdienst gehandelt oder beim eher zufälligen Aufeinandertreffen.

*

Die alteingesessenen Stammtischler:

»Habt ihr schon gehört? Die Valentina, die vom Lederer, ist verschwunden.«

»Awa, die sind doch immer wie jung Verliebte herumgelaufen.«

»Die sind doch meist gefahren.«

»Richtig, in ihrem schicken Cabriolet.«

»Ja, wo ist die denn hin?«

»Man sagt, sie sei in Stuttgart gesehen worden – du weißt schon …«

Anton machte eine eindeutige Handbewegung. Aussprechen wollte er die Vermutung nicht.

»Awa, die ist zurück nach Russland, die pflegt ihre Mutter, das weiß ich aus verlässlicher Quelle.«

»Was ist das für eine Quelle?«

»Das kann ich nicht sagen.«

»Und ich weiß aus verlässlicher Quelle, dass sie mit einem aus Ostrach abgehauen ist. Das ist aber sicher, mein Schwager kennt einen, der sie mit dem gesehen hat.«

»Awa, die ist ins Ried und hat sich gehängt wegen der Sache mit dem Bönle. Die hatten ja eine Schlägerei im Biergarten. Die hat sich gehängt, weil sie sich schämt wegen der Urkundenfälschung. Da steckt garantiert die Russen-Mafia dahinter. Wer weiß?«

*

Die Hausfrauen auf der Straße:

»Du weißt ja, dass ich nichts weiter erzähl, aber rate mal, was es Neues von der Valentina gibt!«

»Was? Erzähl!«

»Aber versprich mir, dass du's niemandem weiter erzählst.«

»Großes Ehrenwort, kennst mich ja, mach schon!«

»Also, die Valentina – musst aber wirklich versprechen, dass du niemandem etwas sagst – also die Valentina ist wohl mit einem Lover abgehauen. Noch reicher als ihr Theodor. Ein Russe. Die hat sich ja hier sowieso nicht wohlgefühlt. Sie hat wohl mal gesagt, wenn ich in der Ukraine bin, dann bin ich die Deutsche, wenn ich in Deutschland bin, bin ich die Russin.«

»Awa, da ist schon was dran. Von wem weißt du das?«

»Du darfst aber niemandem etwas sagen, versprich's!«

»Du kennst mich doch!«

»Ja, gerade deshalb. Also, das hat mir die Marie erzählt.«

»Welche?«

»Ja welche schon!«

»So, von der Marie, na ja, wenn's von der kommt, ist das mit Vorsicht zu genießen. Ich hab da nämlich was ganz anderes gehört. Irgendwie muss ihr Verschwinden mit dem Grenzstreit zwischen den Lederers und auf der anderen Seite mit Hilde und Daniel zu tun haben. Da gab es wohl einen Riesenkrach zwischen dem Lederer und dem Daniel. Da sind die Fäuste nur so geflogen. Wenn Frieda nicht dazwischen gegangen wäre, hätte der Daniel den Lederer sicher umgebracht. Die konnten kaum mehr getrennt werden. Und dann ist die Valentina wohl abgehauen. Und keine Menschenseele hat sie mehr gesehen. Keine Menschenseele. Keine Spur. Zu Hause, so sagt der Lederer, sei die nie angekommen. Sie ist wie vom Erdboden verschluckt. Und was komisch ist: Die Touristenfamilie, die mit ihrem Wohnmobil am Illmensee ist, hat zu dem Zeitpunkt etwas Unheimliches beobachtet.«

»Awa, was?«

»Also ich krieg jetzt noch eine Gänsehaut. Huu, ich kann das kaum erzählen!«

»Jetzt mach schon, was haben die gesehen?«

»Also zu dem Zeitpunkt, wo die Valentina wohl verschwunden ist, haben die wohl einen Nebel beobachtet, der wie so ein Geist ausgesehen hat. Der muss sich dann ganz langsam aufgelöst haben. Also ich weiß nicht, ob die Valentina nicht ins Wasser gegangen ist?«

»Nein, sag so was nicht, da krieg jetzt ich eine Gänsehaut.«

*

Die frühverrenteten Denker während des Riedrundgangs:

»Hier im Kaff wird ja wahnsinnig viel getratscht, seit die Valentina verschwunden ist, das finde ich unerträglich!«

»Ja, das ist geradezu abstoßend! Kaum nimmt sich eine Frau die Freiheit, ein paar wenige Stunden dem männlichen Joch zu entkommen, laufen schon die Moralapostel Sturm.«

»Was meinst du damit?«

»Na ja, das regt natürlich die Fantasie an, wenn eine schöne Frau verschwindet.«

»Ich finde, schön ist nicht der richtige Begriff, sie hat eher etwas Sinnliches, etwas Laszives. Das finde ich aufregend an ihr.«

»Denkst du, sie ist mit einem Kerl abgehauen?«

»Was sonst?«

»Glaubst du nicht, dass ihr etwas zugestoßen ist?«

»Nein, mit Sicherheit nicht, die will ihre Freiheit. Wer längere Zeit mit so einem Despoten wie Theodor zusammen ist, muss immer wieder mal ausbrechen. Sonst kannst du dir ja gleich die Kugel geben.«

»Denkst du nicht, sie hat sich etwas angetan?«

»Nein, eine Frau wie Valentina denkt nicht einmal an

Suizid. So eine Frau will doch mondän leben und in vollen Zügen genießen, was der Globus so bietet.«

»Kannst du dir vorstellen, dass ihr jemand was angetan hat? Ich gehe sogar so weit und sage: dass sie ermordet wurde?«

»Quatsch, wer sollte so etwas tun? Außer der Geschichte mit dem Grundstück, da ging's ja wohl um Millionen. Und es wurde schon wegen weniger gemordet.«

»Denkst du, da steckt der Bönle mit drin?«

»Keine Ahnung!«

9. OBERSCHWÄBISCHE BACCHANALIEN MIT ÜBERRASCHUNG

Der Streit mit Lederer lag nun drei Tage zurück, und Valentina war immer noch nicht aufgetaucht oder gefunden. Die allerletzte Vorbereitungsphase für unser Fest war in vollem Gange. Ein paar wenige Kleinigkeiten mussten noch zurechtgerückt werden. Schon bald, nach dem Gottesdienst, würde der große Ansturm beginnen. Ein paar Strohballen mussten noch mit dem Traktor verteilt werden. Dann konnte es eigentlich losgehen.

Die Prüfung war zur Zufriedenheit aller gelaufen. Meine neue Rektorin, Frau Oberstudiendirektorin Zettelmann-Schmidt von Rüdinghausen, hatte mich nach dem Prüfungsmarathon noch zu sich ins Rektorat gebeten.

Ich konnte Frauen als Chef nicht ausstehen. Da war mir der Vorgänger doch tausendmal lieber, da wusste man immer, wie man dran war. Bei einer Frau weiß man das grundsätzlich nie. Gott sei Dank hatten wir in unserem Kollegium schulartbedingt wenig Frauen, somit war das Kapitel Stutenbissigkeit kein großes Thema. Frauen in Führungspositionen, und das ist meine volle Überzeugung, wenn viele Geschlechtsgenossinnen unter ihnen arbeiten, verplempern einen Großteil ihrer Energie und Kreativität mit Stutenbissigkeit: »Oh, was hat die denn für Stiefelchen? Oh, die hat ja ein hübscheres Blüschen! Oh, die hat ja blondere Härchen! Oh, die hat ja meinem Sekretär schöne Augen gemacht. Oje oje ojemine, die hat ja ein besseres Figürchen als ich! …«

Nur Männer, ich betone, *nur* Männer können dieses Grundprinzip »weiblicher Kollegialität« erkennen. Frauen im Beruf sind per se nicht fähig, dieses Mysterium weiblicher instinktbasierter Konkurrenzfeminität wahrzunehmen.

Also ging ich halt zu Frau Zettelmann-Schmidt von Rüdinghausen. Ihr einziger Vorteil bestand darin, gut auszusehen. Aber so war das heutzutage: In Führungspositionen hatte *hässlich* nichts zu suchen. Die Zeiten sind vorbei, wo man Führungskräfte mit Warzen, wie sie Lemmy Kilmister, dem unlängst verstorbenen Frontmann von »Motörhead« aus dem Gesicht wuchsen, akzeptiert hätte. Aber lieber eine ehrliche Warze als ein falsches Pfirsichhäutchen!

»Herr Bönle, fast ein Jahr habe ich versucht, ein Gespräch mit Ihnen zu führen. Sie haben sich immer irgendwie entwunden. Sie wissen, ich habe auch Ihnen gegenüber eine Fürsorgepflicht. Endlich sind Sie hier. Sie wissen, dass ich jede Kollegin, jeden Kollegen eingeladen habe, um mich in einem persönlichen Gespräch vorzustellen.«

Aha, so nannte man das jetzt, wenn man den Kollegen auf den Zahn fühlen und ihnen eine Initial-Einschüchterung verpassen wollte. Bestimmt kam nun das Gesülze von Kooperation und Schule, immer noch im Evaluationsprozess, Leitbild-Gelalle und Team, Team und nochmals Team.

»Wissen Sie, ich verstehe mich hier nicht als Chefin, sondern als Gleiche unter Gleichen.«

Ich schob spontan ein, weil mein Mund schneller als mein Kopf und zu meiner Gymnasialzeit Latein mein Lieblingsfach war:

»Pares inter pares!«

»Prächtig, ein Lateiner! Was ich sagen will: Mein Selbstverständnis ist das einer gleichberechtigten Teamleiterin. Schule muss sich als Team verstehen, das die einzelnen Kompetenzen seiner Teammitglieder im Sinne einer gelingenden Evaluation ...«

Die Beine waren eigentlich das Beste an ihr, sie hatte sie in Ich-bin-ein-weibliches-Alphatier-Manier so übereinandergeschlagen, dass der schwarze Ich-bin-alleinige-Chefin-Rock bis gerade übers Knie hochgerutscht war. Ihre blütenweiße Mit-mir-ist-nicht-spaßen-Bluse wurde von einem schwarzen Ich-bin-alles-nur-keine-Teamplayerin-Jackett getoppt. Ihre Ich-sehe-hier-alles-Brille mit schwarzer strenger Umrandung krönte das Gesamterscheinungsbild meiner neuen Chefin, die seit knapp einem Jahr das Rektorat ihr eigen nannte und wie sie sagte, eine feminine Note einbrachte. Die bestand darin, die bunten Bilder durch schwarz-weiße auszutauschen. Der Philodendron wurde durch einen Kaktus ersetzt, und die bunten Vorhänge waren nun in gefälligem Pädagogengrau.

»… hören Sie mir überhaupt noch zu, Herr Bönle?«

»Äh, natürlich, Frau Zettelmann-Schmidt von Rüdinghausen. Gerne sogar.«

»Bönle, wie wollen Sie sich speziell in die Schule einbringen?«

»Mit Unterricht?«

»Bönle, äh, Herr Bönle, was ich noch sagen wollte: Ich habe natürlich Ihre Akte studiert und gebe Ihnen nur einen Rat in aller Kürze mit, da Sie sich offensichtlich mehr für meine Knie interessieren als für meine Ansprache: Schuster, bleib bei deinen Leisten!«

Mit diesen kryptischen Worten entließ sie mich.

Nun stand ich mit Goldi hinter meinem Haus und versuchte, seine Aufregung zu dämpfen.

»Mein Gott, Dani, was soll ich da sagen, wie soll ich die Geschwister begrüßen? Ich bin so aufgeregt, willst nicht du das für mich machen?«

»Das kann ich nicht, das ist dein Part. Du hast sie eingeladen, nun wirst du sie auch gebührend begrüßen. Das schaffst du schon.«

Ich klopfte Goldi beruhigend auf die Schulter und betrachtete das Festareal. Viel konnte nicht mehr schief gehen, wir hatten das Fest seit einem halben Jahr vorbereitet und Goldi seinen Part minutiös einstudiert. Es waren ja nur zwei, drei Sätze. Aber seine Nervosität war nachvollziehbar: die Geschwister!

Hinter dem Bönleschen Haus war genug Platz zum Ried hin, um den Festplatz mit seinen verschiedensten Aktivitäten zu gestalten.

Die MIKEBOSSler waren mittlerweile bekannt für die besten Feste im Ried. Man konnte fast schon von einem Kultstatus reden. Immer wieder hatten wir in Sitzungen und außerplanmäßigen geselligen Zusammenkünften das Festprogramm besprochen und letztendlich verabschiedet:

Festbeginn war Samstag um zehn Uhr mit einem Gottesdienst. Danach gab es um elf den Frühschoppen mit Fassanstich durch den Präsidenten der MIKEBOSSler, begleitet von den Riedhagener Fest-Musikanten. Ab 13:00 Uhr gab es das Mittagsessen, schwäbische Spezialitäten: Menü 1 Linsen mit Spätzle und Saiten; Menü 2 Schweinebraten mit Kartoffelsalat; Menü 3 Vegetarisch, Kässpätzle mit buntem Salat. Um 15:00 das absolute Highlight: »Die Geschwister«. Parallel dazu für die Kinder Lama-Reiten mit Hilde auf Alfons, dem freundlichen Lama. Ab 17:00 Uhr Fröhlicher Ausklang mit den Schnätzlepfätzer Gaudi-Musikanten. Für die Kinder wurde auf Hildes Alpakaweide auch eine Hüpfburg aufgebaut, die im Dauerbetrieb war. Die übrigen Lamas außer Alfons waren solange im Stall. Ab 21:00 Uhr war das außerprogrammmäßige Highlight, die Bar, geöffnet.

Im Cowboystil war sie im Carport aufgebaut. Die Eröffnung der Bar war gekoppelt mit der Überraschung für Deo: Ernennung zum Ehrenmitglied.

Der Samstag-Gottesdienst war eher schwach besucht. Auch Deos Redekunst, die ansonsten für einzigartige Predigten sorgte, konnte den samstäglichen Besuch des Gotteshauses nicht attraktiver machen. Zwei Ministrantinnen dienten Deo eher widerwillig, sie schwitzten in ihren langen Gewändern. Der Organist, ein ehemaliger Freund Hildes, gab sein Bestes, es war jedoch nicht genug, um die wenigen Getreuen zum Mitsingen zu motivieren. Ausnahmen waren die alten Frauen, die mit Vibrato und zu hoher Tonlage Ursache für das Schweigen der übrigen waren. Meine Jungs gaben vor, noch Vorbereitungen treffen zu müssen und den reibungslosen Ablauf der Eröffnung zu organisieren. Die Motorräder hatten wir dennoch vor dem Eingang der Kirche postiert, um sie von Deo segnen zu lassen. Die alten Frauen in Schwarz saßen auf der linken Seite und machten mit ihren hageren, gekrümmten Figuren die Kirche optisch fast noch leerer. Auch Deos Motivation hielt sich in Grenzen. Immer wieder spähte er durch das hitzebedingt weit geöffnete Seitenfenster hinunter zum »Festplatz«. Der Gedanke an ein kühles Festbier beschleunigte seine Predigt. Er blickte während des Friedensgrußes hinaus ins weite Ried. Ein tiefblauer Himmel bestätigte Hoch Eli. Der Festplatz auf dem Bönleschen Anwesen füllte sich allmählich mit Menschen, die über die Wiesen langsam zum Riedrand wanderten. Einige Krähen flatterten aufgeregt an der Grenze zum Naturschutzgebiet und stießen immer wieder ins feuchte Ried hinein. Deo konnte Krähen nicht ausstehen. Er dachte an das Buch Hiob mit seiner oft schwer verständlichen Metaphorik: Wer bereitet dem Raben seine Nahrung, wenn seine Jungen schreien zu Gott und umherirren ohne Futter?

»Aasfressa«, murmelte Deo. »Die fressat auch Aas.«

Deo bekam eine Gänsehaut und schüttelte sich.

Die Krähen waren wieder aufgeflogen und schienen sich in wildem Flug um etwas zu streiten.

Der Fassanstich war das erste Highlight, für Deos Gottesdienst wäre dieser Begriff fehl am Platz gewesen. Das kleine Festzelt auf unserem Grundstück füllte sich allmählich. Die Festgäste aus Riedhagen kamen überwiegend zu Fuß, sommerlich gekleidete Kinder in ihrer fasnetbunten strapazierfähigen Bekleidung sprangen voraus. Erwachsene Männer in teurer Freizeitkleidung gingen langsam hinterher und mahnten ihren ausgelassenen Nachwuchs, die Kleidung nicht zu beschmutzen. Da man wieder mehr Stil hatte und Datschhüte à la Autoklopapierhäkelabdeckung lediglich im olympischen Schießsport auftauchten, sah man den einen oder anderen stilvoll eleganten Sommerstrohhut mit schwarzem Rundumband. Die Frauen trugen leichte bunte Sommerkleidchen. Durch ein ausgeklügeltes Abfragesystem schafften sie es, dass keine der Konkurrentinnen das gleiche Outfit zur Schau trug. Und weil Kopftücher längst out waren, sah man die eine oder andere Dame mit weitem, transparentem kunststoffblumengeschmücktem Sommerhut mit buntem Band. Sie führten Oma und

Opa am Arm, die meist schwarz-weiß gekleidet erschienen, behutsam über die Wiese, um zum festlichen Ziel zu gelangen. Die Jugendlichen, cool gekleidet mit Ohrhörern und –stöpseln sich abschottend, trugen die Rollatoren ihrer Omas und Opas, da diese nicht wiesentauglich waren. Und weil Schildmützen out waren, trugen einige der Jugendlichen unerklärlicherweise so etwas wie Pudelmützen ohne Boppel.

Die Festgäste aus den umliegenden Gemeinden reisten mit ihren Automobilen an, meist weiße SUVs oder silberne Kombis oder dunkle Cabriolets. Sie parkten entlang der Riedallee zwischen den silbrigstämmigen Birken.

Der Fassanstich war eine meiner unzähligen präsidialen Verpflichtungen. Eher widerwillig kam ich dieser Aufgabe nach, da es bei den letzten Feierlichkeiten immer wieder mal zu kleinen Missgeschicken kam. Eins, zwei … der Zapfhahn saß, die kompetente Unterstützung, die in Lederschürze in angespannter leicht geduckter Haltung neben mir stand, lächelte entspannt, den Daumen nach oben drehend. Der Vorstand der WalderBräu AG. Er hätte mich gerettet. Bescheidener Applaus aus der Menge begleitete meinen persönlichen Rekord von zwei Schlägen. Hoffentlich hatte Cäci das auf Video festgehalten. Ich blickte von der Bühne aus in die festliche Gesellschaft. Cäci war nirgends zu sehen. Immer, wenn man sie brauchte! Aber so war das ja grundsätzlich mit Frauen. Mein Ärger verflog mit dem Tusch der Riedhagener Festmusikanten, die wie durch Zauberei nach dem musikalischen Kompliment an meine Adresse jeder eine gut gefüllte Maß in der Hand hielten und der Menge zuprosteten. Jawoll, das fing gut an. Ich hob meine Maß, prostete dem Vorstand der WalderBräu AG zu, den Musikanten und letztendlich den Festgästen.

»Anzapft ist!«

Limonaden-, Cola- und Wasserflaschen winkten zurück. Mutig, auch einige bauchige, grünstielige Weinschorlegläser. Die Alten!

»Liebe Festgäste, ich freue mich, Sie hier in Riedhagen als Präsident der MIKEBOSSler begrüßen zu dürfen. Sie sehen, ich bin heute trocken geblieben …«

Ich wartete auf die Lacher, nichts geschah.

»… Ah, begrüßen möchte ich an erster Stelle unseren lieben Bürgermeister, wenn er ganz kurz mal aufstehen … wo ist er denn? Ah, noch nicht da. Äh, ein besonderer Gruß und Dank geht an die Vorstandschaft der WalderBräu AG, an die Musikanten und nicht zuletzt an meine Freunde, die MIKEBOSSler, die durch tagelange unermüdliche Arbeit diesen Tag erst ermöglicht haben. Wo sind sie denn, zeigt euch!«

Keiner der Herren war zu sehen.

»Die schrauben bestimmt an ihren Kisten rum, die stehen ja mehr, als sie fahren!«

Der unqualifizierte Kommentar aus dem Publikum kam vom Vorsitzenden des Pfarrgemeinderates und erntete mehr Lacher als mein deutlich besserer Eröffnungsscherz.

»Bedanken möchte ich mich auch bei unserem Geistlichen Deodonatus Ngumbu, der mit seinem tollen Gottesdienst die Herzen der Teilnehmer öffnen konnte.«

Bescheidener Applaus, ein Zwischenruf:

»Du warst doch gar nicht dort!«

»Auf das Allerherzlichste möchte ich mich aber bei

Frau Rosalinde Baur, der Vorsitzenden der BuKi-Hilfe bedanken, die so viel Gutes für die Kinder in Osteuropa getan hat. Wie Sie alle wissen, geht der Erlös des heutigen Festes an die BuKi-Hilfe. Ich übergebe nun das Wort Frau Baur, die einen Gast aus Cidreag mitgebracht hat, Fabiu, der über die aktuelle Lage berichtet. Bitte, Rosalinde. Und ich hoffe, dass ich niemanden vergessen habe zwecks Begrüßung und Dank.«

Kräftiger Applaus, vor allem für Rosalinde und ihr Anliegen.

Natürlich hatte ich einige wichtige Personen vergessen zu erwähnen. Meiner aufmerksamen Gattin war keiner meiner Fehler entgangen, und sie zischte mich nun verärgert an:

»Das hätte ja Korbi noch besser hingebracht!«

»Wo ist der eigentlich?«

»Mit der Kindsmagd bei der Hüpfburg.«

Cäci ging wieder ihrer Bedien- und Küchenpflicht nach. Bald würden die ersten Essensgäste kommen. Die, die vor zwölf Uhr kamen, waren immer die schlimmsten, die hungrigsten. Denen konnte es nicht schnell genug gehen. Aber die Küche war bestens vorbereitet: Linsen mit Spätzle und Saiten, Schweinebraten mit Kartoffelsalat und das dritte vegetarische Menü, Kässpätzle mit buntem Salat, warteten quasi ungeduldig darauf, von hungrigen Mündern verschlungen zu werden.

Zum Mittagessen, Punkt zwölf, tauchte auch Theodor Lederer auf, er befand sich in einem bedauernswerten Zustand. Seit dem Verschwinden seiner Valentina hatte er sich offensichtlich keine frische Kleidung mehr geleistet. Das rot karierte Hemd starrte vor Schmutz und hing hinten aus der Hose. Die Wildlederne hatte einige Flecken mehr aufzuweisen. Die Haare klebten fettig am bleichen Schädel. Dunkle Ringe umkreisten die Augen. Er schien schon so viel Alkohol im Blut zu haben, wie die übrigen Festgäste noch gar nicht getrunken hatten.

Leicht schwankend suchte er einen der wenigen unbesetzten Tische auf. Da er sich an den äußersten Rand der orangefarbenen Bierbank setzte, sprang diese, bedingt durch die Hebelwirkung, auf der gegenüberliegenden Seite spontan in die Höhe, und Lederer lag benommen auf dem Boden. Ein Banknachbar half ihm hoch, platzierte ihn leicht mittig, auf dass selbiges Übel nicht wieder vorkam, und klopfte ihm beruhigend auf die Schulter. Lederer schüttelte die Rindenmulchschnipsel, die wir als Boden ausgelegt hatten, ab, hob die Hand und bellte:

»Bier!«

Als Präsident, meiner Aufsichts- und Fürsorgepflicht sehr wohl bewusst, rief ich die nächste freie Bedienung zu mir, es war Cäci.

»Geh du mal zu dem Lederer, eigentlich mag er dich ja. Bring ihm ein Bier und beruhige ihn ein bisschen, ich möchte nicht, dass vor 16 Uhr hier schon die Randale beginnt. Und so wie der drauf ist, müssen wir mit allem rechnen! Wenn er Ärger macht, ruf einen von den Jungs, die werden schon mit ihm fertig. Ich möchte eigentlich nicht zu ihm hin.«

Cäci tat, wie ihr geheißen. Als Lederer sein Bier hatte, schien für ihn die Welt wieder ein bisschen freundlicher zu werden.

Dann kam der große Ansturm. Da Frauen heutzutage nicht mehr kochen können, nehmen mittlerweile ganze Familien auch gerne größere Anreisewege in Kauf, um nicht eine Dose Ravioli, eine Päcklessuppe oder gar eingeschweißtes Kaufhausessen in anspruchsvoller Handarbeit mittels Mikrowelle erhitzen zu müssen. Da sie die Ravioli auf dem Induktionsherd meist anbrennen lassen, die Päcklessuppe, wenn durch Anleitung gefordert ins kochende Wasser einzurühren, ins kalte Wasser einrühren, wenn gefordert ins kalte Wasser, ins kochende Wasser einrühren und somit Klümpchen erzeugen, das eingeschweißte Kaufhausessen in einer Goldrandschüssel in der Mikrowelle landet, war dies mittlerweile einer der wenigen Wege, zu einem anständigen Essen für die Familie zu kommen.

Wir mussten draußen noch Extratische und Bänke unbeschattet aufstellen. Den Gästen war's egal. Absoluter Renner, kulinarisch gesehen, war das Linsengericht. Kein Wunder, welche schwäbische Hausfrau schaffte es heute noch, Linsen von Erbsen zu unterscheiden, eine Saitenwurst von einer Weißwurst, Spätzle von Hefezopf. Ich kenne nicht viele. Dieses Defizit weiblicher Kochkunst, Kreativität und Tüchtigkeit garantierte uns eine brummende Küche und vor allem Kohle für BuKi. Zufrieden durchschritt ich das Festzelt und wurde von hektischen Bedienungen und hungriger Kundschaft angerempelt.

»Aus dem Weg!«

»Musst du so blöd rumstehen?«

»Weg da!«

»Hast du eigentlich nichts zu tun?«

Ja verdammt noch mal, hat schon irgendjemand mal

die Kanzlerin arbeiten sehen? Oder gar den Landesvater? Also ich noch nie. Es muss eben auch Leute geben, die über all dem wachen, die ein offenes Auge haben, die sich um die Sorgenkinder kümmern. Also setzte ich mich neben Lederer, da hier noch ein Plätzchen frei war. Schnell wusste ich warum. Er sah nicht nur erbärmlich aus, er roch auch so. Rasch wollte ich wieder flüchten, um dem olfaktorischen Übel zu entkommen. Lederer drückte mich jedoch unsanft zurück auf die Bank:

»Halt, hier geblieben, so leicht entkommst du mir nicht«, kreiselte seine Stimme.

Die Tischnachbarn stierten peinlich berührt auf ihre Teller, räusperten sich oder führten Übersprungshandlungsgespräche:

»Ah, das schmeckt ja toll, ja super, ja klasse, voll genial.«

»Willst du nichts essen, Lederer?«

»Nein, warum?«

»Es täte dir gut.«

»Warum?«

»Ich finde, du hast schon genug getankt!«

»Das ist mein erstes Bier heute!«

»Und Schnäpse?«

»Das geht dich nichts an! Wenn deine Frau seit Tagen verschwunden wäre, würdest du nicht auch saufen?«

»Ich würde sie suchen.«

»Schwätz nicht so raus, was glaubst du, was ich gemacht habe? Meinst du, die Zettel hier im Gäu sind von alleine an die Hauswände und Masten gekommen? Glaubst du, die Facebook-Suchaktion hat sich von alleine ins Netz gestellt? Denkst du, ich war nicht bei der Polizei? Die Blonde hat nur gemeint: ›Da können wir nichts machen, Ihre Frau ist volljährig, die kann hingehen, wo sie will, über 90 Prozent tauchen wieder auf … blablabla.‹«

»Da hat sie doch auch recht. Du sagst, blond, so eine ansehnliche?«

»Ja, ganz flott, aber meiner Vali konnte sie nicht das Wasser reichen.«

Das sah ich anders, ich kannte diese Dame. Immer wieder kreuzten sich unsere Wege schicksalshaft. Deshalb versuchte ich meine Neugierde zu stillen:

»Krieger, hieß sie Krieger?«

»Ja, ich glaube, aber das ist mir scheißegal, wie die heißt. Meine Vali war einzigartig.«

Ein Schluchzen, wie beim Reinigen einer verstopften Toilette mittels eines Plömpels, erschütterte Theodor Lederer. Die Schultern zuckten heftig.

»Warum redest du über Valentina eigentlich immer in der Vergangenheitsform?«

»Tu ich das? Das ist mir gar nicht aufgefallen. Aber das liegt bestimmt daran, weil ich fühle, dass ihr was Schlimmes zugestoßen ist. Ich spüre das, die Vali lebt nicht mehr!«

Mit tränenschlierigen Augen fixierte er mich von der Seite, einem melancholischen Gesichtsausdruck folgte ein cholerischer. Als er voller Hass losspritzte, spürte ich die Speicheltröpfchen auf meiner linken Gesichtshälfte:

»Und weißt du, Bönle, seit wann sie verschwunden ist? Weißt du das? Das kann ich dir ganz genau sagen …«

An unserem Tisch war es mucksmäuschenstill geworden, auch keine Übersprungshandlungsgespräche mehr.

Jeder am Tisch starrte gebannt auf Theodor Lederer, den ansonsten ach so smarten Immobilien-König aus Riedhagen.

»... und zwar ganz genau: Seit du Vali und mich in Friedas Biergarten bedroht hast.«

Lederer packte mich am Kragen meines schwarzen Hemdes, ein Knopf löste sich, sein Mund wurde zu einem schweflig stinkenden Mini-Geysir:

»Du, Bönle, bist schuld, dass sie nicht mehr hier ist, da bin ich mir sicher. Absolut sicher! Du hast etwas mit ihrem Verschwinden zu tun. Wehe, du hast ihr etwas angetan!«

Sanft, ganz sanft, damit nicht ein weiterer Knopf unter Lederers Disharmonie litt, öffnete ich seine krampfenden Finger und führte ruhig seine Hände zum Bierkrug. Ich stand vorsichtig auf, um Theodor nicht weiter in Rage zu bringen. Seine Schultern zuckten rhythmisch, ein im Festlärm kaum wahrnehmbares, fast tierisches Wimmern kam aus seiner Kopfgegend.

Er weinte.

Was war das für ein Aufwand gewesen, eigentlich ist Aufwand ein völlig falscher Begriff. Es war ein Geschiss, ein Geschiss sondergleichen, bis das Event stand und in trockenen Tüchern war. Schuld daran war Goldi, unser Youngster. Eigentlich ist Goldi unter normalen Umständen – nur die Umstände waren eben nicht normal – ein ganz normaler Mensch, der im wirklichen Leben Ralf Rädle heißt und als Jurist in einer Kanzlei für Verkehrsrecht zuständig ist, was für uns MIKEBOSSler nicht von Nachteil war. Er ist nicht nur Temporärvegetarier und

-antialkoholiker, unser goldgelockter Frauenschwarm, sondern auch absoluter Fan der »Geschwister«. Er war nicht nur Fan, er gestand offen, dass er in beide verliebt sei. Und so kam es zu x Anschreiben, bis sie endlich zusagten, die Geschwister Hofmann aus Meßkirch. Anita und Alexandra. Die Dunkle und die Blonde. Ich war ja eigentlich für »Coleslaw«, die kompromisslosen Hardrocker aus Bad Saulgau, die mir schon etliche wilde, metalllastige Stunden beschert hatten. Aber als guter Demokrat, selbst als Präsident, beugt man sich eben der Mehrheit. Zudem hatte Goldi gedroht, was letztendlich den Ausschlag gab, seine Tätigkeiten in Sachen »Verkehrsdelikte«, die gegen uns vorlagen, einzustellen, eben, wenn nicht »Die Geschwister« zu unserem Fest als Höhepunkt geladen würden. Und so kam es, dass, vor allem angetan von der BuKi- Idee, die Geschwister nun auf der Bühne standen. Mittlerweile waren sie ja keine Geschwister mehr, sondern lediglich Anita und Alexandra Hofmann, die Dunkle und die Blonde eben. Aber beide absolute Raketen. Goldi klärte uns auf, dass Anita sein Jahrgang sei und somit die ältere der beiden. Wir konnten es nicht glauben, die Schnittchen in ihren Glitzerkleidchen, die gerade die Riedhagener Festmusikanten, die alle nicht mehr nüchtern waren, von der Bühne verdrängten, sollten gleich oder fast so alt wie Goldi sein. Unfassbar! Und nun standen sie da auf der Bühne und schaukelten und rollten das Publikum.

Bei »Der Junge von San Angelo« flippte Goldi völlig aus, er stellte sich direkt vor die Bühne, hob die Hände, reckte die Zeigefinger zum Zeltdach und brüllte inbrünstig mit:

»… in den Bergen von Mexiko … er kam aus San Angelo und macht alle Herzen froh …«

Die Geschwister brachten das Zelt zum Kochen. Lederer hatte sich ebenfalls auf die Tanzfläche gewagt und schwang weichknieig zur Musik, er umarmte eine imaginäre Valentina. Immer wieder zog er ein Stofftaschentuch und schnäuzte kräftig. Er würde es heute noch häufiger benötigen.

Während »Die Geschwister« das Zelt zum Beben brachten, hatte ich Zeit, das bis dato mehr als gelungene Fest genauer zu betrachten, quasi aus der Vogelperspektive, doch trotzdem geerdet. Draußen war ganz schön etwas los, weil Hildes Alfons immer wieder seinen Reitdienst verweigerte und die Kinder bespuckte, anstatt sie zu lieben. Hilde schob es auf Alfons' Psyche, er sei so viel Rummel nicht gewohnt. Genetisch sei er einfach noch in den Anden. Ich fand, dass er vor allem geistig noch in den Anden war.

Da war die Hüpfburg schon etwas anderes. Röhrend blies der Kompressor die schwankenden rot-blauen Türme auf, bis sie wieder zusammenbrachen, wenn der Kompressor aussetzte. Joe und Gesicht standen bereit, die Kinder dann unter dem schweren Kunststoff hervorzuziehen, damit sie nicht erstickten. Bei alledem vermisste ich Korbi, er war vorher mit neu gewonnenen Freunden in Richtung Ried gestartet. Ich legte mich auf einen der Strohballen, die rund um die Hüpfburg als zusätzlicher Schutz und Sitzgelegenheit für die gelangweilten Mütter aufgestellt waren. Das betörende Blau des Himmels, die Schwalben, die weit über der riedigen

Oberfläche kreisten, das unregelmäßige Brummen des Kompressors machten mich schläfrig …

Eine weiche Stimme, ganz aus der Ferne aus der Weite des Blau, kaum verständlich, immer deutlicher:

›Hoppe hoppe Reiter,
wenn er fällt, dann schreit er,
fällt er in den Teich,
find't ihn keiner gleich.

Hoppe hoppe Reiter,
wenn er fällt, dann schreit er,
fällt er in den Graben,
fressen ihn die Raben.

Hoppe hoppe Reiter,
wenn er fällt, dann schreit er,
fällt er in den Sumpf,
dann macht der Reiter … plumps!‹

Fressen ihn die Raben, fressen ihn die Raben, fällt er in den Sumpf, in den Sumpf, Sumpf, plumps.

Ich schreckte hoch, die Sonne hatte mich eingelullt, mein Kopf kochte. Woher kam die Stimme? Eine der Mütter hatte wahrscheinlich mit ihrem Kind das Hoppereiter-Spiel gemacht, bei dem man das Kind auf dem Schoß galoppierte und beim Plumps nach hinten jäh abstürzen ließ, es jedoch im letzten Augenblick handhaltend rettete. Für Kinder ein riesen Spaß, auch mein Vater hatte es mit mir gespielt. Es war Cäci und mir jedoch in Vergessenheit geraten. Mit Korbi hatten wir es nie gemacht. Ich schüttelte kurz meinen Kopf, fuhr mir durchs zerzauste, strohbestückte, lange schwarze Haar und versuchte, wieder zu mir zu kommen. Die fressenden Raben und der Sumpf hämmerten immer noch rhythmisch durch meinen Kopf. Ich versuchte, das Bild der Raben aus dem Kopf zu bekommen. Wie zum Trotz flogen aus dem nahen Naturschutzgebiet laut schimpfend ein paar Krähen aus dem Schilf, flatterten unter Gekrächze in die Höhe, um sofort wieder ins Schilf abzutauchen.

Drecksviecher!

Nach den Geschwistern konnten die »Schnätzlepfätzer« nur noch abfallen. Rein theoretisch, aber das hatte Goldi, unser temporärer Event-Manager, hervorragend getimt: Mittlerweile war die satte, mit Glückshormonen geschwängerte Masse so betrunken, dass der Qualitätsabfall für sie nicht mehr zu bemerken war. Die »Schnätzlepfätzer« eröffneten mit altbekannten Weisen wie, »Ja, so blau, blau, blau blüht der Enzian« oder »Schwarzbraun ist die Haselnuss«. Später folgten dann eigene Kompositionen wie« Die weinende Maria von Santa Domenica« oder das gefällige »Du bischt du ond i ben i, zusamma sind mr kikeriki«. Vor allem beim Hit »Die Eier-Liesel« grölte die kleine Schar der angereisten Fans mit:

Wer geht denn übers feuchte Wieserl?
Ja, es ist die Eier-Liesel.
Wen will sie mit den Eiern laben?
G'wiss nen feschen Oberschwaben.

Liesel, Obacht mit den Eiern,
sonst kriegst du einen dummen Bayern …

Ich wünschte mir nichts sehnlicher als »Coleslaw« herbei oder wenigstens den Geist von Lemmy Kilmister: Keep your powder dry! In weher Erinnerung an den unlängst verstorbenen König des Rock'n'Roll ging ich zur Bar, um zu schauen, ob die Getränke alle noch an Ort und Stelle waren, einfach nur ein bisschen Kontrolle, das konnte nicht schaden. Jawoll, das sah noch gut aus, hier im zur Bar umgebauten Carport war es auch ein bisschen kühler als in der prallen Sommersonne. Die Flasche fühlte sich kühl an. Die Saloon-Atmosphäre war gut gelungen, Strohballen als Sitzgelegenheiten luden zum geselligen Verweilen ein. Der Drehverschluss funktionierte immer noch, hoffentlich keine schlechte Ware. Der Geruch, leicht vanillig, Single Malt. Ein winziger Schluck, nur so als Qualitätspröbchen. Ja, okay. Könnte kühler sein. Kühlschrank auf Volllast. Der Edel-Gin aus dem Schwarzwald, der Monkey, Flasche kühl, okay, Drehverschluss … Drehverschluss… ach so, der Schutz, die Versiegelung. So, jetzt, Verschluss funktioniert, wacholderig, kräuterbetonte Note. Den auf keinen Fall aus der Flasche. Ein Glas, sauber, keine Wasserflecken, kein spülmaschinenresistenter Lippenstift, okay, nur ein Schlückchen. Das ist zu wenig. Sooo, aaah, verdammt gut. Eigentlich wäre jetzt ein Gin Tonic angebracht. Ich mixte mir einen, mit viel, viel Eis. Erfrischend!

»Zum Wohlsssein!«

Lederer mäanderte in das angenehme Zwielicht der Bar. Für mich war er im Gegenlicht lediglich ein dunkler schiefer Schatten.

»So, jetzt reden wir mal Tacheles! Was ist mit Vali passiert? Wo ist sie? Was hast du mit ihr angestellt?«

Ich nahm einen kräftigen Schluck aus dem Glas, um die entstandene Leere gleich wieder mit dem Gin nachzufüllen.

»Gib mir auch einen Schluck!«

Ich schenkte Lederer ein ganzes Glas Whisky ein. Er umarmte mich und fing wieder an zu weinen. Ich motivierte ihn, sein Glas zügig leer zu trinken und dann nach Hause zu verschwinden. Vali würde bestimmt schon zu Hause auf ihn warten. Mit irrem Blick schaute er mich an:

»Glaubst du … glaubst du das wirklich?«

Er drückte mir das leere Glas in die Hand, drehte sich um, stolperte und klatschte mit dem Gesicht auf den betonierten Boden des Carports. Als ich den Havarierten mühsam umgedreht hatte, ihn am Hemdkragen packte, um ihn gegen einen Strohballen zu lehnen, dröhnte es vom Eingang her:

»He, Bönle, spinnst du, lass doch den armen Kerl in Ruhe. Schau mal, wie du ihn zugerichtet hast!«

Bürgermeister Hubert Hallinger schüttelte entsetzt den Kopf.

»Bönle, dir hätt ich mehr Verstand zugetraut. Der da hat seinen schon versoffen.«

Hallinger deutete auf das blutverschmierte Gesicht Lederers, der sein Stofftaschentuch gezückt hatte und seine blutende Nase abwischte.

»Auf, Buben, versöhnt euch! Bönle, mach die Flasche auf und entschuldig dich beim Theo! Mir auch ein Glas!«

Korbinian hatte sich von seiner Kindsmagd abgeseilt. Er war ja mittlerweile groß genug, um das Ried zu erforschen, zumal er bewaffnete Unterstützung in etwa gleichaltrigen Kriegern fand. Bewaffnet mit Spritzpistolen und Stecken ging es Richtung Schilf. Bis hin zum Schild, das ihnen verbot, weiter in den Urwald einzudringen. Sie kannten das Bannwort von ihren Eltern: *Naturschutzgebiet*. Sie kannten auch die gruseligen Geschichten, die sich mit dieser Grenze verknüpften: »Da sinkt ihr ein und ersauft; da findet man euch erst in 100 Jahren wieder; da holt euch das Riedweible; da hat man schon welche gefunden, die waren rabenschwarz und sahen aus, als ob sie erst gestern in den Sumpf gefallen sind, obwohl sie da schon Jahre lagen.« Aber das Gruseligste war die einfache Aussage: »Da geistert's.« Somit war das Ziel für Korbinian T. Rex Bönle, den Anführer der Expedition, klar: Man würde auf dieser Erforschungstour, unterstützt von zwei weiteren Gleichgesinnten, Grenzen überschreiten. Nur so erschließen sich neue Horizonte.

Noch etwas unsicher standen sie vor dem dreieckigen grüngerahmten Menetekel mit dem schwarzen Vogel darauf. Eifrig, um die Angst zu kaschieren, wurde spekuliert, um was für einen Vogel es sich auf dem Schild handeln könnte. Die Jung-Biologen vermuteten ein Spektrum von Raubvogel bis Ente, einigten sich dann aber auf den Raben. Den kannten sie und verbanden ihn auf schaurige Weise mit dem Sumpf: »Fällt er in den Graben, fressen ihn die Raben, fällt er in den Sumpf … plumps!« Die Warnung war eindeutig, der schwarze Vogel mahnte sie, nicht die Linie zu überschreiten. Trotzdem war es für die Forschenden nur eine Frage der Zeit und des Mutes, wer zuerst den Fuß hinter den hölzernen Pfahl, auf dem das Schild warnte, setzte.

Korbi wagte es ganz kurz. Schnell zog er den Fuß wieder auf die sichere Seite zurück. Nichts war geschehen. Der Himmel war noch genauso blau, auch kein eisiger Windhauch hatte sie umweht, auch hörte man keine Geister seufzen. Obwohl, wenn man es genauer betrachtete, unheimlich war es schon, dass just in dem Augenblick, als gemeinsam beschlossen wurde, zugleich hinter den Pfahl mit der grünumrandeten Warnung zu treten, eine Schar Krähen hinter dem Schilfgürtel aufflog und über die Köpfe der Buben hinweg laut krächzend ins Blau hineinstieß. Die Jungen drehten erschrocken bei und flohen wenige Meter zurück auf die sichere Seite.

Keiner von uns Dreien war mehr nüchtern, als wir untergehakt ins Festzelt hinein eierten. Nach einigen hochprozentigen Einlagen war Theodor Lederer wieder zur Raison gekommen, der Bürgermeister konziliant und ich … naja. Cäci, die Bierkrüge jonglierte, warf mir einen Blick zu, den ich als eher unfreundlich interpretierte, ich zwinkerte keck zurück. Cäci schaufelte unserem Triumvirat einen Platz frei, indem sie drei ebenfalls alkoholisierte Jugendliche, die in Rucksäcken mitgebrachten Alkohol mittels langen Strohhälmchen, Mallepipelines, aufsogen, kurzerhand aus dem Zelt schmiss. Mir zischte sie ins Ohr:

»Trink nicht so viel. Was denkt denn der Bürgermeister?«

Ich zischte zurück:

»Der hat mich gezwungen, mit dem Lederer zu trinken.«

Cäci flüsterte weiter:

»Mir wäre es lieber, wenn du dich nicht mit diesem Lederer in der Öffentlichkeit an einem Tisch zeigen würdest. Die Leute gucken schon her. Was meinst du, was da wieder getratscht wird?«

Ich hatte jedoch keine Chance, meinem Schicksal zu entrinnen. Hallinger, rechts von mir, Lederer zu meiner Linken hakten sich unter, als die »Schnätzlepfätzer« richtig Vollgas gaben:

›Jaaa, links von mir die Erika,
rechts von mir die Barbara,
vor mir eine Maß mit Bier,
so schunkeln sie mit mir.
Und auf mein innigstes Bitten,
zeig'n mir die beiden iiihre ... strammen Waden,
strammen Waden, die zum Tanze laden.‹

Lederer, dem der Schnätzlepfätzer Hit offensichtlich bekannt war und dessen Rausch keine Grenzen, auch moralischer Art, mehr kannte, zog mich auf die Tanzfläche, die nur spärlich frequentiert war, und grölte den Refrain, »strammen Waden, strammen Waden, die zum Tanze laden!« Er wirbelte mich ein paar Mal um die eigene Achse und führte mich galant wieder zum Platz. Cäci zeigte mir vom Ausschank her den Vogel, Hallinger brüllte:

»Zwei Schnäps für unsere Tanzbärchen!«

Das Publikum grölte, die MIKEBOSSler fingen rhythmisch an zu klatschen und forderten Zugabe. Ich hätte kotzen können. Deodonatus, der brav konversationierend in seiner obligaten Soutane bei zwei alten Damen saß, die zusammen bestimmt über 200 Jahre alt waren und denen er vermutlich gerade die Sterbesakramente erteilte, rief mit breitestem Lachen über die Tische:

»Oh, dürfta ich den Herrn Lehraa auch zu einem Tänzle auffordara? Der Herr Lehraa hat doch so stramme Wada!«

Die Menge tobte.

Warum nur kam ich immer in so komische Situationen? Diese Vorkommnisse waren heute garantiert nicht mehr zu toppen.

Mit dieser Vermutung hatte ich jedoch nicht recht!

Der zweite Versuch klappte besser, gemeinsam übersprangen sie die unsichtbare Grenze. Schilf knisterte, als sie es vorsichtig mit Händen und Körper teilten. In leicht geduckter Haltung ging es langsam voran. Das Ziel unbekannt, kein Ort. Das Abenteuer der eigene Mut. Bei jedem Geräusch das Erstarren der drei. Die Wasserpistolen im Anschlag, die Stecken in gekrampften Händen. Der Atem ging stoßweise, das Herz pochte bis in die Ohren. Entwarnung! Der Anführer gab mit der Hand ein Zeichen, es ging weiter hinein ins Ungewisse. Plötzlich Bläschen und ein Blubbern unter dem Tritt, man drohte einzusinken. Zurück auf der eigenen Spur, nur wenige Meter, dann an einer anderen Stelle wieder weiter hinein ins Geheimnis des Rieds. Und wieder einmal die Richtung geändert, nicht bemerkend, dass man sich im Kreis bewegte.

Dann das Leuchten!

»Da ist was! Stopp!«

Die Herzen schlugen in rasendem Stakkato.

»Was?«

»Blut, das ist Blut!«

»Wo?«

Der Jüngste fing an zu weinen.

»Ich will zurück. Ich will zur Mama!«

Der Mutigste weiter nach vorne, das hohe Gras mit zitternden Händen geteilt. Ein gellendes Lachen. Korbi drehte sich zu den vor Grauen Schlotternden:

»Das ist bloß Rot, das ist kein Blut. Ihr könnt kommen.«

»Geil, was ist denn das?«

Nach meiner blamablen Tanzeinlage und Hallingers Schnäpschenspende suchte ich die Nähe Gleichgesinnter. Am Tisch, ganz in der Ecke, waren meine MIKE-BOSSler mit den Mädels einer rivalisierenden Motorrad-Gang aus Pfullendorf kräftig am Flirten und suhlten sich in abstoßenden Verbrüderungs-, sprich Verschwesterungsritualen. Ich setzte mich dazu, immer noch besser, als nochmals einen gleichgeschlechtlichen Tanz absolvieren zu müssen.

Goldi, unser Benjamin, unser Teilzeit-Vegetarier und Gelegenheitsabstinenzler, hatte natürlich die größte Klappe und kam damit am besten bei den Pfullendorfer Bräuten an. Immer wieder schüttelte er seine goldgelockte Mähne und bestätigte die Mädels in ihren absurden Theorien zu motorradfahrenden Frauen. Ja, er sähe es genau so, man sei ja heutzutage tolerant. Auch Frauen könnten die Funktionsweise eines Motors verstehen, und es gäbe schließlich Frauen, die genauso gut Motorrad fahren könnten wie Männer. Ich kannte zwar keine einzige, aber das war eben etwas, wo man mit Frauen nicht diskutieren konnte. Sie behaupten einfach etwas, zum Beispiel: Frauen könnten genauso gut kochen wie Männer, oder Frauen könnten genauso gut schreiben wie Männer, oder Frauen könnten genauso gut Auto fahren wie Männer, oder Frauen könnten genauso gut malen wie Männer. Wenn man sie dann aber nach berühmten Köchinnen, Schriftstellerinnen, Rennfahrerinnen, Malerinnen fragt, haben sie keine Antwort. Es gibt eben keine Johanna Lafer, es gibt eben keine Berta Brecht, es gibt eben keine Käthchen Rossberg, es gibt eben keine Vinzenzia van Gogh.

Das mag vielleicht jemandem engstirnig erscheinen, ist es aber nicht!

So saßen wir also mit den Busty Biker Brides an einem Tisch und tauschten Erfahrungen aus. Erfahrungen!

Deo saß nach wie vor mit seinen 100-Jährigen am Tisch, die vermutlich auch aus irgendeinem Fenster gesprungen waren, und unterhielt sich offensichtlich prächtig mit den Mumien. Er winkte immer wieder her zu unserem Tisch. Bald würde er noch mehr Freude haben. Ich konnte es kaum mehr erwarten, die Eröffnung der Bar mit dem absoluten Paukenschlag: Deos Ernennung zum Ehrenmitglied. Ich weiß nicht, ob es der Alkohol war, der da aus meinem Auge drückte, oder eine leichte allergische Reaktion auf das viele Stroh, das in Ballen gebündelt herumlag. Ich musste kräftig schlucken, Deo, unser Deo ein echter MIKEBOSSler. Das Handicap seines untermotorisierten Gefährts, das spielt doch keine Rolle, da muss man tolerant sein. Wir MIKEBOSSler waren immer schon Vorreiter in Sachen Toleranz. Das ist wahre Inklusion, was wir MIKEBOSSler hier leisten, eine Quickly unter lauter Harleys. So muss Inklusion aussehen, nicht der Scheiß, den wir in der Schule machen.

Unwillkürlich musste ich an Antonie denken, die bleiche. Wie sie in der Prüfung vor Nervosität rotfleckig dem Prüfungsteam gegenübersaß und über die Ballade »Der Knabe im Moor« philosophierte: »Ja, das Unheimliche, das Gruselige begegnet einem erst, wenn man bereit ist, sich auf das Ried einzulassen, wenn man alle Sinne einschaltet. Man darf sich von nichts ablenken lassen, man muss das Ried hören, es riechen und schmecken. Erst dann spricht es zu einem, dann erlebt man das Unheimliche.«

Und dann noch der erstaunliche Transfer in die Zombie-Welt. Sie hatte gesagt, wenn sie alleine durchs Ried geht, käme sie in eine Art Zombie-Stimmung, hielt sich selbst für einen und sähe die anderen Zombies, die für sie dann real würden. Und sie könne oft nicht mehr zwischen Illusion und Realität unterscheiden. Die letzten Worte hatten sich in mein Gedächtnis eingefräst und machten mir nun retrospektiv eine Gänsehaut: »… Erst gestern habe ich wieder gedacht, dass mich jemand verfolgt, und als ich aus dem Ried raus bin, da bin ich dann beinahe noch über einen Zombie gestolpert.«

Warum fiel mir das gerade jetzt ein?

»Jungs, es wird Zeit! Goldi, locke mal Deo unter einem Vorwand in die Bar!«

Es war in keinster Weise das, was sie insgeheim erwartet hatten. Einerseits waren die drei Burschen heilfroh, dass es nichts Erschreckendes war, was da blutrot vor ihnen leuchtete. Andererseits folgte der Entspannung die Enttäuschung. Trotzdem: Als Trophäe und Beweis für die anderen, dass sie über der Grenze waren, würde es dienen. Auch der Papa würde stolz auf ihn sein, das wusste er. Korbinian T. Rex Bönle griff zu!

»Liebe Festgäste, liebe Freunde der Cowboy-Bar! Bevor ich zur Eröffnung der Bar komme, ein Überraschungshighlight, und ich darf sagen, für mich persönlich und garantiert auch für die übrigen MIKEBOSSler der bewegendste Moment am heutigen Tag, … äh, bitte die Musik leiser, da gibt es eine Rückkoppelung.«

Die Lautsprecher quietschten. Die Musik wurde abgestellt. Ich wiederholte meine einführenden Worte zur Bareröffnung, aber vor allem zur feierlichen Ehrenmitgliedschaftsernennung Deos durch den Präsidenten der MIKEBOSSler.

»Ruhe bitte, was ich jetzt sagen muss, ist mir schon seit Jahren ein Anliegen, einer unserer besten Freunde, einer unserer treuesten Wegbegleiter, einer, der immer und in jeder Stunde für uns da war …«

Ich schaute nun ganz bewusst zu Deodonatus Ngumbu, dem Ehrenmitglied in spe, der die beiden untoten Damen links und rechts im Arm hatte und flüsternd auf sie einredete. Vermutlich einen Rosenkranz wispernd: »… und in der Stunde unseres Todes«!

Ich wiederholte meine Worte, und nun schien Deo es auch begriffen zu haben, dass, wenn ein Präsident redet, die anderen einfach den Mund zu halten haben.

»… einer unserer allerbesten Freunde, einer der treuesten Wegbegleiter, die man sich überhaupt vorstellen, jemand, der jede Sekunde für uns da war, soll heute die Ehrenmitgliedschaft der MIKEBOSSler erhalten!«

Nahezu absolute Stille in der Bar! Doch Deo schien immer noch nicht zu begreifen, wer geehrt werden sollte, er plauderte leise mit den charmanten Damen weiter.

»Darf ich auf die Bühne bitten …«

Nun herrschte die von mir eingeforderte Stille endlich, meine Rechte machte eine auffordernde Bewegung in Richtung Deodonatus Ngumbu …

»Papa, schau mal, was ich gefunden habe. Das stinkt!«

Korbi sprang zu mir, schüttelte kräftig den roten Schuh und wedelte mir damit vor dem Gesicht herum. Lederer, der sich am Tresen abstützte, wurde plötzlich hellwach und schrie:

»Der gehört Vali, wo hast du den her?«

Als dann noch aus dem roten Schuh ein Zeh in bemitleidenswertem Zustand herausfiel, fiel auch Lederer, und zwar ohnmächtig vom Stuhl.

Die Aufregung war zu viel für Korbi, obwohl er schon aus seiner jüngsten Kindheit eine gewisse Routine im Auffinden von abgetrennten Körperteilen mitbrachte, weinte er nun fürchterlich auf dem Schoß seiner Mama.

»Wo hast du das her, Korbi?«

»Die anderen waren auch dabei!«

»Ist ja gut, Korbi, kannst du uns zeigen, wo der Schuh gelegen hat?«

»Aber die anderen haben den auch gefunden!«

»Ja, das ist doch nicht schlimm. Wir müssen nur wissen, wo der Schuh her ist.«

Es wurde nicht viel besser, als der wieder erwachte Lederer auf Korbi zustürmte und rief:

»Du Depp, sag endlich, wo der Schuh her ist. Zeig uns, wo der lag!«

Cäci, die als Erste von der Vernunft eingeholt wurde, meinte, dass es an der Zeit wäre, die Polizei anzurufen. Alle außer Lederer stimmten zu. Lederer äußerte die Hoffnung, seine Vali könne irgendwo im Ried sitzen ohne Schuh und großen Zeh. Er wollte sich auf den Weg machen, um Vali zu finden. Nur mit Mühe konnte er daran gehindert werden, ins mittlerweile dunkle Ried zu taumeln.

Noch in der Nacht durchsuchten auf die kaum nachvollziehbaren Beschreibungen der drei Jungen hin Polizisten das Ried, ohne Erfolg. Am nächsten Tag, unter der Führung der drei Helden wider Willen, klappte es dann besser. Die sterblichen Überreste Valentinas wurden nur wenige Meter vom Fundort des Schuhs entfernt entdeckt.

10. GULASCH FÜR DREI

Der nächste Tag war schon von einer gewissen Ernüchterung gekennzeichnet. Deo war nicht offiziell zum Ehrenmitglied ernannt worden. Unser Söhnchen Korbi war traumatisiert, er hatte seine Spritzpistole irgendwo verloren. Und Valentina Lederer war tot. Viel schlimmer hätte ein Fest nicht enden können.

Cäci stand mit der Schürze am Herd; nicht, dass sie gekocht hätte, nichts läge ihr ferner. Nein, sie überwachte meine Kochtätigkeit und war nach unserer Vereinbarung für das Servieren und abschließende Saubermachen zuständig. Ich hatte trotz aller Umstände frühmorgens ein Gulasch zubereitet, das jetzt nur noch aufgewärmt werden musste.

Ich hatte es sehr leicht gemacht, nahezu frugal. Paprika rot, etwas Karotte, ausreichend Sellerie, viel Zwiebel und ein wenig Knoblauch wurden kurz im Topf angebraten, mit wenig Mehl abgestäubt, damit sich die Säfte binden, danach mit ausreichend Wasser abgelöscht. Das ganze Geraffel weich kochen und mit dem Zauberstab pürieren. Eine wunderbare Soße von rot-brauner Farbe entsteht. Das Fleisch, Rind und Schwein, daumennagelgroß gewürfelt, wird nun in einer separaten Pfanne zusammen mit Speckwürfelchen scharf angebraten. Schon allein dieser Duft ist es wert, das Gericht öfters zu kochen. Nun kommt das Fleisch in die köchelnde Soße. Circa zwei Stündchen garen lassen, halt so lange, bis das Fleisch fast zerfällt. Nach Gusto nachwürzen. Ich werfe kurz vor dem Servieren je ein Zweiglein Rosmarin und Thymian dazu.

Begleitet wird das Gulasch von handgemachten Spätzle, goldgelb, mit Ei wird nicht gespart. Aus dem Topf, noch stärkewassertropfend direkt in die gebutterte Pfanne, in der noch die Reste von Speck und Fleisch kleben. Leicht anbräunen. Dazu ein Salat, den die Gattin anmacht.

»Meinst du, Korbi verkraftet das mit dem Zeh?«

»Du bist die Psychologin, leg ihn doch auf die Couch.«

»Mensch, Dani, sei doch mal ernst. Denkst du, das schadet ihm, diese Erfahrung?«

»Was für eine Erfahrung? Der hat doch gar nicht mitbekommen, was da aus dem Schuh herausgefallen ist. Da fiel halt irgendetwas runter. Ich glaube nicht, dass er das mit dem Körperteil einer Toten verbindet. Ihn hat viel mehr die Reaktion der Leute erschreckt. Das Geschrei und Lederers Sturz vom Barhocker. Die Aufregung mit den Sanitätern und der Polizei. Ich denke, das hat ihn durcheinandergebracht.«

»Danke, Dani, für deine Einschätzung. Weißt du, von Berufs wegen hat man da manchmal so einen Tunnelblick. Aber ich sehe es im Grunde genommen genauso wie du. Letztendlich scheint ihm der Verlust seiner Spritzpistole wichtiger als die anderen Ereignisse.«

»Wo steckt er eigentlich?«

»Wo schon, vor dem Fernseher!«

»Hol ihn mal. Das Essen ist fertig.«

Gerade, als wir uns setzen wollten, kündigte ein infernalisches Zweitakterkreischen Deodonatus an. Seine nicht ungefährliche Anfahrt konnten wir durch das Panoramafenster unserer Wohnküche beobachten. Vor einer riesigen Staubwolke ritt der Pfarrer mit flatternder Soutane auf dem Schotterweg mit Höchstgeschwindigkeit auf seiner Quickly an Lederers Villa vorbei auf unser Anwesen zu. Deo stattete uns einen Besuch ab, und wie immer kannte er nur eine Stellung des Gasgriffs – Vollgas.

»Hallo Leute, entschuldigt da früha Besuch, aba die furchtalicha Ereignisse von letzta Abend habat mir keine Ruha gelassa. Ich konnta da ganze Nacht kaum schlafa. Oooh, hier riechts aba lecka! Dani, ist das nicht deina berühmta Gulasch? Hättest du noch eina kleina Tella übrig? Du weißt ja: Matthäus 6,26: ›Sehet da Vögelchen unta da Himmel an: Sie säen nicht, sie ernten nicht, sie sammeln nicht in da Scheune; und euer himmlischa Vata nährat sie doch. Seid ihr denn nicht viela mehr denn sie?‹«

»Du bekommst ja schon was, setz dich.«

Deo strahlte. In Ermangelung einer Haushälterin war er darauf angewiesen, sich selbst zu ernähren, was letztendlich zu einer dosen- und päckchengefüllten Speisekammer führte. Zu einem Sonderpreis war er des Öfteren auch Friedas Essensgast. Er versprach ihr dafür ›eina Platz zur Rechta des Herrn‹.

»Und wer spricht da Tischgebet?«

Deo schaute strafend in die kleine Runde.

»Wie wär's denn mit da junga Mann?«

Deo kniff unserem Stammhalter in den Oberarm. Korbi quietschte vor Vergnügen, er verstand sich prächtig mit Deo. Cäci bekam einen roten Kopf und stammelte:

»Das Tischgebet hat er bestimmt schon wieder vergessen, ich glaube …«

Da fing Korbi schon an:

»Komm, Herr Jesus, sei unser Gast und segne, was du Schere hast. Amen.«

»Das hast du aba prima gemacht. Aba das heißt, was du uns bescherat hast, das bedeutat geschenkt hast.«

Korbi nickte und stürzte sich auf Spätzle mit Soße. Fleisch wollte er keins. Auch den Salat verweigerte er. Deo hatte nichts dagegen, er war Nutznießer von Korbis Heikeligkeit.

Als Korbi sich wieder seinem Spiel widmete, konnten wir mit dem ernsten Thema beginnen. Wir ließen bis in die letzten Details den gestrigen Tag Revue passieren.

Deo eröffnete:

»Was glaubt ihr denn? Das war doch bestimmt keina Unfall, so wie da Valentina ausgeseha hat?«

»Ich denke, man muss abwarten, bis der Obduktionsbericht herauskommt.«

»Was heißt herauskommt, der wird bestimmt nicht in der Zeitung veröffentlicht. Da erfährt das gemeine Volk nichts davon, im Gegenteil, da wird fast alles zurückgehalten, wegen der Ermittlungen. Die wollen herausbekommen, was reines Täterwissen ist.«

Die Psychologin hatte gesprochen und gezeigt, dass sie wie immer, wenn es darauf ankam, mit Ratio an die Dinge heranging.

»Ja, da hast du natürlich recht.«

Auch Deo nickte und kaute:

»Gaantiet wa das keina Unfall. Da Gulasch ist wieda wunabaa, Dani, großa Kompliment.«

»Das kann ich mir auch nicht vorstellen, so wie die Leiche ausgesehen hat, das nennt man übertöten. Da stecken fast immer Beziehungsgeschichten dahinter.«

Cäci sprach es dann aus:

»Das war Mord, nichts anderes! Und garantiert nicht von Aliens begangen, die gerade nichts anderes zu tun hatten. Der Mörder kommt bestimmt aus unserer Mitte.«

»Ja, aba wer macht so was, wer tut eina Menscha so etwas Fürchtaliches an?«

»Ich!«

Die zwei schauten mich erstaunt an.

»Dani, lass den Blödsinn, mit so etwas macht man keine Späße.«

Auch mein Freund Deo mahnte mit erhobenem Zeigefinger:

»Zum Scheaza ist jetzt da falscha Augablick, eina dumma Scheaz hat da Valentina nicht verdient!«

Ein strafender Blick begleitete den mahnenden Zeigefinger.

»Ich werde es gewesen sein. Der Lederer hat mich gestern schon verdächtigt, mit ihrem Verschwinden etwas zu tun zu haben. Was glaubt ihr denn, was der gestern der Kommissarin erzählt hat? Rache wegen der Grenzstreitereien, eine Auseinandersetzung mit den Lederers im Biergarten mit Drohungen gegen die Eheleute. Dann die Sache gestern, das habe ich euch noch gar nicht erzählt. Der Bürgermeister kam just in dem Augenblick in die Bar, als ich den betrunkenen Lederer wieder auf die Beine stellen wollte. Er hat gedacht, ich hätte den Theo zusammengeschlagen. Da spricht also einiges gegen mich.«

Cäci beruhigte mich, legte eine Hand auf meinen Unterarm:

»Ach was, zuerst ist da mal der Ehemann unter Verdacht. So ist das immer. Statistiken beweisen, dass die meisten Morde innerhalb der Familie passieren. Die werden zuerst einmal die Beziehung der beiden durchleuchten. Also es spricht mehr gegen den Lederer als gegen dich. Und wenn du das Argument Grenzstreitigkeiten nennst, dann ist deine Freundin Hilde genauso unter Verdacht wie du.«

Das »Freundin Hilde« betonte Cäci auf ganz eigenartige Weise, fast ein bisschen schnippisch. Cäci argumentierte weiter:

»Hilde ist genauso betroffen, der von Lederer erwähnte Grundstücksstreifen geht auch an ihrem Haus vorbei. Er hatte ja auch gegen sie geklagt. Und Hilde hat mir nicht nur einmal erzählt, wie der Lederer sie belästigt und bedrängt hat, freiwillig auf den Streifen Grund zu verzichten.«

Ich war erstaunt:

»Darüber habt ihr geredet? Bei mir hat sie immer so getan, als ob sie das nicht viel anginge.«

»Das ist halt weibliche Solidarität, wenn's drauf ankommt, halten wir Frauen eben zusammen.«

Deo nickte, obwohl er davon am allerwenigsten verstand.

»Kommt heuta noch die schöna Kommissaain?«

»Angemeldet hat sie sich nicht, aber ich gehe davon aus, dass sie heute noch einmal bei Theo ist. Gestern war aus dem nicht mehr viel herauszuholen.«

»Ja, da schrecklicha Schock!«

»Ich meine eher den Alkohol.«

»Du warst ja auch nicht mehr nüchtern. Wie du wieder die Busty Biker Brides angebaggert hast, meinst du, das habe ich nicht mitgekriegt?«

»Iich? Du meinst wohl Goldi? Ich hab die ja nicht mal angeschaut!«

Frauen und ihre Art der subjektiven Wahrnehmung, ein ewiger Quell des Streites. Ich ging gar nicht auf Cäcis absurde Provokation ein und stellte die Frage aller Fragen:

»Wer kommt denn als Täter infrage?«

Gemeinsam zählten wir auf und erstellten ein Schmierzettel-Ranking. Die Argumentation verlief über plausibel bis hin zu absurd:

An erster Stelle: Der Ehemann, Motiv Eifersucht oder Finanzielles.

Rang zwei: Daniel Bönle, Motiv Grenzstreitigkeiten, Rache.

Dritter Platz: Hilde, das Motiv ebenfalls Grenzstreitigkeiten.

Vierter Platz: Der Bürgermeister Hallinger, Motiv Affäre mit Valentina.

Letzter Platz: Die Russenmafia, Motiv unbekannt.

Unsere ersten Bemühungen, des Rätsels Lösung näherzukommen, waren sehr laienhaft und in keinster Weise von Erfolg gekrönt. Alles erschien uns in einem abschließenden Resümee absurd und an den Haaren herbeigezogen. Selbst eine Täterschaft Theos schlossen wir aus, er war zwar nachgewiesenermaßen das größte Arschloch im Ort, aber seiner Vali hätte er kein Härchen krümmen können. Im Grunde genommen war er kein schlechter Kerl. Er tat nur so.

Mittlerweile war die Angeber-Schickimicki-Kaffeekapselmaschine, für die ein kuhäugiger Anzug tragender Schauspieler Werbung machte, auf den vor allem

Frauen über 60 standen, zum Einsatz gekommen und erfüllte die Wohnküche mit aromatischem Duft. Ein Espresso nach dem anderen floss vor allem durch Deos Kehle. Jedes Tässchen kommentierte er mit: »Schwaaz und staak, wie ich!«

Cäci hatte sich einen Tee aufgebrüht, einen speziell fermentierten Pu-Erh Tee aus Yunnan. Yunnan ist die chinesische Provinz, die die deutlichsten kulturellen und geografischen Unterschiede in China repräsentiert und somit bestimmt den interessantesten Tee produzieren kann. Die Provinz zeichnet sich vor allem durch eine sehr große Biodiversität aus, was dem Tee bestimmt nicht schadet. Auch leben in der Provinz die letzten wilden Elefanten Chinas, die vermutlich bald abgeschossen werden, weil sie immer wieder die kostbaren Teefelder niedertrampeln. Aus Elefanten kann man immer noch keinen Tee herstellen. Der Tee erinnert in seiner Ursprünglichkeit an älteste chinesische Firlefanz-Tee-Traditionen. In Hongkong, den Gegenden um Tibet, der Mongolei, Kanton und in meiner Küche in Cäcis Teeschublade ist er aus dem täglichen Leben nicht mehr wegzudenken. Andächtig betrachtete Cäci den Inhalt ihrer Original-China-Teeschale.

Noch zwei Kapseln in die Maschine, brummen lassen, Kaffee zapfen. Deo: »Schwaaz und staak, wie ich!«

»Was sagen wir denn, wenn die Kommissarin auftaucht?«

Ich war schon etwas in Sorge und konnte mir vorstellen, dass meine Befragung besonders intensiv ausfiel. Unter normalen Umständen hätte ich dies sogar genossen, da die Kommissarin ein ganz spezielles Kaliber war.

Aber im Angesicht der Tatsache, dass meine Karten nicht die allerbesten waren, musste ich mir schon gut überlegen, was ich im Fall aller Fälle der blonden Gesetzesfrau sagen sollte. Deo wusste die Antwort:

»Die Waaheit!«

Okay, dann *könnte* ich es diesmal mit der Wahrheit versuchen, aber meist glaubt man einem ja gerade selbige nicht. Besonders in diesem speziellen Fall. Ich fand es unter den gegebenen Umständen mehr als angebracht, niemanden, auch nicht meine Cäci oder den zur Beichtverschwiegenheit verpflichteten Freund und Pfarrer Deo, davon in Kenntnis zu setzen, dass der Schraubenzieher mit dem markanten Holzgriff, der in Valentinas Brust steckte, mir gehörte. Es war ein Erbstück meines Vaters! Eigentlich gehörte er Korbi, es war sein Schwert beim Ritterspiel!

11 VERHÖRE UND VIEL BLABLABLA

Die schöne, aber tüchtige Kommissarin war offensichtlich so strukturiert, dass der Tag des Herrn keine transzendente Bedeutung für sie hatte. Ungestüm drang sie mit ihrem Fiat 500 in die sonntägliche Ruhe Riedhagens ein. Das kleine, aber feine Damengefährt schaukelte über die herrliche, birkengesäumte Riedallee, offensichtlich machten der mutigen Fahrerin Straßenbodenwellen, die dem riedigen Untergrund geschuldet waren, besonderen Spaß. Das Fahrzeug war zwar winzig, man konnte es aber nicht als hässlich bezeichnen: Es war ein Fiat 500 C in Bossa Nova Weiß mit rotem Multi-Stage-Stoffverdeck. Am Ende der Schaukelfahrt stieg eine Frau aus, die groß, blond und bestens gekleidet war, und ebenso wie ihr stylisches Gefährt in jeglicher Hinsicht voll up to date wirkte.

Ihr erster Besuch im heutigen sonntäglichen Besuchsprogramm galt dem Neu-Witwer Theodor Lederer.

Theodor saß einsam in einem der tiefen Ledersessel am Tisch mit der Schieferplatte. Bundenbacher Schiefer aus dem Hunsrück mit Fossilien. Die Platte hatte er von seinen Eltern geerbt, den Tisch daraus hatte er sich speziell anfertigen lassen. Und nun tropften immer wieder Tränen und Nasenrotz auf die Schieferplatte, weil er weit vornüber gebeugt den Kopf über die Ellbogen auf den Knien abgestützt auf der Kante des ledernen Sessels saß.

Die sensible Kommissarin sprach zuerst ihr Beileid aus, um dann mit den üblichen Routinefragen zu Beziehung, Freundeskreis oder Streitigkeit und Feinden einen ersten Eindruck zu gewinnen, was die Lederers für ein Pärchen waren. Vor allem Lederers Ausführungen über den Streit mit Daniel Bönle schenkte sie große Aufmerksamkeit.

»Wie sind Sie denn nach Hause gekommen?«

»Zu Fuß.«

»Können Sie Ihren Weg beschreiben?«

»Eigentlich wollte ich die Abkürzung am Hühnerstall vorbei nehmen, aber dann hab ich mir's doch noch anders überlegt und bin ganz normal die Straße entlang gelaufen.«

»Warum?«

»Auf der Wiese war es mir mit meinen Ledersohlen zu rutschig.«

»Hat Sie jemand gesehen?«

»Keine Ahnung, wahrscheinlich nicht. Was soll das, bin ich eigentlich verdächtig? Sie glauben doch hoffentlich nicht, dass ich etwas mit Valis Tod zu tun habe. Schauen Sie da lieber mal zum Bönle. Der ist nämlich plötzlich verschwunden. Ich habe zwar einen gottsallmächtigen Rausch gehabt, aber das habe ich noch klar mitbekommen, dass der ganz heimlich verschwunden ist, nachdem die Vali aufgebrochen ist. Der hat doch Dreck am Stecken!«

Und wieder tropfte etwas auf den Bundenbacher Schiefer.

Parallel zur Tonaufzeichnung mittels Smartphone machte Frau Krieger handschriftliche Notizen mit Buchstaben, Zahlen und Symbolen.

»Sie hatten die Gelegenheit, von Valentina Abschied zu nehmen. Wir haben Ihnen alles gezeigt, was sie am Körper trug. Sie wollten noch einmal darüber nachdenken, ob Kleidung und Schmuck vollständig waren. Ist Ihnen dazu noch etwas eingefallen?«

»Ach ja, das hätte ich beinahe vergessen. Ihr goldenes Fußkettchen, das mit dem Kleeblatt, das fehlt!«

Die Kommissarin setzte ihre Frage ganz bewusst, quasi als Höhepunkt der Befragung Lederers:

»Sie wussten doch bestimmt, dass Ihre Frau schwanger war, Herr Lederer?«

Jegliche Farbe wich aus Theodor Lederers ansonsten rötlichem Gesicht. Natürlich hatte er es gewusst. Sie platzten beide vor Stolz, als sie das Ultraschallbild bekommen hatten.

Frieda empfing die Kommissarin mit Kaffee und »Krassaa«, wie sie es nannte. Etwas Butter und Marmelade dazu. Die Croissants waren Tiefkühlware. Nach dem üblichen Muster befragte die Gutgekleidete die Kittelbeschürzte. Dann ging es ans Eingemachte.

»Mich interessiert vor allem der Streit Ihres Schwiegersohnes mit Lederer. Können Sie den mal so genau wie möglich schildern?«

»Also, so wild war das auch nicht. So ist's halt, wenn zwei Hirsche aufeinandertreffen. Die saßen hier am Stammtisch, die Motorradfahrer und gleich daneben die Lederers. Dann hat der Lederer provoziert. Irgendwie mit seinem Computerdings da rum gemacht, und dann hat ein Wort das andere ergeben.«

»Das ist mir zu unpräzise, einfach der Reihe nach!«

»Eigentlich hat es damit angefangen, dass alle zur Hecke gerannt sind, weil Deo seine Quickly mal wieder gegen Danis Harley gelehnt hat. Das ist so ein Späßchen, das Deo gerne macht, um Dani zu frotzeln. Da hat sich der Lederer direkt neben Dani aufgebaut und wieder mit dieser Grenzgeschichte angefangen.«

Ausführlich stand nun Frieda Rede und Antwort zur Grenzangelegenheit.

»Wie eskalierte dann der Streit?«

»Eskaliert, eskaliert – so schlimm war das Ganze nicht. Der Lederer ist halt an den Stammtisch gekommen und hat sich vor Dani aufgebaut. Gekippt ist es eigentlich erst, als der Lederer gesagt hat, er würde auf den Korbi schießen, wenn er noch einmal sein Grundstück betritt. Und damit ist er auch zu weit gegangen, also so was sagt man nicht!«

»Wie hat daraufhin Ihr Schwiegersohn reagiert?«

»Ganz normal, er hat ihn am Kragen gepackt. Das war alles. Die Cäci hat ihn dann beruhigt, mehr war da nicht!«

»Lederer hat ausgesagt, dass er von Herrn Bönle massiv bedroht wurde. Wissen Sie etwas dazu?«

»Kann sein, dass er das meint, als er noch einmal an den Stammtisch gegangen ist. Das war später, da ist der mit seinem Computerdings da gekommen und wollte dem Dani noch einmal die Karte mit den Grenzen zeigen. Das, was er hingefälscht hat, der Lump. So etwas würde Sie auch provozieren. Dann hat er noch Danis Bier mit voller Absicht umgeschubst. Danis Hose war komplett nass. Das würde Sie auch nicht freuen.«

»Wie hat Ihr Schwiegersohn darauf reagiert?«

»So hätte doch jeder reagiert.«

»Wie?«

»Er hat ihn am Hemd gepackt und gesagt, er solle gehen.«

»Waren das seine Worte?«

»Na gut, er hat ihm gedroht: Er soll mit seiner Russenschlampe abhauen, sonst würde etwas passieren.«

Die Blonde machte Notizen, nickte, war freundlich und gab sich erst zufrieden, als sie auch wusste, wann wer die Gastwirtschaft in welchem Zustand verlassen hatte. Vor allem für Flaschen-Gordons Abgang interessierte sie sich.

»Sie scheinen ja bestens darüber Bescheid zu wissen, was in Ihrer Gastwirtschaft geschieht?«

Frieda lachte laut, ihr mächtiger Busen brachte die Kittelschürze in Schwingungen.

»Wer, wenn nicht ich. Ich weiß, was bei mir läuft. Ich muss alles im Blick haben, den Rest machen die guten Bedienungen und das Küchenpersonal. Ich muss nur eingreifen, wenn es klemmt. Und wenn ich merke, dass es Unstimmigkeiten unter den Gästen gibt, dann bin ich immer präsent. Aber das muss ja nicht jedem auffallen.«

Stolz maß Frieda ihr Reich mit den Augen ab.

»Okay, kommen wir zu diesem Flaschen-Gordon. Das ist doch nicht sein richtiger Name?«

»Nein, der trinkt halt sein Bier immer aus der Flasche. Und weil er eben Gordon heißt, nennt man ihn so. Der Dani hat mir das mal erklärt. Da gibt es wohl so einen Film, da heißt der Held Fläsch Gordon, drum nennen sie ihn so. Sein richtiger Name ist Müller, Gordon Müller.«

»Was macht der so?«

»Lehrer, wie der Dani, der war lange in Riedlingen, aber die ewige Fahrerei, Sie verstehen? Das hat ihn auch mürbe gemacht. Jetzt ist er in Wilhelmsdorf. Das hat ihm ganz gut getan. Aber Sie wissen ja, wie das heutzutage so ist. Es ist ihm halt nicht so wie anderen. Sie verstehen schon, was ich meine?«

»Nein.«

»Ha, jetzt machen Sie mal einen Punkt, Frau Kommissarin. Die sagen heute Burn-out und meinen natürlich üüüberg'schnappt, der Gordon ist überg'schnappt.«

»Wie bitte?«

»Ha, verrückt. Jetzt ist er im Irrenhaus, hat aber Freigang!«

»Wo ist der?«

»Ha, in Saulgau, im Irrenhaus!«

»Aber Frau Maier, Sie meinen wahrscheinlich die Psychosomatische Klinik? Und vermutlich leidet er an Depressionen und Burn-out, das ist oft gekoppelt. Aber Sie dürfen nicht verrückt sagen, das geht nicht!«

»Ach, mit den schwierigen Wörtern hab ich's nicht so. Und heutzutage sagt man alles vornehmer als früher, und besser wird dadurch doch nichts.«

Die Kommissarin nickte nachdenklich.

»Aber Ihre Tochter ist doch Psychologin!«

»Oh ja, ich hab bittelt und bettelt, dass sie was Anständiges studiert. Ich hätt mich auch gefreut, wenn sie die Wirtschaft übernommen hätt. Aber jetzt haben beide keinen anständigen Beruf.«

»Wie *beide*?«

»Ha, er Lehrer, sie Psychologin, ja meinen Sie, damit kann man glücklich werden?«

»Kommen wir zurück auf diesen Flaschen-Gordon. Wann hat der denn das Lokal verlassen?«

»Was heißt hier Lokal? Der saß auch mit den anderen am Stammtisch, aber seit er, äh, Depressionen hat, ist der halt viel ruhiger. Obwohl er noch nie die Stimmungskanone war. Wen wundert's, bei dem Weib.«

»Wie meinen Sie das?«

»Ja, die sollten Sie kennenlernen, die geht zum Lachen in den Keller, die ist räser als der räseste Most.«

»Können Sie das erklären?«

»Ha ja, das ist ein Weib zum Totschlagen.«

Die Kommissarin notierte.

»Sie denken also, dass schuld an seinem jetzigen Zustand seine Frau ist?«

»Das ist aber so sicher wie das Amen nach dem Vaterunser. Mit so einem Ripp zu Haus schnappt jeder Mann über.«

»Wann hat denn Herr Müller den Stammtisch verlassen?«

»Das war direkt nach der Valentina. Das weiß ich ganz genau, ich hab nämlich nach der Beleuchtung geschaut. Ich hab noch gedacht: Was geht der hinter der Valentina her?«

»Wo wohnt er denn?«

»In Wilhelmsdorf.«

»Ist er mit dem Motorrad nach Hause gefahren?«

»Nein, die ganzen Maschinen, außer die vom Herrn Rädle, standen noch da. Der hat dann noch seinen Spezel Gesicht mitgenommen.«

Die Kommissarin notierte, nahm auf und fragte immer wieder nach, bis sie das Beziehungsgeflecht der MIKE-BOSSler in Bruchstücken zu kennen glaubte.

»Und noch etwas, Frau Maier. Wo war denn Ihr Schwiegersohn, als Valentina gegangen ist? Ich habe Zeugenaussagen, dass es da eine Lücke gibt.«

»Davon hab ich jetzt nicht so viel mitbekommen, der Dani war halt kurz weg, ein bisschen frische Luft schnappen. Der hatte ja auch eine Kleinigkeit intus, und dann der Streit mit dem Lederer. Ich hab halt gesehen, wie er sich von Deo und Gesicht verabschiedet hat.«

»Wie lange war denn Ihr Schwiegersohn verschwunden?«

»Verschwunden, verschwunden, wie hört sich das denn an? Der war doch nicht verschwunden, der war halt kurz weg, vielleicht zehn, maximal 15 Minuten. Wenn's hoch kommt!«

»Das trifft sich ja ganz gut, Bönle, äh, Herr Bönle, dass Sie Besuch haben. Grüß Gott, Herr Pfarrer, schön, dass Sie auch hier sind, das erspart mir einen Weg. Darf ich?«

»Natürlich, nehmen Sie Platz.«

Galant verwies ich auf den bequemen Sessel in unserem Wohnzimmer.

»Ein prächtiges Aquarium, bestimmt 1000 Liter? Das hat ja locker zwei Meter.«

»Ja, 200 auf 80 auf 60.«

»Barsche?«

»Ja, Ostafrika.«

»Aus meina Heimat, aba wir essat diesa Fischle.«

Deo nahm ein Gäbelchen des Zwetschgenkuchens, den Cäci frisch gebacken hatte.

»Auch ein Stückchen, Frau Kommissarin?«

»Danke gerne, aber keinen Kaffee, den hatte ich schon bei Ihrer Mutter.«

Das Croissant verschwieg sie.

»Ja, dann kommen wir doch gleich auf den Punkt. Sie beide …«

Mit ihrem schlanken Zeigefinger deutete sie auf Deo und mich.

»… gehörten ja zu der Gruppe, die die Tote gefunden und nebenbei wichtige Spuren zertrampelt hat. Gerade Sie, Bönle, sollten wissen, dass man so an einem Tatort, besser gesagt Fundort, nicht herumtapst.«

»Das ist schon richtig, aber ich bin auch erst später dazu gekommen. Gefunden hat die Tote der Hallinger, und der hatte den Lederer im Schlepptau. Erst durch das Geschrei Lederers sind wir beiden dazu gestoßen.«

»Okay, lassen wir das mal. Der Zwetschgenkuchen ist übrigens exzellent.«

»Ja, ganz wundabaa, kann ich noch eina ganz kleina Stückle haba?«

Die Kommissarin fixierte mich:

»Können Sie mir erklären, wo Sie waren, nachdem Valentina Lederer den Biergarten verlassen hat? Da scheint es eine kleine Lücke zu geben?«

Mit der Frage hatte ich natürlich gerechnet. Nur, was sollte ich nun sagen, die eine Wahrheit oder die andere. Ich entschied mich für die eine.

»Also, das war so …«

Ich schilderte der aufmerksamen Kommissarin, was tatsächlich geschehen war, dass mir der Ärger mit Lederer, gekoppelt mit dem kühlen Bier, auf den Magen geschlagen hatte. Dass ich die fraglichen 20 Minuten auf Friedas Toilette verbracht und aus falscher Scham gesagt hatte, ich musste mir den Kopf frei laufen. Ich war in allem sehr überzeugend, die Kommissarin nickte verständnisvoll.

»Und das soll ich Ihnen glauben? Dass Sie 20 Minuten die Scheißerei hatten, nur weil der Herr Lederer ein bisschen rüpelhaft war? Das glauben Sie ja wohl selbst nicht.«

So war das mit der einen Wahrheit, da hätte ich wohl besser die andere genommen.

Es ging dann noch lange bei Zwetschgenkuchen hin und her. Bis die attraktive Frau des Gesetzes aufstand und »Sie halten sich zur Verfügung« sagte. Sie nutzte noch kurz unsere Toilette, um sich frisch zu machen.

Mit Korbi auf dem Arm verabschiedeten wir die Blonde.

»Ach, noch was …«

Sie kramte ihr Smartphone aus der Tasche und zeigte mir den Bildschirm.

»… kennen Sie diesen Schraubendreher?«

Sie sagte tatsächlich Schraubendreher!

Ich wollte schnell verneinen, als Korbi rief:

»Mein Schwert, das ist mein Schwert!«

Er verschmierte mit seinen Fingerchen den leuchtenden Bildschirm. Cäci sagte leise:

»Ja, das sieht aus wie der Schraubenzieher, mit dem Korbi immer spielt!«

Das Bild auf dem kleinen Monitor zeigte lediglich den Griff und den Stahl bis zum weißen Stoff von Valentinas Bluse, nicht den Gesamtkontext. Die Kommissarin hatte es noch am Fundort mit dem zuschaltbaren Blitz gemacht. Die Aufnahme war nicht sonderlich gut, aber sie reichte aus, Cäci und ihren Sohn davon zu überzeugen, dass es *das Schwert* war. Ich wusste es ja schon!

Korbis Traumatisierung würde einen noch höheren Grad erreichen, er konnte schon den Verlust seiner Spritzpistole kaum verschmerzen. Was nun, wenn ihm auch sein Schwert genommen war?

Die Zimmer waren hübsch, hohe Decken, eine größere Glasfront zum Balkon hin. Flaschen-Gordon hatte der Kommissarin höflich den Sessel angeboten, er saß auf dem Rand des Bettes. Gordon Müller wirkte nervös.

Die Kommissarin recherchierte den Biergartenabend bis ins letzte Detail. Lange befragte sie Gordon und hinterfragte seine Sicht des Abends.

»Herr Müller, es gibt da ein kleines Problem. Wann sind Sie denn gegangen?«

»Die Zeit weiß ich nicht mehr, aber das müsste kurz nach der Valentina gewesen sein.«

»Etwas ganz anderes: Wann müssen Sie eigentlich in der Klinik sein?«

»Um zehn, dann wird geschlossen.«

»Sie müssten aber deutlich später dort angekommen sein.«

»Stimmt, aber mein Zimmernachbar macht mir immer auf. Ich schmeiß ein Steinchen an sein Fenster, dann kann ich bei ihm einsteigen. Sie sehen ja, wir sind ebenerdig.«

»Können Sie mir seinen Namen geben?«

Die eifrige Staatsdienerin notierte.

»Zurück zum Abend in Frau Maiers Biergarten. Wie sind Sie denn nach Hause gekommen?«

»Ich habe ein Taxi gerufen.«

»Wann ist das Taxi gekommen?«

»Das weiß ich nicht.«

»Wie lange haben Sie ungefähr gewartet?«

»Keine Ahnung, höchstens 20 bis 30 Minuten.«

»Haben Sie so lange noch ein Bier getrunken?«

»Nein, ich habe draußen im Hof auf das Taxi gewartet, mir war das zu viel mit dieser Streiterei.«

»Gibt es Zeugen, die Sie draußen gesehen haben?«

»Ein paar Gäste sind gekommen, ein paar gegangen, die müssten mich gesehen haben. Obwohl, ich stand ein bisschen abseits, ich wollte nicht angesprochen werden.«

»Warum nicht?«

»Ich habe nicht immer Lust zu reden.«

»Warum sind Sie hier in der Klinik?«

»Das geht Sie nichts an!«

»Ich weiß. Trotzdem, warum sind Sie hier, Herr Müller? Ist es wirklich nur Burn-out?«

»Wer hat das gesagt?«

»Tut nichts zur Sache! Reden Sie, ich bekomme es sowieso heraus.«

Flaschen-Gordon fiel es schwer, über seine Probleme zu reden, doch dann sprudelten die Worte aus ihm heraus.

Der Beruf sei nicht das Problem. Sein Hauptproblem sei das Rollenspiel, wie er es nannte. In der Schule müsse er den allwissenden, guten Pädagogen spielen. In seiner Freizeit müsse er den harten Rocker mimen, der mit seinem Motorrad alte Damen erschreckt. Zu Hause wird von ihm erwartet, der aufmerksame Ehemann zu sein, der einerseits seine Gattin ritterlich beschützt, andererseits die Schnitzelchen so paniert, dass sie seiner Frau und den beiden Kindern genehm sind. Immer müsse man einer Rolle gerecht werden, und das könne er nun im reiferen Alter nicht mehr. Außerdem hätte er den Tod eines Freundes Butzi nie richtig verkraftet, und er fühle sich mitschuldig an dessen Tod, da er aufgrund einer Wette gestorben sei.

Dass das noch nicht alles war, ahnte die Kommissarin.

»Können Sie mir den Namen des Taxifahrers nennen, der Sie in die Klinik gefahren hat?«

Gordon schaute erschreckt.

»Warum, nein, das war ein ganz normaler Taxifahrer!«

»Das Unternehmen?«

»Keine Ahnung! Aus Saulgau halt!«

»Gut, da gibt es nicht so viele, das bekomme ich heraus.«

Flaschen-Gordon biss sich auf die Unterlippe und dachte angestrengt nach.

Telefonisch ging das sehr schnell.

»Okay, vielen Dank, wenn ich Sie noch einmal brauche, melde ich mich. Vielleicht müssen Sie kurz auf der Dienststelle vorbeikommen, um eine Aussage zu machen oder eine Unterschrift zu leisten.«

Die Kommissarin setzte sich, rieb sich am Kinn. Das war ja wirklich ein Volltreffer! Hatte sich doch dieser Müller einen Kilometer mit dem Taxi kutschieren lassen und war dann mitten in der Riedallee ausgestiegen! Und wenn sie das richtig deutete, waren es von dort aus nur wenige Meter zum Fundort der Leiche. Der Fall schien immer rätselhafter zu werden.

Diese MIKEBOSSler waren ihr plötzlich suspekt. Da stimmte doch etwas nicht. Die musste sie näher beleuchten.

12. GERÜCHTEKÜCHE

Und wieder gab es im idyllischen Riedhagen Rätsel, deren gordische Verknotungen nur mittels Stammtisch-Rhetorik, Frauengeschwätz und Pseudodenkertumschwert gelöst werden konnten.

*

Die alteingesessenen Stammtischler

»Die hat das doch provoziert. Also, wenn meine Tochter so daherkommen würde, dann, dann …«

»Deine Tochter geht auf die 60 zu, von der will keiner mehr was wissen!«

»Awa, red doch nicht so daher, du weißt, was ich meine. Wenn man so daherkommt, dann braucht man sich nicht zu wundern.«

»Über was? Du schwätzt ja schon daher wie die da im Fernsehen!«

»Dass die Frauen selber schuld sind.«

»Frag dich lieber, was das für Kerle sind, die so was einer Frau antun!«

»Jetzt soll die Valentina schuld dran sein, dass sie umgebracht wurde! Ja spinnst du? Frag dich lieber, warum ein Kerl so was tut, und wer von uns so was tut!«

»Du glaubst doch wohl nicht, dass das einer von uns ist?«

»Ja woher soll der sonst kommen? Glaubst du, da

macht sich ein Eskimo auf, um hier die Valentina zu erstechen? Mit Sicherheit nicht. Der Täter kommt bestimmt ganz aus der Nähe.«

»Awa, schwätz auch noch dümmer daher. Das ist Nestbeschmutzerei! Nichts anderes!«

»Und die Sache mit dem Schraubenzieher. Das ist ganz eindeutig, dass der vom Bönle ist. Ja glaubst du, der ist vom Himmel gefallen und hat die Valentina zufällig erwischt? Das glaubst auch bloß du!«

»Und du, was glaubst du, dass der Bönle die erstochen hat, weil's ihm als Lehrer gerade langweilig war? Ja du spinnst doch!«

»Das habe ich nicht gesagt, aber dass der Mörder nicht irgend ein Riedgeist ist, sollte auch dir klar sein!«

»Warum denn immer Mörder, Mörder, das kann ja auch eine Frau, eine Mörder*in* gewesen sein!«

»Das glaubst auch bloß du, dass so was eine Frau machen kann. Frauen schlachten nicht ab, die vergiften!«

*

Die Hausfrauen auf der Straße

»Hast du schon gehört?«

»Was?«

»Die Mordwaffe ist vom Bönle.«

»Nein, du meinst, der hat sie umgebracht?«

»Ach Quatsch, der bringt doch niemanden um. Der kann ja nicht mal seiner Cäcilia sagen, dass sie nicht immer so kurze Röcke tragen soll. Die kommt immer sehr luftig daher.«

»Vielleicht mag er's ja so?«

»Ja, aber der Korbinian war's garantiert nicht!«

»Was soll jetzt der Blödsinn, was hat denn der Korbinian damit zu tun?«

»Ha, weißt du nicht, dass der immer mit dem Schraubenzieher gespielt hat? Der ist doch mit seinem Helm und seinem Umhang als Ritter durchs Dorf, und der Schraubenzieher war sein Schwert.«

»Das ist alles sehr unheimlich. Ob da nicht mehr dahinter steckt?«

»Ja was soll da mehr dahinter stecken? Jetzt komm mir bloß nicht mit irgendwelchen Verschwörungstheorien!«

»Ach was, kennst mich doch. Mit so was hab ich nichts am Hut. Aber die Sache da mit dem Nebel, das lässt mir keine Ruhe, irgendwas Unheimliches hat die ganze Geschichte. Warum sehen die an dem Abend, wo die Valentina verschwindet, an der Stelle, wo man sie dann gefunden hat, einen Nebel, einen komischen?«

»Weil dort immer Nebel ist, fast jeden Abend, wenn die Witterung entsprechend ist.«

»Ja glaub du nur an den Verstand und an die Wissenschaft, es gibt aber Dinge zwischen Himmel und Erde …«

*

Die frühverrenteten Denker während des Riedrundgangs

»Was glaubst du, wie lange es geht, bis sie den Bönle verhaften?«

»Der Bönle steht doch wohl nicht unter Mordverdacht! Genauso gut kann der Ehemann dahinter stecken oder irgendein Liebhaber oder eigentlich jeder von uns.«

»Ich bestimmt nicht!«

»Warum du nicht, hast du ein Alibi für die Tatzeit?«

»Nein, ein Alibi in dem Sinne eigentlich nicht, aber ich war in der Badewanne.«

»Gibt es Zeugen dafür?«

»Zeugen, Zeugen – ach ja, meine Frau musste mir ein neues Shampoo bringen.«

»Na, dann hast du ja Glück gehabt. Ich hätte für den Abend kein Alibi. Meine Frau war in Ravensburg im Kino, und ich habe gelesen.«

»Ja denkst du, das Ganze hat etwas mit der Grundstückgeschichte zu tun?«

»Ausschließen kann man so etwas nie, aber der Bönle greift doch nicht zu solchen Mitteln, wenn, dann hätte er den Lederer umgebracht und nicht seine Frau.«

13. OBDUKTION

Obwohl es nach all den Dienstjahren Routine geworden war, fand sie Obduktionen schrecklich. Sie musste nicht anwesend sein, doch sie war es den Opfern schuldig. Ganz genau wollte sie wissen, was mit ihnen in den letzten Sekunden ihres Lebens geschehen war. Wenn sie nackt und wieder zusammengeflickt vor ihr lagen, konnte sie die letzten Augenblicke viel besser nachvollziehen. Wenn sie weiß und völlig ungeschützt auf dem kalten Tisch lagen zwischen all den fürchterlichen Instrumenten, dann konnte sie ihnen einen Teil der Würde zurückgeben, die ihnen auf so brutale Art und Weise genommen worden war. Sie war überzeugt davon, dass es eine Form der Wiedergutmachung für das Erlittene war. Sie ließ sich, als sie ganz allein mit der Toten im kühlen Raum war, noch einmal durch den Kopf gehen, was die Pathologin gesagt hatte.

Die Parasiten, die sich an Valentinas Körper gütlich getan hatten, um den Leichnam wegzuräumen und sich selbst zu vermehren, sprachen eine eindeutige Sprache. Valentina war am Tag ihres Verschwindens ermordet worden. Für den Tod sorgte ein Stich ins Herz. Insgesamt zwölf Stiche waren einem Gegenstand mit sehr scharfer und schmaler Klinge zuzuordnen. Absolut rätselhaft waren die drei Stiche mit dem Schraubenzieher, da sie postmortal zugefügt wurden. Der letzte ging ins Herz. Die ersten Stiche mit der scharfen Waffe wurden auch mit deutlich mehr Kraft ausgeführt, die mit dem

Schraubenzieher waren schwächer. Die ersten drei Stiche wurden gesetzt, als das Opfer noch stand. Die weiteren Einstiche wurden dem Opfer zugefügt, als es schon lag. Es wurde eindeutig übertötet. Eine Vergewaltigung lag ganz offensichtlich nicht vor. Fremde DNA-Spuren wurden keine gefunden. Für den abgelösten Fuß waren die Verwesung und Tiere zuständig.

Mit Entsetzen gingen der Kommissarin die Worte der Pathologin durch den Kopf: »Aber die Frau war schwanger, im dritten Monat.«

Und was der Kommissarin auch nicht aus dem Kopf ging, waren die Schuhe. Als Valentina gefunden wurde, trug sie den linken Schuh am rechten Fuß.

Sie blickte noch einmal auf das, was von Valentina übrig war. Der Körper war trotz der sommerlichen Temperaturen in einem auffallend guten Zustand. Laut Pathologin war dieser Umstand den kühlen Nächten und dem schattigen Auffindeort geschuldet.

In die Kühle der Aufbewahrungsbox zurück. Sie war bestimmt einmal eine sehr schöne Frau gewesen.

14. ÜBERLEGUNGEN

Cäci ging im Wohnzimmer auf und ab, ihre Flipflops erzeugten bei jedem Schritt ein sanftes Ploppen. Ich meditierte ins Aquarium und beobachtete die Pseudotropheus tropheops. Die Männchen waren mal wieder hinter den Weibchen her. So war das immer.

Korbi war bei seiner Oma und dort in besten Händen. Vermutlich würde er wieder mit allerlei Süßem verwöhnt werden. Cäci und ich stellten Überlegungen nach dem Muster »Was wäre wenn« an. Die zentrale Frage, an der wir gerade arbeiteten, lautete: Was wäre, wenn sie mich tatsächlich zum engsten Kreis der Tatverdächtigen zählen würden? Was dann? Würde man mich gleich verhaften? Oder hätte ich Zeit, meine Unschuld zu beweisen? Cäci war mit Goldi in ständigem Telefonkontakt, einen Top-Anwalt hatte er schnell für mich gefunden. Für den Fall aller Fälle.

»Was glaubst du, sind an der Tatwaffe noch Spuren von mir? Eigentlich hat ja nur Korbi den Schraubenzieher herumgeschleppt.«

»Das kann ich doch nicht sagen. Bin ich Gentechnikerin?«

»Schon möglich, dass da was von mir dranhängt!«

»Ich will lieber Antwort auf die Frage, wie der Schraubenzieher überhaupt in Valentinas Brustkorb gekommen ist.«

»Das würde mich auch interessieren.«

»Korbi kann's ja nicht gewesen sein. Also muss

jemand den Schraubenzieher vom Grundstück gestohlen und die Valentina damit erstochen haben, um es dir anzuhängen.«

Ein scheußlicher Gedanke, dass es einen Menschen gibt, der versucht, einen zu vernichten, indem er einem einen Mord anhängt. Ich schüttelte meinen Kopf und stützte ihn mit beiden Händen. Cäci fuhr mir durch mein langes Haar, verstrubbelte es ein bisschen.

»Hei, Kopf hoch, wir lassen den Kopf doch jetzt nicht hängen. Es gibt doch keine Beweise gegen dich, nur die Tatsache …«

Ich unterbrach sie:

»… nur die Tatsache, dass ich Lederer attackiert habe, ihm, so die Aussage des Bürgermeisters, auf dem Fest eine verpasst habe und letztendlich mein Schraubenzieher im Opfer steckt, spricht ja nichts gegen mich.«

»Mensch, das schaffen wir!«

»Ich kann den Satz nicht mehr hören. Das ist nur eine Leerformel. Wir brauchen einen Plan B. Eines sag ich dir, Cäci, einlochen lass ich mich nicht. Wenn die kommen und mich einsperren wollen … das mach ich nicht mit. Verdammt noch mal, ich muss meine Unschuld irgendwie beweisen!«

»Und wie willst du das machen?«

»Ganz einfach, wir müssen den richtigen Täter finden.«

»Und wie stellst du dir das vor? Du ermittelst brav neben der Krieger her, sie teilt dir ihre und du ihr deine Ergebnisse mit. Und am Schluss präsentiert ihr gemeinsam den wahren Mörder. So funktioniert das bestimmt nicht.«

»Das habe ich doch gar nicht behauptet, ich stelle mir das anders vor, nämlich ich, ich …«

Eigentlich konnte ich mir überhaupt nicht vorstellen, wie ich den Täter ermitteln konnte. Meine früheren bescheidenen Erfolge als privater Ermittler waren eher dem Zufall geschuldet als meiner intellektuellen Schärfe. Das wusste auch Cäci.

»Ich muss ganz einfach auf eigene Faust ermitteln, was anderes bleibt mir nicht übrig!«

Cäci setzte sich neben mich:

»Ich werde dich natürlich unterstützen, auch Deo und die MIKEBOSSler werden zu dir halten. Und du wirst sehen, morgen sieht schon alles viel freundlicher aus. Es ist gut möglich, dass die Kommissarin schon in den nächsten Stunden den Täter präsentiert. Trotzdem dürfen wir so etwas wie einen Plan B nicht aus den Augen verlieren. Ich habe da eine Idee …«

Und so stand nach reiflicher Überlegung, einigen Telefonaten, Gesprächen und Einkäufen Plan B.

»Aber vermutlich brauchen wir den gar nicht.«

Beruhigend klopfte mir Cäci auf die Schulter.

Wie meilenweit Cäci mit dieser abschließenden Einschätzung von der tatsächlichen Entwicklung in der Causa Bönle entfernt war, ahnte sie nicht.

15. DIE ZOMBIE-FRAU

Um den Kopf freizubekommen, zog ich den Impala aus der Zweifachdoppel-Garage neben dem Carport, der bis vor Kurzem noch ein einfacher Stellplatz war. Der Chevy Bel Air Impala 1960, Cabriolet zweitürig, Serie 1800 mit V8-Motor und satten sieben Litern Hubraum war das richtige Medium, um den Kopf tatsächlich von üblen Gedanken zu befreien. Zuerst ging es auf den Höchsten, zum Aussichtspunkt. Kein Föhn, keine Alpensicht. Der Bodensee glitzerte in der Ferne. Der Zeppelin zog seine Kreise.

Wieder hinunter an den Illmensee, an den Campingplatz, ans Eingangshäuschen. Ein kleines Bierchen mit ein paar Campinggästen. Dann musste ich sowieso Platz machen, um einem Hymer-Wohnmobilisten Raum für die Einfahrt zu schaffen, er kam nicht am Impala vorbei. Ein paar Meter weiter, zum Hackel-Schorsch, ganz nach hinten ins dicht bewachsene Gärtchen. Ein Spezi, ich musste unbedingt nüchtern bleiben. Von dort ging die unkoordinierte Fahrt abschließend in die »Riedwirtschaft«. Im Schatten des rahmenden Nadelgehölzes döste lediglich ein Hund. Noch war es zu früh für eine abendliche Einkehr. Ich setzte mich, lange überlegend, welchen der freien Plätze im Außenbereich ich wählen sollte, schließlich in die unmittelbare Nähe der Eingangstür. Da musste die Bedienung nicht so weit laufen.

Das nette Fräulein brachte mir dann kopfschüttelnd und eher widerwillig ein Wasser. Meine Bestellung sorgte wohl für etwas Aufregung im Innenbereich. Sich vergewissernd, dass ich tatsächlich der Fahrer des Impalas war und für die außergewöhnliche Getränkebestellung zuständig, streckten Wirt und Wirtin inklusive Fräulein neugierig den Kopf aus der Tür.

»Alles in Ordnung, Dani?«

»Ja natürlich, alles in Ordnung. Zuerst den Durst löschen.«

Ich prostete eher widerwillig in Richtung Eingangstür. Die »Riedwirtschaft« diente in früheren Zeiten als Kantine für die Torfstecher. Heute war sie Anlaufstelle für zünftige Riedwanderer oder Eltern, die ihren Jung-ADHSlern ein bisschen Auslauf gönnten. Mittlerweile gab es auch im Ried einen Bannwald-Holzturm, fast 40 Meter hoch, auf einem stabilen Betonsockel thronend. Man konnte über 219 Stufen bis zur Glasbrüstung hochklettern und dann wieder hinunter.

»Ist das Ihr Auto?«

Ich zuckte, vor mich hin dämmernd, hoch. Die abendliche Hitze hatte mich schläfrig gemacht. Spontan nickte ich.

»Das ist ja voll geil! Ich dachte immer, Lehrer müssen so Elektroautos oder so Smartgurken fahren.«

»Lehrer müssen gar nichts! Hallo, Antonie, was machst denn du hier?«

»Das Gleiche könnte ich Sie auch fragen.«

»Das siehst du doch, ich trinke ein Wasser.«

»Ich dachte immer, Lehrer trinken nur Rotwein.«

»Du denkst zu viel, Kind!«

»Mag sein – darf ich mich zu Ihnen setzen?«

»Klaro!«

Ich wählte ein bisschen die Jugendsprache, wegen der gleichen Kopfhöhe und so quasi. Sie schien ja ganz schöne Vorurteile zu haben, was Lehrer betraf.

»Ich dachte, Lehrer gehen immer erst später einkehren.«

»Warum jetzt das?«

»Dass Sie in der Menge nicht so auffallen, wenn zum Beispiel Schüler in die Kneipe kommen.«

»Warum sollte man sich vor seinen Schülern verstecken?«

»Das ist doch voll peinlich, ungefähr so, wie wenn mein Vater in die Kneipe kommt, in der ich abhänge.«

»Ah ja, da soll ich eigentlich in keine Gaststätten mehr gehen, damit es meinen Schülern nicht peinlich ist?«

»Nein, so habe ich das nicht gemeint. Ich finde es voll cool, dass Sie hier schon so früh chillen. Ich dachte immer, Lehrer sind selbst in der unterrichtsfreien Zeit im Dienst. Vorbereiten, nachbereiten, lesen und nochmals lesen, das haben Sie uns immer gesagt. Aber echt cool, dass Sie auch raus gehen, und dann noch das coole Auto. Das hat bestimmt einen echten Motor?«

»Wie meinst du das, Antonie?«

»Sie haben doch immer geschimpft, wenn Ihre neue Chefin, die Frau mit dem langen Namen, mit Ihrem Elektroauto vor dem Fenster eingeparkt hat …«

»Äh, Antonie, nicht geschimpft, ich habe lediglich …«

»Doch, Sie sind manchmal ganz rot geworden und haben gedebert, wie man nur so einen Elektroscheiß fahren kann. Oder noch schlimmer sei der Hybridrotz, solange man wunderbare fossile Energie zur Verfügung hätte. Und dann haben Sie auch immer gemeint, eine Jahrhundert alte Motorkultur ginge verloren, wenn Autos mit Ladyshaver-Motoren ausgestattet würden. Da kann ich mich ganz genau daran erinnern. Weil das haben Sie jedes Mal gesagt, wenn die vor unserem Fenster eingeparkt hat.«

Ich musste unbedingt das Thema wechseln. Antonie schien in ihrer Freizeit deutlich fitter zu sein, als es das Gutachten für die Inklusionsklasse damals vorgegaukelt hatte.

»Na, Antonie, hast du wieder Zombies gesehen?«

»Nö, heute noch nicht, die kommen meistens später. Die haben Schwierigkeiten mit dem Sonnenlicht.«

Ah ja, jetzt wusste ich das auch!

»Warum gehst du dann überhaupt ins Ried, wenn du Angst hast, denen zu begegnen?«

»Da haben Sie mich falsch verstanden, ich will die doch sehen. Die Angst, die macht ja Spaß. Manchmal habe ich richtig Lust auf Angst. Man muss nur aufpassen, dass man nicht von denen verletzt wird.«

Natürlich wusste ich ein bisschen über Zombies, die Untoten, Bescheid. Aber wenn ich Antonie suggerierte, der Lehrer weiß mal wieder alles, wäre die nicht uninteressante Unterhaltung wohl bald beendet. Und Antonie war eine entzückende Unterhalterin, sie schaffte es innerhalb weniger Minuten, mich meine Sorgen vergessen zu machen.

»Warum muss man da aufpassen?«

Antonie schlug sich demonstrativ gegen die bleiche Stirn, verdrehte auffällig die Augen und lachte laut:

»Ha, das weiß doch jedes Kind, wenn man von Zombies gebissen wird, dann ist man angesteckt, dann ist man infiziert! Man wird selbst zum Zombie.«

»Bist du schon mal gebissen worden?«

Fassungslos starrte mich Antonie an, dann brüllte sie los vor Lachen:

»Ich glaub's ja nicht, ich ein Zombie! Wie kommen Sie denn da drauf, sehe ich etwa aus wie einer? Ich glaub's ja nicht, man sagt offensichtlich nicht umsonst, dass Lehrer einen an der Klatsche haben ... Oh, sorry, das war nicht so gemeint, Sie natürlich nicht! Aber das war echt cool, ich ein Zombie!«

»Darf ich dich auf ein Getränk einladen?«

»Klar, hab eh keine Kohle dabei!«

»Sagt man noch Kohle?«

»Wie sonst?«

Sie schüttelte den Kopf, sie schien Lehrer immer weniger zu verstehen.

»Haben Sie keine Frau?«

»Doch, das hab ich euch doch erzählt!«

»Nö, wir haben immer gedacht, Sie sind Single, weil Sie so komisch, äh, anders halt sind. Wie heißt die?«

»Cäcilia.«

»Waaas?«

»Haben Sie auch Kinder?«

»Ja, einen Sohn.«

»Wie heißt der?«

»Korbinian T. Rex.«

»Waaaaaaas?«

Die Unterhaltung mit Antonie wurde immer erfrischender. Mein Lachen war wieder zurückgekommen, auch ihr schien es immer besser zu gefallen, mit ihrem komischen Lehrer in der Abendsonne zu sitzen und mittlerweile Bier zu trinken. Cäci funkte ich, dass sie nicht mit dem Abendessen auf mich warten müsse, da ich weitere Vorbereitungen für Plan B traf.

»Darf ich dich zu einem Wuste einladen?«

Meine Schülerin kriegte sich schier nicht mehr ein:

»Aaah, Wuste, wer sagt denn heute noch Wuste? Ja klar, gerne einen Wurstsalat. Booo, Lehrer sind voll komisch, wenn man die privat kennenlernt, voll komisch!«

»Also einen Wurstsalat. Essen Zombies überhaupt so etwas?«

Und wieder war meine ganz einfache Frage an die bleiche dunkelhaarige Antonie, die mich immer mehr an mich selbst als Jugendlichen erinnerte, ein Quell der Heiterkeit. Sie prustete los:

»Denken Sie eigentlich echt, dass ich ein Zombie bin? Dann würde ich bestimmt keinen Wuuuste essen!«

Sie schien mich doch tatsächlich zu verarschen.

»Dann würde ich Menschenfleisch essen!«

Sie packte meine Hand, öffnete den Mund weit, verzerrte das Gesicht zur Grimasse und tat, als ob sie ein Stück Fleisch aus meinem Unterarm herausbeißen würde.

»Langsam, junges Fräulein, der Wurstsalat mit Ei und Käse kommt ja schon.«

Der Chef höchstpersönlich brachte uns das Essen. Mir stellte er einen Korb mit geschnittenem Bauernbrot, ein Schmalzhäfele und viel geschnittene Metzger-Zwiebel hin.

»Was essen Sie denn?«

»Schmalz!«

»Waas?«

»Schma-alz!«

»Ist das pflanzlich? Sie sind doch gar kein Vegetarier.

Sie haben doch immer behauptet, unter den Vegetariern findet man die meisten Psychopathen!«

»Das habe ich bestimmt nicht gesagt, außerdem ist Schmalz nicht vegetarisch. Es kommt von der Sau und liegt unter deren Haut. Eigentlich ist es Fett!«

»Au geil, darf ich mal?«

Meine Schülerin war so etwas von herzerfrischend, dass ich die Zeit völlig vergaß. Der idyllische Biergarten hatte sich mittlerweile gefüllt. Antonie hatte ihr »Autan« gezückt, ich konterte mit »Anti-Brumm«. Die allabendliche Schnakenattacke hatte begonnen.

»Herr Bönle, darf ich Sie mal was ganz Privates fragen?«

Antonie strahlte mich an.

»Na klar, Antonie.«

»Stimmt es eigentlich, dass Sie die Frau von dem einen da umgebracht haben?«

Stille, die Augen trafen sich, dann prusteten wir beide gleichzeitig los. Wurstsalat- und Schmalzbrotfetzelchen trafen sich in der Mitte des Tisches.

»Jetzt mal ganz ehrlich. Haben Sie die umgebracht? Das wäre voll cool, ich kenne bis jetzt nämlich noch keinen echten Mörder. Sie können's mir ruhig sagen, ich erzähl es auch keinem weiter. Großes Ehrenwort!«

Ernst bohrte sich ihr Blick in meine Augen.

Gut argumentierend versuchte ich dann, der Schülerin klar zu machen, dass ich für den Mord an Valentina nicht infrage kam. Ein kleines bisschen schien sie enttäuscht, ein größeres bisschen beruhigt.

»Sollen wir noch eine kleine Runde durchs Ried chillen, Zombies gucken?«

Abgeneigt war ich nicht, noch ein bisschen tiefer in Antonies Welt einzutauchen.

Doch in diesem Augenblick kam die Sprachbotschaft auf meinem Handy an. Sie war schwer verständlich, da ein melodisches Hintergrundgeräusch das Gesprochene untermalte:

»Hallo Bönle, komm in einer halben Stunde zu mir. Es ist wichtig, ich muss unbedingt mit dir reden. Ich weiß jetzt, wer meine Vali auf dem Gewissen hat. Also bis gleich.«

Das war eindeutig der Lederer. Ich schnaufte durch, eine unglaubliche Erleichterung durchströmte meinen ganzen Körper. Antonie stellte den Kopf schief:

»Was war denn das, Herr Bönle? Müssen Sie noch weg? Oder gehen Sie noch mit ins Ried, Zombies jagen?«

»Nein, ich habe noch einen Termin.«

»Die Frau?«

»Nein, etwas Wichtiges!«

»Die Nachricht gerade? Schade, können Sie mich wenigstens mitnehmen?«

Kurz vor Lederers Anwesen wollte Antonie aussteigen.

16. ICH

Da ich viel zu früh war, ließ ich den Impala an Lederers Anwesen vorbei hinunter zu unserem Haus rollen. Motor und Licht hatte ich ausgeschaltet, um Korbi nicht zu wecken oder auf mich aufmerksam zu machen. Das Gespräch mit Lederer war wichtig, offensichtlich wusste er, wer der wahre Täter war.

Um abzukürzen, ging ich geradewegs über Lederers Grundstück auf der Wiese von hinten auf die Fensterfront mit Lederers Terrasse zu.

Ein schummriges rötliches Licht drang aus dem Wohnzimmer-Panoramafenster. Die übrigen Fenster waren unbeleuchtet. Um nicht das ganze Haus zum Haupteingang hin umrunden zu müssen, ging ich auf die Terrakotta-Terrasse zu, um dort anzuklopfen, da ich Lederer im Wohnzimmer wähnte.

Doch plötzlich erschien mir die ganze Situation surreal. Irgendetwas stimmte da nicht, mein körpereigenes Alarmsystem schlug an. Vorsichtig näherte ich mich deshalb einem kleinen Seitenfensterchen, das mir trotzdem Einblick in die gute Stube Lederers gewährte. Was ich sah, raubte mir die Luft zum Atmen. Ich schüttelte meinen Kopf, es war mein schlimmster Albtraum. Instinktiv wollte ich fliehen, doch die Beine waren wie festgefroren, auch meine Hände, die gegen die Scheibe donnern wollten, waren gelähmt.

Ich stach auf Lederer ein. Mit unglaublicher Wucht und Präzision führte ich das schlanke, lange Messer. Immer wieder holte ich aus. Meine langen dunklen Haare fielen mir bei jedem Stoß ins Gesicht. Immer wieder musste ich durch die Wucht meiner Attacken meine Sonnenbrille zurechtrücken, da sie drohte, aus dem Gesicht zu rutschen. Das Emblem der MIKEBOSSler auf dem Rücken meiner Jacke grinste mich hämisch an, der Totenkopf zwinkerte mir zu. Und immer noch hatte ich nicht genug, wie ein Rasender stach ich auf meinen Nachbarn ein. Mit meinen Schlangenleder-Cowboystiefeln rutschte ich immer wieder im Blut meines Opfers aus.

Dann hatte ich endlich wieder Kraft in Armen und Beinen, ich musste Lederer zur Hilfe kommen. Ich schlug gegen die Scheibe. Ich im Inneren des Raumes erschrak, ich außerhalb stürmte zur Terrassentür, die angelehnt war. Dann war plötzlich alles dunkel, jemand musste die Sicherungen manipuliert haben.

Mein zweites Ich floh in die Dunkelheit, ich hinterher, dann rutschte ich auf dem Blut aus. Als ich wieder aufstehen wollte, hörte ich Lederer röcheln. Ich musste ihm helfen. Ich fühlte seinen Puls, kaum zu spüren, seine Atmung nur noch flach und stoßweise. Als ich ihn, weil mir nichts anderes einfiel, in die stabile Seitenlage bringen wollte, griff er im Todeskampf in mein Gesicht und zerkratzte es. Dann verstarb er in meinen Armen.

In den Armen seines Mörders.

17. PLAN B TEIL 1

Jetzt musste alles sehr schnell gehen. Cäci weinte und schüttelte immer wieder den Kopf.

»Das gibt's doch nicht, das ist doch absurd!«

Gott sei Dank hatte Cäci während meiner Abwesenheit alles für den Plan namens B vorbereitet. Sie ging ans Telefon:

»Hallo Fabiu, das Worst Case ist eingetreten. Kannst du sofort vorbeikommen?«

Fabiu, der sich wegen des BuKi-Projektes als rumänischer Partner zurzeit in Bad Saulgau befand, war ruckzuck mit dem Taxi da. Alles funktionierte dank Cäcis Logistik wie am Schnürchen. Alle Kosten des Ausnahmeplans wurden selbstredend von uns übernommen. Im Gegenteil, Fabiu hatte dadurch sogar finanzielle Vorteile.

Fabiu stieg bald, ausgestattet mit meinem Handy, in das Fluchtauto und begab sich auf die Reise nach Rumänien in das ferne Cidreag. Er war angehalten, das Auto sicher in seine Heimat zu fahren und immer wieder Kontakt mit Cäci über mein Smartphone aufzunehmen. Auch sollte er eine Strecke wählen, die von der gängigen Route an den fernen Ort abwich. Für seine Familie bekam er als Lohn und Dank ausrangierte Kleidung, Päckchennahrungsmittel und ein Batzen Bares. Fabiu, der BuKi-Partner und Erntehelfer war begeistert von seiner neuen Nebentätigkeit als Quasi-Fluchthelfer. Nicht nur, dass es ihm finanzielle Vorteile verschaffte, nein, es brachte auch etwas Spannung in sein Leben. Auch war die Aussicht, bis zum nächsten Spargeleinsatz bei Ravensburg ein zwar rotes, aber für rumänische Verhältnisse luxuriöses Auto zu besitzen, etwas, das ihn stolz machte.

Fabiu umarmte uns, dann startete er in die Dunkelheit und legte die falsche Spur.

Eine halbe Stunde später zuckte blaues Licht durch das Ried.

Jemand hatte das Verbrechen gemeldet.

Die Jagd auf den Mörder war eröffnet!

18. PLAN B TEIL 2

Circa 780 Hektar zwischen Wilhelmsdorf und Ostrach sind eine ausreichende Fläche, um sich zu verstecken, vor allem, wenn es sich bei der Fläche um Moor und Sumpf handelt. Das Pfrunger-Burgweiler Ried ist eines der größten Riedgebiete Süddeutschlands, und wer sich hier auskennt, wird auch ein gutes Versteck finden. Vor allem, wenn der Urgroßvater ausreichend vorgesorgt beziehungsweise gebaut hatte. Und zwar eine Blockhütte.

Mein Äußeres war schnell verändert. Cäci weinte, als sie mein überschulterlanges schwarzes Haar bis auf die Kopfhaut abrasierte. Farbige Klamotten, eine Schildmütze, eine Sonnenbrille mit blauer Fassung, Pseudosneakers und nicht zuletzt ein täuschend echt aussehendes überziehbares Arm-Tattoo-Imitat rundeten mein neues Erscheinungsbild auf erschreckende Art und Weise ab. Auf die Kratzer, die mir Lederer im Todeskampf zugefügt hatte, klebte Cäci ein Pflaster. Diese Hautfetzen, damit auch meine DNA-Spuren, befanden sich ja unter den Fingernägeln Lederers.

Ich sah nun aus wie ein aus den vielen in der Umgebung liegenden Spriti-Therapie-Anstalten stammender Durchschnitts-Alki. Da die ganze Welt nur noch im Suff zu hängen schien und den vielen dieser bedauernswerten Gestalten, bei denen man, wenn sie einem unentweichbarerweise nun denn begegneten, schnell den Kopf abwandte, schien mir das die beste Camouflage.

Mein Urgroßvater väterlicherseits war dem heimischen Sumpf sehr verbunden, er bewirtschaftete eine kleine Fläche im Ried, die er auch sein Eigen nannte. Das Stückchen war damals äußerst unattraktiv, da es inmitten des unwegsamen Geländes lag. Immer noch befindet sich dieser Teil als Erbe im Bönleschen, also meinem Privatbesitz. Ich erinnerte mich, dass mich mein Vater immer mal wieder mitnahm, um die Hütte, wie wir sie nannten, einigermaßen instand zu halten. Seit meiner Kindheit hatte ich diesen versteckten Ort im Herzen des Rieds nicht mehr besucht. Und als wir an die Vorbereitung von Plan B gingen, waren wir erstaunt, wie sich das Ried an dieser Stelle verändert hatte. Durch den Biber und seine dammbauende Leidenschaft stand die Blockhütte nun auf einer kleinen Insel umgeben von dunklem Wasser. In wenigen Stunden aber hatten Cäci und ich mir ein Lager eingerichtet, das mir das Überleben ein paar Tage sichern konnte.

Das Metzler Tramper Kajakboot meines Vaters war schnell aufgepumpt. Lebensmittel und Klamotten samt Waschzeug, Prepaidhandy und allerhand Nützliches hineingeworfen und an den Leinen durch das nächtliche Ried gehoben und geschoben. Weg von den Wegen, auf Cäci und mir bekannten Wildpfaden ging es hin zur verborgenen Insel. Als wir übergesetzt hatten, waren wir erschrocken, wie der Zahn der Zeit an der Hütte genagt hatte. Im Schein einer Taschenlampe reinigten wir das Innere oberflächlich. Das Boot zogen wir ins Dickicht, damit es weder vom Ufer noch von der Luft aus gesehen werden konnte.

Isolationsdecken brachten wir mit Reißnägeln um meinen Schlafplatz an, ich hoffte somit, für den Fall aller Fälle vor Wärmebildkameras geschützt zu sein. Mit einem Handkurbelladegerät konnte ich die Powerstation für mein neu erworbenes Prepaidhandy aufladen. Die Kommunikationsfähigkeit war Teil unseres Planes. Mein anderes Smartphone fuhr gerade mit meinem Freund Fabiu Richtung Rumänien zu seinen Romaspezeln und legte hoffentlich eine dicke, fette digitale Spur.

Sollte Plan B durch irgendwelche Widrigkeiten scheitern, hatte ich immer noch Plan B#Joker. Plan B#Joker war aber ausschließlich für den absoluten Notfall gedacht. Ich hoffte natürlich, dass sich vorher ein anderer gefälliger Mörder fand, der seine Schuld zügig zugab und an meiner Statt ins Gefängnis ging. Aber das war lediglich eine Hoffnung. Die Hoffnung stirbt zuletzt!

19. DIE JAGD

»Bönle! Das ist eindeutig Bönle! Ich fasse es nicht!«

Die Kommissarin betrachtete zum wiederholten Male mit ihrem Kollegen Härmle die Aufzeichnungen der Überwachungskamera.

Härmle konnte seinen Blick kaum vom Bildschirm lösen und bemerkte:

»Gut, man kann ihn zwar nur von hinten sehen, außer ganz am Schluss, als er kurz aufschrickt, wo er Richtung Fenster schaut. Dann ist ja der Saft weg, nachdem er flieht, und die Aufzeichnung wird plötzlich gestoppt. Das Gesicht kann man kaum erkennen mit der Sonnenbrille … aber das ist Bönle, ich bin mir sicher. Die Stiefel, die Jacke, die Frisur, die Bewegungen, die ganze Figur … Das ist der Bönle, das passt, den sollten wir uns nachher gleich schnappen. Also eindeutiger geht's nicht! Und das Motiv, das ist ja schon längst geliefert.«

Härmle rieb sich die Hände.

»Na ja, ich bin mir da nicht so sicher – der Bönle, ein Mörder? Für mich passt das nicht. Ich trau ihm einiges zu, der hat's faustdick hinter den Ohren. Der ist doch dem Lederer intellektuell weit überlegen, der braucht nicht brutalste Gewalt, um zu seinem Recht zu kommen oder sich zu rächen.«

»Vielleicht steckt ja auch eine Beziehungsgeschichte dahinter. 70 bis 80 Prozent aller Morde sind Beziehungstaten. Ich werde auch in die Richtung ermitteln. Vielleicht lief da irgendwas zwischen den Paaren. Der Bönle mit dieser Russin. Unattraktiv ist die ja wirklich nicht gewesen.«

Er stand vor einem Bild Valentinas, das an die Pinnwand geheftet war.

»Ich bezweifle aber, dass sie Bönles Beuteschema entspricht. Vom Typ her ist die mit seiner Cäcilia nicht zu vergleichen.«

»Vielleicht hat der ein Kontrastprogramm gebraucht. Und in der Nachbarschaft wildert's sich ja gut.«

»Meinst du, die war vom Bönle schwanger?«

»Kann ich mir zwar nicht vorstellen, aber wer weiß?«

»Das wäre natürlich ein Motiv für beide Herren!«

»Dann muss man das aber auch über Kreuz denken: also der Lederer mit der Frau Bönle.«

Die Kommissarin klopfte auf den Tisch und meinte trocken:

»Eben wie immer, das ganze Programm. Jeder ist verdächtig, bis wir ausschließen können, dass er etwas mit der Tat zu tun hat.«

»Auf eine Beziehungstat deutet hin, dass in beiden Fällen das Opfer übertötet wurde. Overkill! Hass, Rache,

Eifersucht, falsch verstandene Liebe, all das gehört zu den Motiven für so ein gnadenloses Vorgehen.«

Härmle betrachtete die Pinnwand mit den Fotos und den Ereigniskärtchen, die in unterschiedlichen Farben zusammengehörige Geschehnisse markieren sollten, und bemerkte:

»Aber viel eindeutiger geht's mit dem Motiv doch wirklich nicht. Der hat die Valentina umgebracht, danach den Lederer. Der Streit ist vorausgegangen, da geht es immerhin um ein Grundstück, um das, was man sich als Existenz aufgebaut hat. Wenn das mal kein Motiv ist. Die Tat wird noch vor vielen glaubwürdigen Zeugen angekündigt. Jetzt haben wir auch noch ein Video. Ich bin mir sicher, der Bursche hat auch für den zweiten Mord kein Alibi. Hier wird uns der Mörder auf dem Silbertablett, ach was, auf dem Goldtablett präsentiert. Und wir werden einen Grund für das Übertöten finden, da bin ich mir ziemlich sicher. Die wohnen so nahe aufeinander, da kann sich sehr viel anstauen! Wir brauchen den nur noch festzunehmen. Wir haben sogar eine Tatwaffe. Ich setz mich schon mal mit der Staatsanwaltschaft in Verbindung.«

Der weibliche Part der Soko Schraubendreher blieb skeptisch:

»Ich weiß nicht, ob das richtig ist, wenn wir uns *so sehr* auf den Bönle konzentrieren. Ich bin mir da ganz und gar nicht sicher. Für mich ist dieser Gordon Müller, der Kerl, der nur Flaschenbier trinkt, ein Rätsel. Ich habe das Gefühl, dass mit dem etwas nicht stimmt. Warum bestellt er an dem Abend, als Valentina verschwindet, direkt nach ihrem Aufbruch aus dem Biergarten ein Taxi? Und jetzt kommt die Frage aller Fragen: Warum lässt er sich ein paar Meter weiter im Ried wieder absetzen?«

»Vielleicht ist er auf ein Flaschenbier noch in die ›Riedwirtschaft‹ gegangen?«

»Dann gibt es keinen Grund, das zu verschweigen! Den knöpf ich mir noch einmal vor, der ist labil, aus dem bekomme ich etwas heraus, da bin ich mir sicher!«

Die Ermittlerin war aufgestanden und deutete auf einen Punkt auf der Landkarte, auf der jeder Winkel und jeder noch so kleine Weg zwischen Ostrach und Wilhelmsdorf eingezeichnet war, und fragte:

»Warum steigt der gerade hier aus? Wenn er in die Riedwirtschaft gewollt hätte, dann wäre er entweder hier, wo sich das Schild befindet, an der Abzweigung ausgestiegen, oder er hätte sich die paar Meter bis zum Gebäude fahren lassen. Vielleicht ist er diesen schmalen Weg nach hinten gegangen. Der geht zum Tümpel. Vielleicht kommt man von da aus zum Fundort der Leiche, auch ist es von da aus nicht weit zu Bönles Haus.«

»Du hast es gesagt, Petra, Fundort. Ich kümmere mich morgen mal um die Strecke vom Hühnerstall zu Lederers Anwesen, um Spuren zu finden. Jeder Täter hinterlässt Spuren!«

Die Kommissarin nickte und stellte die überraschende Frage:

»Was denkst du? Zwei Morde, ein Täter, oder zwei Morde, zwei Täter?«

Härmle blickte die Denkerin erstaunt an:

»Na warten wir mal den Obduktionsbericht ab. Dann sehen wir weiter.«

Die Kommissarin schaute sich immer wieder die Aufzeichnungen der Überwachungskamera an, auch die Sprachaufzeichnung des Notrufs spielte sie immer wieder ab. Es konnte eine Männerstimme sein, sie tippte aber eher auf eine verstellte Frauenstimme. Da mussten Experten ran. Aber zuerst einmal blieb nichts anderes übrig, als Bönle zu befragen. Das ging doch alles mit dem Teufel zu, da stimmte doch irgendetwas überhaupt nicht!

»Und mit der Tatwaffe wäre ich mal nicht so voreilig. Der Schraubenzieher wurde laut Obduktionsbericht ausschließlich post mortem eingesetzt. Damit kommen wir wahrscheinlich nicht durch. Und die Tatsache, dass er Bönle gehörte beziehungsweise seinem Sohn als Spielzeug diente, belegt noch lange nicht, dass er der Täter ist. Warum sollte er zuerst mit einem Messer, danach mit einem Schraubenzieher auf das Opfer einstechen?«

Härmle kratzte sich am Kinn und dachte laut nach:

»Ich meinte ja auch mit der Tatwaffe das Messer, das in Lederers Brust steckte, nicht den Schraubenzieher. Der ist für mich eine Extrabaustelle. Da müssen uns die Spezialisten sagen, ob das Messer aus Lederers Brust auch für die tödlichen Stiche in Valentinas Brust verantwortlich ist. Ich bin mir fast sicher, dass das passt. Wir haben nur einen Täter! Vielleicht wollte da irgendwer mit diesem Schraubenzieher eine falsche Spur legen, auf Bönle hin oder wie auch immer von Bönle weg … keine Ahnung. Fakt ist aber, dass wir einen Mord haben, und dass dieser Mord aufgezeichnet wurde, und dass der Mörder aussieht wie Bönle. Und Fakt ist auch, dass wir Bönle fragen müssen, warum das so ist. Ich bin mir sicher, dass das, was unter Lederers Fingernägeln war, genetisch zu Bönle passt!«

»Okay, dann lassen wir mal keine Zeit verstreichen. Ich schaue morgen bei den Bönles vorbei, und du gehst zu diesem Flaschen-Gordon und führst ein Gespräch von Mann zu Mann.«

20. FABIUS FAHRT

Fabiu pfiff vergnügt vor sich hin: Das war ein toller Deal. Einfacher war er noch nie zu 500 Euro gekommen. Einfacher war er noch nie zum zeitweiligen Autobesitzer geworden. Einfacher war er noch nie Besitzer eines schicken Handys geworden. Die Konditionen, ein bisschen durch die Landschaft zu kurven, alles nach ein paar Monaten wieder zurückzubringen und jeden Tag ein-, zweimal mit Cäcilia zu telefonieren, waren akzeptabel.

Die Deutschen waren schon verrückte, aber hilfsbereite Hunde. Er dachte an die großen Augen seiner sieben Kinder, vor allem seiner Frau, und an die noch größeren Augen seiner Mutter, die auch noch bei ihnen lebte. Seine krumme Mama würde mühsam die Hände über dem Kopf zusammenschlagen und über ihr ganzes zahnloses Gesicht lachen und der Heiligen Jungfrau Maria und ihrem unbefleckt geborenen Sohn danken, was ihr Fabiu für ein guter Kerl war. Mit wie vielen Talenten er doch ausgestattet war.

All die Mühen, die er hinter sich gebracht hatte in diesem Jahr! Von der Spargelernte in Süddeutschland hin zur Erdbeerernte ebenfalls im Süden Deutschlands bis hin zur Pfifferling-Ernte in Südtirol, auch an Tagen, wo es nicht gestattet war, die begehrten Pilze zu ernten ... all das war mit dem Deal vergessen. Es war ein gutes Jahr. In stillem Gebet dankte er dem Herrn.

21. KLOSTERBLICK

Das, was andere als besonders schön und romantisch empfanden, den Klosterblick, den hasste Gordon. Er saß in seinem Zimmer der Akut-Klinik und wartete nach dem Frühstück, das er schon um sieben Uhr eingenommen hatte, nun auf seine Gruppentherapie. Die Gruppentherapien waren ihm immer die liebsten, da konnte man ein bisschen in der Masse untertauchen. Die Einzeltherapien, die hatten's in sich. Da musste man aufpassen wie ein Fuchs, dass die nicht zu viel aus einem herausbekamen.

Und jetzt noch dieser scheiß Klosterblick. Wie ein mahnender Zeigefinger der Turm der Barockkirche. Er wusste, dass er Schuld auf sich geladen hatte, damals vor mehr als einem Jahr, aber auch jetzt. Er brauchte nicht die Erinnerung an seine Schuld, er wollte sie vergessen. Natürlich musste man so etwas aufarbeiten. Ihm wäre aber ein funktionierender Verdrängungsprozess deutlich lieber. Er wusste ja um seine Schuld. Sinnierend wollte er sich gerade auf den Weg zur Gruppentherapie machen, als es an die Tür klopfte. Hoffentlich nicht schon seine Frau, die wurde immer lästiger.

»Grüß Gott, Härmle, Kripo Saulgau, ganz kurz nur ein paar Fragen.«

Der Kommissar hielt dem verdutzten Patienten seinen Ausweis kurz vors Gesicht. Der Erstaunte stotterte:

»Ah ja, okay, ich weiß nicht, haben Sie sich angemeldet? Dürfen Sie überhaupt …? Um was geht es denn?«

Flaschen-Gordon setzte sich wieder auf den Rand seines Bettes. Der Kommissar nahm ungefragt auf dem kleinen Sofa Platz.

»Herr Müller, es gibt da noch ein paar Ungereimtheiten. Warum sind Sie mit dem Taxi nicht direkt zur Klinik gefahren an diesem Abend, als Frau Lederer verschwand?«

»Ah, sorry, da muss ich zuerst mal nachdenken. Wissen Sie, ich bin wegen der Psychopharmaka manchmal ein bisschen durcheinander. Äh, und dürfen Sie mich hier überhaupt befragen? Ich rufe mal meine Ärztin an!«

Schnell legte Härmle seine Hand auf die von Flaschen-Gordon, um zu verhindern, dass er seine Ärztin kontaktierte.

»Herr Müller, sehen Sie mich einfach als Besucher, der ein paar Fragen stellt, und versuchen Sie, wahrheitsgemäß zu antworten. Stellen Sie sich nur vor, ich wäre Ihre Frau und wir plaudern ein bisschen.«

Flaschen-Gordon hätte kotzen können. Seine Frau, ausgerechnet seine Frau.

»Also noch einmal, das ist ja alles freiwillig, Sie müssen nichts sagen. Also, warum sind Sie mit dem Taxi nicht direkt zurück zur Klinik?«

»Äh, ich wollte noch einen kleinen Riedspaziergang machen.«

»Und das ist Ihnen ein paar Sekunden, nachdem Sie ins Taxi eingestiegen sind, das extra für Sie von Bad Saulgau hergefahren ist, eingefallen?«

»Ja, warum nicht?«

»Wie lange sind Sie dann spazieren gegangen?«

Bei »spazieren gegangen« malte Kommissar Härmle zwei Anführungszeichen in die Luft. »Laut Aussage Ihres Zimmernachbars, den ich gerade zufällig getroffen habe, sind Sie ja erst am nächsten Morgen in der Klinik erschienen.«

»Äh, ja, das war halt ein längerer Spaziergang, und ich bin dann auf einem Bänkchen eingeschlafen. Äh, die Wechselwirkung, Medikamente – Alkohol …«

»Ah ja, und wie sind Sie dann wieder in die Klinik gekommen?«

»Mit meiner Maschine, ich bin zurück zu Frieda. Meine Harley stand ja da.«

»Sie sind mit Ihrer Harley hier zur Therapie?«

»Na klar, ich kann ja nicht den ganzen Tag nur rumliegen.«

»Sie haben doch bestimmt ein strenges Therapieprogramm?«

Gordon Müller konnte nicht mehr antworten, nach einem kurzen Klopfen ging auch schon die Tür auf. Die Chefarztvisite, Privatpatient, Gordon war gerettet.

»Oh, Sie haben frühen Besuch, Herr Müller?«

»So kann man das nicht sagen. Der ist hier einfach hereingekommen und fragt mich hier aus.«

»Halt, falsch, Herr Müller, ich habe Ihnen gesagt, dass ich …«

Der Chefarzt zog den Kommissar am Ärmel aus dem Patientenzimmer. Härmle wehrte sich nicht.

22. BLOND TRIFFT BRÜNETT

»Nehmen Sie Platz!«

Nachdem Cäcilia Bönle schon an der Haustür klar gemacht hatte, dass Dani nicht da sei, bestand die Kommissarin trotzdem darauf, mit Cäci zu reden. Im Wohnzimmer bot sie ihr den Sessel an, der den besten Blick zum Aquarium ermöglichte. Als Psychologin wusste die Hausherrin, dass der Blick in die Unterwasserwelt beruhigte und den Blutdruck senkte. So war die schöne Blonde vielleicht milder gestimmt und würde eventuell eher auf die Lügen, die sie ihr unvermeidlicherweise auftischen musste, hereinfallen.

»Danke! Müssen Sie nicht zur Arbeit, oder haben Sie schon Ferien?«

»Ich bin bei der Arbeit, ich habe meine Praxis unten in der Einliegerwohnung, seit einem Jahr. Das ist zum einen billiger, zum anderen angenehmer für die Patienten. Sie können hier völlig unbeobachtet bei mir erscheinen. In der Stadt, mitten in der Fußgängerzone, da war es für sie manchmal unangenehm, gesehen zu werden.«

Die schlanke Kommissarin zog ihren Rock etwas nach unten, setzte sich artig hin und schlug nach Damenart die Beine elegant übereinander. Gott sei Dank hatte Cäcilia eine Hose an, mit solch makellosen Knien konnte sie nicht mithalten. Vielleicht lag es aber auch an der Strumpfhose, wahrscheinlich sogar.

»Ja, Frau Bönle, machen Sie sich jetzt bitte keine Sorgen, aber, wenn Sie es noch nicht wissen, Ihr Mann ist heute Morgen nicht in der Schule angekommen. Das muss Sie nicht beunruhigen …«

Cäci schaute entsetzt:

»Ja, ich weiß das schon, seine Chefin hat angerufen. Ich habe dann bei Ihren Kollegen und im Krankenhaus angerufen, aber da wurde kein Unfall gemeldet. Ich hoffe, es ist nichts passiert.«

»Machen Sie sich keine Sorgen, Frau Maier, äh, Bönle,

vielleicht ist er bei irgendwelchen Freunden oder Bekannten?«

»Nein, Dani ist absolut zuverlässig, wenn der nicht in der Schule ist, dann ist etwas passiert!«

»Können Sie sich vorstellen, dass er geflohen ist?«

»Nein, eigentlich nicht!«

»Haben Sie versucht, ihn mit dem Handy zu erreichen?«

»Natürlich, da ist aber niemand rangegangen.«

»Würden Sie es noch einmal versuchen?«

»Wenn Sie wollen.«

»Können Sie den Lautsprecher anschalten?«

Für diesen Fall war Cäci vorbereitet. Es war ein Teil von Plan B.

»Hallo, Dani, ja, bist du's?«

»Ja, Cäci …«, dröhnte es aus dem Lautsprecher.

»… ich kann jetzt nicht sprechen, das Handy wird bestimmt abgehört!«

Dann ein Knacken, und die Leitung war tot.

Es war *eine* der vorbereiteten gespeicherten Sprachnachrichten, die Fabiu per Tastenkombination auf Danis Smartphone abrufen konnte. Die zweite lautete: »Ja hallo, ich verstehe dich nicht, ich bin in einem Funkloch«, und die dritte bestand nur aus einem unverständlichen Rauschen mit Sprachfetzen.

»Liebe Frau Bönle, könnte es sein, dass Ihr Mann sich auf der Flucht befindet?«

Die liebe Frau Bönle schüttelte nur den Kopf und fing an zu weinen:

»Das glaube ich einfach alles nicht, mein Mann würde doch Korbi und mich nie alleine lassen.«

Die Vorstellung war so gelungen, dass die Kommissarin aufstand, sich zu Cäcilia setzte und ihr ein Papiertaschentuch reichte. Die Trauernde schnupfte:

»Was ist da nur los? Der Dani kann doch keiner Fliege etwas zuleide tun. Wenn der die Flucht ergreift, dann stimmt etwas nicht. Mein Dani bringt doch niemanden um!«

Die Kommissarin legte schützend ihren Arm um Cäcis schmale zuckende Schultern:

»Wie kommen Sie darauf, dass er jemanden umgebracht hat?«

Cäci musste vorsichtig sein, nur weil die Kommissarin blond war …

»Nein, das wollte ich nicht damit andeuten. Aber man weiß ja, in so einem Kaff wie Riedhagen, was da getratscht wird, und schon mit dem Verschwinden von Valentina war Dani im Fokus der Verdächtigungen. Der Streit im Biergarten mit Lederer, und schon bringt man dessen Frau um, das ist ja lächerlich! Und wenn Ihnen ein Kinderspielzeug, das in der Leiche steckt, ausreicht, um Dani zum Mörder zu machen … na, dann weiß ich auch nicht mehr! Dann könnten ja gleich Boxautoeinparker vom Rummelplatz ermitteln!«

»Ist gut, Frau Bönle, Sie wissen, dass wir alles tun, um den Täter oder die Täterin zu ermitteln. Das ist kein Hobby von uns, das ist unser Beruf, und eines können Sie mir glauben, Frau Bönle, ich nehme meinen sehr ernst. Gestatten Sie noch ein paar Fragen?«

»Klar, wenn es der Wahrheitsfindung dient.«

»Frau Bönle, ich gehe jetzt in drei Blöcken vor: erstens Fragen zu Valentina Lederer, zweitens Fragen zu

Theodor Lederer, drittens Fragen zu Gordon Müller, viertens Fragen zu Ihrem Mann. Zu erstens: Spekulieren Sie einfach mal, wie Valentina Lederer ums Leben gekommen ist.«

»Ich bin doch nicht die Polizei, außerdem weiß ich, dass alles, was ich jetzt sage, von Ihnen gegen Dani verwendet werden kann. Und außerdem sind das vier Blöcke!«

»Sie brauchen das jetzt nicht zu machen. Ich kann Sie aber auch vorladen, das ist für Sie aber aufwendiger. Also bitte, Frau Bönle!«

»Okay, ich kann mir das so vorstellen: Da hat jemand, der Daniel schaden will, den Schraubenzieher von unserem Grundstück geholt. Der liegt ja meist in Korbis Sandkasten. Dann hat er Valentina hinter unserem Haus im Ried erstochen. Somit fällt der Verdacht auf Dani.«

Die Kommissarin hakte nach:

»Warum ist Valentina nicht nach Hause gegangen? Warum ist sie ins Ried, ins Naturschutzgebiet? Was wollte sie da?«

»Gute Frage, keine Ahnung. Eventuell ein Schäferstündchen?«

»Mit Ihrem Mann?«

»Jetzt reicht's, Frau Krieger, mein Mann ist nicht so. Das kann sein, dass er den Frauen nachschaut, und ich weiß selbst, dass er sehr begehrt ist beim weiblichen Geschlecht. Trotzdem, er und die Valentina, dass ich nicht lache!«

»Frau Bönle, Sie wissen, wir müssen alles in Betracht ziehen. Wie könnte es noch gewesen sein?«

»Vielleicht ist sie auch nach Hause gegangen, an der Straße entlang, dort ist sie dann jemandem begegnet oder in ein Auto eingestiegen, wer weiß? Dann wurde sie ermordet und danach ins Ried transportiert.«

Die Kommissarin machte sich eifrig Notizen.

»Zu zweitens: Lederer, Theodor. Stellen Sie auch hier Vermutungen an!«

»Was soll ich da vermuten? Ich habe zwar die Aufzeichnungen von der Überwachungskamera nicht gesehen, aber wenn behauptet wird, da wäre mein Mann drauf zu sehen, dann ist das einfach gelogen. Oder irgendein Gestörter gibt sich für meinen Mann aus.«

»Das Wahrscheinlichste ist aber, dass der, der wie Ihr Mann aussieht, auch Ihr Daniel ist.«

»Das ist natürlich das Einfachste, aber warum sollte mein Mann Lederer ermorden?«

»Das können Sie selbst beantworten, wenn jemand ein Motiv hat, dann er. Die Grenzstreitigkeiten.«

»Ach was, wegen so etwas würde Daniel nie zwei Menschen töten, das ist doch absurd und reine Spekulation! Sie wollen halt einen schnellen Fahndungserfolg haben, damit Sie und Ihr Kollege gut dastehen in der Presse.«

»Frau Bönle, Sie wissen genau, dass es nicht so ist! Wir suchen nach dem Täter, und Sie sind verpflichtet, uns zu unterstützen. All das, was Ihren Mann entlastet, nehme ich genauso objektiv zur Kenntnis wie das, was ihn belastet. Und nun rücken Sie raus: Wo ist Ihr Mann hin? Sie können mir nicht erzählen, dass Sie nicht wissen, wohin er sich abgesetzt hat. Und das noch mit Ihrem Wagen. Auf, Frau Bönle, die Wahrheit, es tut gut, die Wahrheit zu sagen.«

Cäcilia ließ sich nicht auf das Spielchen ein und mahnte:

»Punkt vier, mein Mann ist erst Punkt vier in Ihrer Liste!«

»Gut, wenn Sie es so wollen. Punkt drei, Ihr Freund Gordon Müller, genannt Flaschen-Gordon. Welche Rolle spielt der?«

Cäcilia war ehrlich erstaunt:

»Flaschen-Gordon, der hat mit der Sache gar nichts zu tun. Wie kommen Sie darauf, dass er mit den Morden zu tun hat? Der ist zwar meist ein bisschen durcheinander, vor allem seit dem Tod von Butzi. Sie wissen, der MIKE-BOSSler, der wegen dieser dummen Wette gestorben ist. Und die Probleme mit seiner Frau machen ihn auch nicht glücklicher. Der geht halt ab und zu in Therapie, danach taktet er wieder deutlich besser. Der ist gerade in einer depressiven Phase. Den sollten Sie mal erleben, wenn er manisch ist, da kann er's richtig krachen lassen …«

»Gut, Frau Bönle, das beantwortet meine Frage nicht, ich formuliere anders. Warum ist Herr Müller, nachdem er sich im Biergarten verabschiedet hat, mit dem Taxi nur bis ins Ried gefahren? Dann verliert sich seine Spur, er ist erst am nächsten Morgen wieder in der Klinik aufgetaucht.«

»Davon weiß ich nichts!«

»Jetzt wissen Sie es, haben Sie eine Antwort?«

Cäcilia Bönle war mehr als erstaunt. Davon hatte der Dorftratsch noch nichts berichtet. Und warum erzählte ihr das die Kommissarin überhaupt? War das eine ihrer Fallen? Sie musste vorsichtig sein.

»Nein, ich bin absolut erstaunt. Seit Gordon in der Klinik ist, kommt er zwar auffallend häufig bei Frieda vorbei. Er muss ja immer von Saulgau her fahren, das ist deutlich weiter als von Wilhelmsdorf … aber das ist wohl seine Sache. Und vielleicht ist er ganz froh, dass er seiner Frau keine Rechenschaft ablegen muss. Ich kann mir vorstellen, dass er diese Form der Freiheit genießt.«

Die Kommissarin war mit dieser Antwort immer noch nicht zufrieden, sie hakte nach:

»Die wichtigste Frage beantwortet das aber immer noch nicht: Was macht dieser Gordon eine Nacht lang im Ried, und zwar an dem Abend, als Valentina Lederer verschwunden ist? Können Sie mir einen Tipp geben, Frau Bönle?«

»Ich kann mir vorstellen, dass der Gordon mit seiner derzeitigen psychischen Verfasstheit ganz spontan entschieden hat, nach all dem Streit und der Aufregung im Biergarten einen Spaziergang zu machen, um die negativen Erfahrungen mit dieser nächtlichen Naturerfahrung loszuwerden.«

»Danke, Frau Psychologin. Mehr fällt Ihnen dazu nicht ein?«

Cäci schüttelte langsam ihren Kopf. Die Kommissarin arbeitete nun Punkt vier ihrer Liste ab, Daniel Bönle.

»Kommen wir noch einmal auf Ihren Mann zurück. Wissen Sie jetzt, wo er steckt?«

»Nein!«

»Warum lässt Ihr Mann Ihren Sohn mit so einem gefährlichen Werkzeug spielen?«

»Was ist an einem Schraubenzieher gefährlich?«

»Sie sehen doch, mit so einem Schraubendreher kann man einen Menschen erstechen!«

Cäci grinste zynisch und konterte:

»Ich kann auch mit einem Kugelschreiber, mit dem ich vorher ein Liebesgedicht verfasst habe, einen Menschen erstechen!«

»Beschreiben Sie das Verhältnis Ihres Mannes zu Theodor Lederer in einem Wort!«

»Angespannt.«

»Zu Valentina Lederer.«

»Er hat sie für eine nette, aber dumme Kuh gehalten!«

»Ein Wort bitte!«

»Kuh!«

»Wem aus der Gruppe der MIKEBOSSler trauen Sie am ehesten eine Straftat zu?«

»Keinem.«

»Wenn Sie im Affekt jemanden umbringen würden, hier auf Ihrem Grundstück, wo würden Sie die Leiche verstecken?«

»Im Ried!«

»Wo würden Sie weitere Beweisstücke Ihrer Tat verschwinden lassen?«

»Im Ried!«

»Wo würden Sie sich selbst verstecken?«

»Im, äh … ich würde … das weiß ich nicht, ich habe ja keinen Grund zu fliehen.«

»Richtig, Sie nicht, aber offensichtlich Ihr Mann!«

»Vielen Dank, Frau Bönle für das Gespräch von Frau zu Frau. Ich melde mich. Ach übrigens …«

Sie kramte in ihrer Tasche, holte ein Bild heraus.

»… kennen Sie dieses Messer?«

Natürlich kannte sie dieses Messer. Es war das, welches Frieda das Ausbeinmesser nannte. Das mit der schmalen spitz zulaufenden Klinge. Das höllenscharfe!

Sie erkannte es an dem Heftpflaster, das oben um den Griff gewickelt war. Nach langjährigem Gebrauch hatte sich die doppelseitige Griffschale gelöst, und Frieda hatte als Behelfslösung vor Kurzem ein Heftpflaster von der Rolle mehrfach um den Griff gewickelt.

»Nein, das sieht aus wie jedes Messer!«

»Nicht ganz, das Pflaster, das macht es einmalig.«

»Ich weiß nicht, aber nein, das kenn ich nicht.«

Cäci hatte einen roten Kopf bekommen. Die Kommissarin ging weiter. Nur wenige Schritte.

23. IM WIESENGRUNDE

Sie setzte sich dahin, wo Valentina an ihrem letzten Abend den Blick ins Ried genossen hatte. Idyllisch, absolut idyllisch. Um diese Zeit war die Kommissarin die erste Besucherin.

»Wir haben noch nicht auf … Ach, Sie sind's, Frau Kommissarin. Ich hab Sie nicht gleich erkannt, ist ja schon eine Weile her. Über ein Jahr schon wieder. Sie werden auch nicht älter, gut sehen Sie aus. Darf ich Ihnen etwas zum Trinken bringen?«

Bald schon war der Dialog zwischen ländlich rustikaler, kittelbeschürzter Lebensart und mondän, elegant gestylter Lebensführung in vollem Gange.

»Kennen Sie dieses Messer, Frau Maier?«

»Ja natürlich, wo haben Sie denn das Bild her? Klar kenn ich das, das hab ich vorletzte Woche zum Müll geschmissen!«

»In den Mülleimer?«

»Nein, hinten beim Hühnerstall zum Kruscht!«

»Können Sie mir genau zeigen, wohin?«

»Ja klar! Das ist mein Kruschtschopf.«

Gemeinsam gingen Dick und Dünn zum Hühnerstall. Frieda mahnte mit peinlichem Unterton:

»Da dürfen Sie nicht hingucken, da ist eine Riesensauerei, aber das hat schon so seine Richtigkeit. Viel von dem Zeugs kann man noch brauchen, obwohl ich das in der Wirtschaft nicht mehr einsetzen kann. Wenn da einer vom WKD vorbeikommt, und der sieht, dass mein Ausbeinmesser oben am Griff offen steht, dann bekomm ich sofort Ärger. Da können Bakterien hineinkommen und blablabla. Obwohl man das Messer noch jahrelang gebrauchen könnte. Drum schmeiß ich die Dinge, die man noch gut benutzen kann, hier herein. Die Cäci nimmt das dann für die BuKi mit. Viel von dem Zeugs, wenn sie's halt gebrauchen können, geht nach Rumänien. Die haben oft noch jahrelang Freud an dem Zeugs. Nur bei uns meint man, alles, was bloß ein Kratzerle hat, muss weggeschmissen werden!«

Die Kommissarin nickte. Sie betrachtete das, was Frieda als »Kruscht« bezeichnet hatte. Mehr oder weniger geordnet lag hier alles, was einem gut geführten Haus so dienlich war. Vom zerkratzten Staubsauger über einen Stabmixer mit defektem Kabel bis hin zum verbogenen Schöpflöffel.

»Können Sie mir zeigen, wo das Messer liegt?«

»Ja, Sie schwätzen ein Zeug raus. Wenn mein Messer auf Ihrem Bild ist, kann es ja nicht mehr auf meinem Kruschthaufen liegen!«

Sie durchsuchte den Haufen, konnte das Messer jedoch nirgends entdecken.

»Das fehlt, seltsam, das muss jemand gebraucht haben! Komisch! Wer nimmt ein so altes Klump mit?«

Verständnislos schüttelte Frieda ihren Kopf. Dann wurde der Kopf abrupt gestoppt und drehte sich mit entgeistertem Blick zur ermittelnden Beamtin:

»Aber sagen Sie bloß nicht, dass das Messer die Tatwaffe ist! Also hoffentlich nicht mein Messer! Oh Gott, Frau Kommissarin, sagen Sie, dass es nicht so ist. Sonst komm ich womöglich noch unter Verdacht! Aber ich versprech Ihnen bei der Heiligen Jungfrau Maria, dass ich mit der Sache nichts zu tun hab. Meinen Sie, dass mit dem der Lederer … Oh je! Und immer, wenn man denkt, es kann nicht schlimmer kommen … Oh je!«

Als sie wieder unter der Kastanie saßen, brauchte Frieda zunächst ein Schnäpsle. Es half, bald war sie wieder die Alte. Und die Kommissarin führte ihre Fragerunde weiter fort:

»Zu diesem Schopf, wie Sie es nennen, hat da jeder Zugang?«

»Was heißt Zugang? Da kann halt jeder unbemerkt rein, der was holen will. Von der Wirtschaft und dem Biergarten aus ist es nicht einsehbar. Eine Tür gibt es auch nicht. Also jeder, der hier am Hühnerstall vorbeiläuft, sieht da rein. Selbst von der Straße aus, Sie haben's ja gesehen, ist es möglich, da reinzuschauen und unbemerkt etwas herauszuholen. Ja Sakrament, Entschuldigung, aber mit meinem Messer … Wer macht so was?«

»Haben Sie eine Idee?«

»Bestimmt keiner von meinen Gästen, die wissen, was sich gehört!«

»Frau Maier, bitte, Sie wissen genauso gut wie ich, dass jeder zunächst mal verdächtig ist.«

»Aber der Dani hat damit bestimmt nichts zu tun!«

»Können Sie mir dann erklären, warum er heute früh oder eventuell sogar schon heute Nacht Hals über Kopf geflohen ist?«

»Waaas?«

Frieda war sprachlos. Sie schüttelte den Kopf. Sie brauchte den zweiten Schnaps.

»Können Sie sich vorstellen, wohin er sich abgesetzt hat?«

»Nein, wo soll er auch hin, mit seinem Motorrad kommt der nicht weit. Und der Amischlitten, da muss man ja froh sein, wenn er mit dem bis nach Ostrach kommt!«

»Er hat das Auto Ihrer Tochter!«

»Ach was, das nimmt er eigentlich nur für lange Strecken!«

24. HÜTTENLUST

Ich hatte dunkle, schwarze Flecken im Gesicht, die Haut war rissig. Der Spiegel, in den ich blickte, war quasi blind. Schon früh war ich wach geworden, weil es im Unterholz laut knackste. Wild vermutlich! Im Großen und Ganzen hatte ich gut geschlafen, obwohl ich mir viele Gedanken machte, bis des Todes kleiner Bruder über mich kam und meiner Grübelei ein Ende setzte. Ich konnte die Frage aller Fragen, nämlich »Wer?« nicht beantworten. Eine Lösung des Rätsels schien mir auch nach dieser Nacht ferner denn je.

Als ich zum Fenster der Hütte hinausschaute, erkannte ich, dass Nebel über dem Wasser schwebte. Ich wollte die völlig verschmutzte Scheibe mit der Hand frei wischen, unterließ es aber. Keine Spuren, wenn ich besser hinaussah, konnte man auch besser hereinsehen. Oberste Regel: kein Feuer! Der Rauch aus dem Ried wäre kilometerweit zu sehen. Irgendwelche Spaziergänger würden vom Bannwaldturm aus die Rauchfahne erkennen und in die Richtung losstürmen, weil sie irgendein Event im Ried vermuteten. Vortrag von Dr. Dr. von und zu Ried mit anschließendem Würstchengrillen oder Nachtwanderung und Gruselgeschichten am Lagerfeuer mit dem Riedgelehrten Herr Professor Moor, oder Torfstechen mit dem Riedarchäologen Prof. Dr. Sumpf mit abschließendem Moorforellen räuchern. Also hieß es für mich aufgepasst, da die Landschaft, die ich in den Jahren meiner Kindheit meist allein und einsam durchstreifte, mittlerweile mehr Besucher als Birken hatte. Die Birken schmeckten dem Biber hervorragend. Vielleicht konnte man ihn dazu animieren, ihn quasi umerziehen, ebenso viel Wohlgefallen an den Heerscharen von Wanderern zu finden. Aber die Biber waren ja, wie die meisten Unbelehrbaren, Vegetarier. Schon komisch, ein Tier, das Bäume frisst, wird von Naturschützern geschützt, damit es unsere Natur frisst. Biber waren für mich echte Arschlochtiere. Hier im Ried, meinem Revier, kannte ich jede ihrer Burgen. Mein Gott, was war das für ein Theater, als ich die Tanne auf meinem Grundstück gefällt hatte. Eine Anzeige! Von Naturschützern. Was der Biber hier schon angerichtet hatte, das ging auf keine Kuhhaut. Aber bald würden die Baumschützer auf die Biberschützer treffen. Denn der Biber vermehrte sich deutlich schneller als die Bäume. Man könnte ja Biber engagieren, um den Regenwald abzuholzen, dann könnte man sich die teuren Maschinen sparen.

Schon nach wenigen Stunden war es mir langweilig auf der kleinen Insel. Morgens konnte ich es wagen, durchs Ried zu streifen, nur wenige Menschen waren zu dieser Zeit unterwegs. Ich vertrieb meine biberphoben Gedanken und durchsuchte die Hütte.

Im kleinen gusseisernen Ofen, den ich nicht nutzen würde, befanden sich noch alte Kohlereste. Seine Platte besaß Ringe, die als Kochstelle dienten. Ich räumte die Kohlereste mit bloßen Händen aus und warf sie hinaus ins Wasser. Ein altes Regal aus massivem Holz beherbergte all das, was mein Vater hier gebraucht hatte, um ein paar wenige Tage für sich zu sein: Tassen, Teller, Besteck und Töpfe. Eigenartigerweise befanden sich auch Schreibutensilien auf dem Regal, drei Geha- und ein Pelikanfüllfederhalter. Der Pelikan mit Pumpkolbenfunktion. Verwundert reinigte ich sie vom Staub der Jahrzehnte. Ein Tintenfässchen stand auch dabei. Beim Öffnen des blassroten Schraubverschlusses zerbrach dieser in meiner Hand. Die Tinte war eingetrocknet.

Im Eck stand eine von Spinnweben umgarnte Angelrute. Die Rolle ließ sich zunächst schlecht auf- und abwickeln, doch dann nahm sie leicht quietschend ihre Funktion auf. Daneben lagen auf dem Boden Spannfallen aus Eisen, deren verrostete scharfe Zacken an ein Haifischgebiss erinnerten.

Ansonsten gab es nicht viel Interessantes in der Hütte zu entdecken. Ich warf mich wieder auf das stabile Bett, das ebenso wie die Blockhütte aus massiven Stämmen gebaut war. Das Bett vermutlich aus Birkenholz.

Als ich mit Schwung auf dem Bett landete, stieß ich bis zum Boden durch. Ein blechernes Geräusch! Ich war an etwas angestoßen, was nicht der Boden war. Neugierig schaute ich unter das Bett. Eine Blechkiste, sie war völlig verrostet. Trotz ihres Zustandes ließ sie sich nach einigen Hebelversuchen öffnen. Darin der Schatz, Tagebücher meines Vaters. Ich konnte es kaum glauben.

Ich blätterte vorsichtig die drei ledergebundenen Bücher durch. Die Bücher waren erstaunlich gut erhalten, die Schrift leserlich. Da musste ich mir Zeit nehmen. Ich legte sie wieder zurück in ihren blechernen Sarg.

Ich schnappte mir die Angel, eine Dose Ölsardinen aus meinem Proviant, frühstückte, nutzte das Öl der Fischspezialität, um die Rolle der Angel wieder perfekt gangbar zu machen. Danach grub ich in der weichen Erde nach Ködertieren und setzte mich ans Ufer meiner Insel. Ein bisschen fühlte ich mich wie Robinson Crusoe. Eine große Ruhe und so etwas wie innerer Friede überkam mich. Ich legte mich ins Gras und verfiel dem Blau des Himmels.

25. ZOMBIENE

Vielleicht würde sie heute wieder Zombies treffen. Der Tag war ein guter, ihr Zeugnis war besser als erwartet. Schade, dass der Klassenlehrer zu dieser allerletzten gemeinsamen Stunde nicht da war. Die Rektorin gab die Urkunden aus und redete von großer Chance, Freiheit, Selbstverantwortung, Wirtschaft und all so einem Zeugs, das niemanden, aber auch gar niemanden interessierte. Sie sagte nur, Herr Bönle sei verhindert. Also, wer das glaubte, war vielleicht *be*hindert. Wer den Klassenlehrer kannte, der wusste, dass der eigentlich nie verhindert war. Und sie war doch noch mit ihm zusammen im Ried gewesen, das war doch echt cool. Der hatte nicht gewirkt, als ob er bald krank werden würde oder sonst irgendwie *ver*hindert. Aber wenn man den Geruchten glaubte, die mittlerweile kursierten, dann hatte der wohl die Fliege gemacht. Aber was soll's, man begegnet sich immer zweimal, dreimal, viermal, tausendmal im Leben, so wie man es wollte. Okay, sie würde jetzt mal wieder durchs Ried tigern, nach Zombies Ausschau halten, und wenn mal wieder keine unterwegs waren, würde sie einen Joint rauchen oder ein bisschen von dem Badesalz einwerfen, dann sind die ganz schnell auf der Tanzfläche.

Danach in die »Riedwirtschaft«, vielleicht saß er ja dort, der Zombie-Bönle oder der andere, mit dem sie so viel Spaß hatte. Mal sehen, nichts erzwingen. Zuerst mal in Stimmung kommen. Aber ganz chillig. Sie setzte sich auf einen kräftigen Stamm, einen Biberschaden. Sie kramte aus ihrem Rucksack Blätter und Schreibutensilien hervor. Schriftstellerin, das wäre geil. So voll die Hammergedichte schreiben so wie die Droste. Die wusste, was im Ried abging. Auch sie selber hatte den Durchblick, sie müsste ebenfalls ihre Träume und all das, was da so ungeordnet in ihrem Kopf herumschwirrte, in Gedanken fassen. Heute wollte sie versuchen, auch ein Riedgedicht zu schreiben. Der Knabe, der da im Moor herumlief, das war ja eigentlich sie. Auch sie hatte früher voll die Angst, als sie über den weichen Boden huschte und allerlei Geräusche hörte. Garantiert wurde der Knabe auch von Zombies verfolgt. Sie kicherte, wenige wussten von ihrer Leidenschaft für Zombies. Natürlich wusste sie, dass es die nicht in Wirklichkeit gab, trotzdem waren sie präsent. Der Knabe im Moor, da war sie überzeugt, wusste ebenso, dass es keine Gespenster gab, und trotzdem war da der gespenstische Gräberknecht. Sie musste grinsen, da hatte sie in der Aufregung der Prüfung einen Weberknecht daraus gemacht.

Sie glättete das Blatt und las laut und deutlich, mit fester Stimme und schöner Melodie:

»O schaurig ist's, übers Moor zu gehn,
Wenn es wimmelt vom Heiderauche,
Sich wie Phantome die Dünste drehn
Und die Ranke häkelt am Strauche,
Unter jedem Tritte ein Quellchen springt,
Wenn aus der Spalte es zischt und singt,
O schaurig ist's, übers Moor zu gehn,
Wenn das Röhricht knistert im Hauche!
Fest hält die Fibel das zitternde Kind
Und rennt, als ob man es jage;
Hohl über die Fläche sauset der Wind –
Was raschelt drüben am Hage?
Das ist der gespenstische Gräberknecht,
Der dem Meister die besten Torfe verzecht;
Hu, hu, es bricht wie ein irres Rind!
Hinducket das Knäblein zage.
Vom Ufer starret Gestumpf hervor,
Unheimlich nicket die Föhre,
Der Knabe rennt, gespannt das Ohr,
Durch Riesenhalme wie Speere;
Und wie es rieselt und knittert darin!
Das ist die unselige Spinnerin,
Das ist die gebannte Spinnlenor',
Die den Haspel dreht im Geröhre!
Voran, voran! nur immer im Lauf,

Voran, als woll es ihn holen!
Vor seinem Fuße brodelt es auf,
Es pfeift ihm unter den Sohlen
Wie eine gespenstige Melodei;
Das ist der Geigemann ungetreu,
Das ist der diebische Fiedler Knauf,
Der den Hochzeitheller gestohlen!
Da birst das Moor, ein Seufzer geht
Hervor aus der klaffenden Höhle;
Weh, weh, da ruft die verdammte Margret:
»Ho, ho, meine arme Seele!«
Der Knabe springt wie ein wundes Reh;
Wär nicht Schutzengel in seiner Näh,
Seine bleichenden Knöchelchen fände spät
Ein Gräber im Moorgeschwele.
Da, mählich gründet der Boden sich,
Und drüben, neben der Weide,
Die Lampe flimmert so heimatlich,
Der Knabe steht an der Scheide.
Tief atmet er auf, zum Moor zurück
Noch immer wirft er den scheuen Blick:
Ja, im Geröhre war's fürchterlich,
O schaurig war's in der Heide!«

Dank ihrer intensiven Vorbereitung waren ihr nun auch alle Begriffe vertraut. Sie las noch einmal alles durch, doch diesmal tat sie es mit ihrer Zombiestimme:

»O schaurig ist's, übers Moor zu gehn …«

So, und jetzt würde sie ihr Moorgedicht schreiben, in dem sie all ihre eigenartigen Erfahrungen, die sie hier gemacht hatte, einbrächte. Sie würde es Sumpfballade nennen. Sie setzte mit krakeligen Buchstaben die Überschrift und war stolz, einen Anfang gefunden zu haben.

Sumpfballade von Antonie Bleule

Da zieht es mich hin ins Ried, in den Sumpf,
was ist dort? Kopf oder Stumpf?
Die Sonne geht unter, rot und roter,
ist das im Schilf ein Untoter?

Antonie ließ erschöpft, aber stolz den Stift sinken. Sie las die ersten vier Zeilen ihrer Sumpfballade mit hohler Stimme.

26. BLINDGANG

Die Kommissarin verabschiedete sich von Frieda. Sie müsse noch ein Experiment durchführen. Sie zog die modische Sonnenbrille vom Haar zur Nase und ging zwischen Gastwirtschaft und Hühnerstall bis hin zur Wiese. Dann drehte sie bei, marschierte durch den Haupteingang hinaus zur Straße. Für die wenigen Meter zu Lederers Anwesen brauchte sie bestimmt 15 Minuten. Akribisch suchte sie den rechten Straßenrand ab. Als sie zurücklief, ging sie auf der anderen Straßenseite, vielleicht war Valentina vorschriftsmäßig auf der linken Straßenseite nach Hause gelaufen.

Danach die Abkürzungsvariante. Vom stinkenden Hühnerstall aus ging sie geradewegs über Friedas Wiese in Richtung des Lederer-Grundstücks. Dann hatte sie eine Idee. Noch einmal zurück, die Augen geschlossen und losmarschiert. Unsicher, die Arme nach vorne gestreckt, wackelte sie wie ein Zombie über die Wiese. Immer wieder knickte sie mit ihren hochhackigen Schuhen um. Sie blieb stehen, beschloss, die Schuhe auszuziehen, und stakste dann weiter.

Plötzlich blieb sie stehen, jawoll, das war's. Auch Valentina hatte die Schuhe ausgezogen, auch sie konnte in ihren Luxusschuhen nicht über die weiche Wiese gehen. Und ihr Mörder hat ihr dann die Schuhe wieder angezogen, jedoch an die falschen Füße. So musste es gewesen sein. Also war Valentina vermutlich auf dieser Wiese getötet worden. Ansonsten hätte sie die Schuhe nicht ausgezogen. Auf der Straße oder dem nahen Schotterweg wäre sie vermutlich nicht barfuß gelaufen. Das musste es sein. Die Wiese. Tatort Wiese?

Sie führte ihr Experiment weiter. Wieder schloss sie die Augen und tappte in der imaginären Nacht Richtung Haus. Plötzlich fühlte sie eine Veränderung unter ihren Füßen. Eine dunkle Flüssigkeit schien hier angetrocknet. Eine Gänsehaut bildete sich auf ihren bronzebraunen Armen, die blonden Härchen tanzten.

Sie bückte sich, schaute und fotografierte. Dann ging

sie auf die Knie, und nach wenigen Minuten auf allen Vieren sah sie es nur etwa anderthalb Meter von den dunklen Flecken im Gras entfernt glitzern: das Kettchen, das goldene Kettchen mit dem kleinen Kleeblatt, das ihr ganz offensichtlich kein Glück gebracht hatte.

Da musste die Spusi her. Schon bald war das Areal um die dunklen Flecken herum mit Absperrbändern begrenzt. Personen in weißen Ganzkörperanzügen schwitzten und suchten. Jeder Quadratzentimeter wurde durchforscht. Die Analyse würde dauern.

27. INSELLEBEN

Als ich da so lag, kein Fisch anbiss, wusste ich, dass ich mein Einsiedlerleben nicht lange durchhalten würde. Ich holte die Leine ein, der Köder war weg, ich grub wieder in der Erde, um anderes Ködermaterial zu finden. Ein fetter weißer Engerling, der sich verärgert wand, als ich ihn auf den rostigen, aber immer noch spitzen Haken steckte, sollte nun den Fangerfolg garantieren. Einem Silvester-Stallone-Rambo-Impuls folgend nahm ich aus dem eben gegrabenen Loch etwas feuchte Erde und rieb mir damit das Gesicht ein. Ich wusste nicht warum, außerdem hatte ich auch nichts Besseres zu tun. Auch mein Schiesser-Feinripp-Unterhemd unterzog ich dieser Prozedur, dies jedoch aus der Überlegung heraus, dass es in seinem blendenden Weiß durch die Bäume hindurch gesehen werden könnte. Nun nicht mehr! Mit meinen anderen Klamotten verfuhr ich vorsichtiger. Wenn nötig, musste ich auch in den umliegenden Ortschaften auftauchen, um meine Ermittlungen zu führen. Zu verratzt konnte ich da nicht daherkommen.

Aus schierer Langeweile widmete ich mich den Tagebüchern meines Vaters. Sie begannen im Jahr meiner Geburt. Das fand ich bemerkenswert.

Am 8. August stand geschrieben:

Bin stolzer Vater geworden. Mein Sohn soll Daniel heißen, was »Gott sei mein Richter« bedeutet.

Ich blätterte langsam weiter. Querlesend erkannte ich, dass mein Vater vor allem über das schrieb, was meine Kindheit betraf. Alles war liebevoll, fast schon andächtig. Auch die Wortwahl war oft sehr lyrisch, wenn er von meinen Entwicklungsstufen erzählte:

Er ist meine Sonne, und wenn er vergnügt jauchzt, wenn ich mit ihm hoppe hoppe Reiter spiele, bin auch ich selig und vergesse die Belastung durch den Alltag. Er ist die reinste Therapie für mich. Ich kann meine Bekannten nicht verstehen, die die Last der Kindserziehung immer und immer wieder betonen oder gar davon reden, dass ihnen die Hand ausrutscht. Er ist mein Ein und Alles, und so behandle ich ihn auch.

Ich musste heftig schlucken. Schon durch diese wenigen Sätze erfuhr ich mehr über die Beziehung meines

Vaters zu mir als Kleinkind, als all das Geschwätz aus der Verwandtschaft und aus dem Bekanntenkreis es vermocht hätte. Die Erinnerung an meine Eltern war noch bestens vorhanden. Beide starben bei einem Autounfall.

Als ich die Kiste mit den Büchern wieder zurück unter das Bett schob, bemerkte ich das lose Brett. Ich hob es an, fuhr mit der Hand hinein und zog einen gut verschnürten Plastikbeutel heraus. In diesem befand sich ein Gauloise-Tabakpack, in dem sich Zigarettenpapierchen, aber auch ein kleines Silberdöschen befanden. Das angelaufene Silberdöschen war mit einem Elefantenmuster verziert und ließ sich leicht öffnen. Zusammengerollt lagen zwei 10-Euro-Scheine darin, kleine Löschblattschnipsel und ein Stanniolkügelchen. Als ich das Stanniolpapier entfaltete, fiel mir ein spielwürfelgroßes Bröckelchen Haschisch in die Hand. Da wurde mir auch die Bedeutung der zurechtgeschnittenen winzigen Löschpapierschnipsel klar, die mit einer wächsernen Schicht überzogen waren. Ich schüttelte den Kopf und musste unwillkürlich schmunzeln, es gab sie also tatsächlich, die wilden 60er-Jahre: der erste Mensch, der ins Weltall flog, die Amis völlig gefrustet, denn er hieß Juri; die Studentenbewegung in Deutschland, langhaarig und progressiv; Woodstock, Jimi Hendrix, Joe Cocker, Janis Joplin; der Vietnamkrieg, Napalm, der Protest, Ho Ho Ho Chi Minh; die Drogen, Sex and Drugs and Rock'n'Roll.

Mein Vater, ein Kiffer? Ich konnte es mir nicht richtig vorstellen.

Ich schaute mir den Tabak genauer an, auch die Papierchen. Nirgends war ein Haltbarkeitsdatum zu entdecken. Bis mir die Euro-Scheine die Einsicht brachten. Meine

Eltern waren noch zu DM-Zeiten verstorben. Das Kiffer-Equipment konnte nicht meinem Vater gehören, es stammte vermutlich aus den letzten Jahren, dem Zustand der Tabakverpackung nach zu urteilen. Doch nichts mit Woodstock, Ho Chi Minh und Sex and Drugs. Ein bisschen war ich enttäuscht, aber größtenteils erleichtert.

Mein Vater war also doch kein Kiffer – und ich war in Gefahr, entdeckt zu werden. Irgendjemand musste lange nach dem Tod meiner Eltern die Hütte als Versteck genutzt haben. Vielleicht war auch der Biber schuld, dass die Drogen hier verrotteten, denn wer würde schon zur Hütte schwimmen, um sich einen reinzuziehen. Und früher stand sie nicht im Wasser. Ich blickte auf das Päckchen in meinen Händen, und da meine Drogenerfahrungen bis dato rein theoretischer Natur waren, beschloss ich, dies zu ändern. Nach all den Jahren konnte das Zeug ja nicht mehr wirken. Eines der Löschpapierschnipselchen unter die Zunge, etwas Haschisch in den Tabak gekrümelt, den Joint in Ermangelung jeglicher Übung krumm und rissig gerollt. Angezündet, daran gezogen. Hustenanfall. Und noch einmal. Brechreiz. Und wieder. Keine Wirkung. Tränende Augen. Keine Wirkung. Das winzige Kügelchen, das in der Ecke der Dose hing und von mir beinahe übersehen worden war. Bestimmt nur Traubenzucker. Völlig geschmacklos.

Raus an die frische Luft, der Nebel in der Hütte wurde immer dichter und undurchdringlicher. Schnell zur Angel, vielleicht hatte ja einer angebissen. Die Sonne erschlug mich beinahe, ihre lila Strahlen regneten auf mich herunter. Purple rain, purple rain. Benommen durch die Intensität der Sonne taumelte ich, Wasser spritzte auf, wie Diamanten glitzerte es in den tiefpurpurnen Himmel. Lucy in the sky with diamonds. LSD. Ich torkelte zurück, erschrocken durch die schlagartig einsetzende Wirkung der Drogen. Der Joint zischte im Wasser kurz auf. Den Löschblatttrip spie ich auf die Erde.

28. AUF DER SUCHE NACH INSPIRATION

Das Gedicht lief doch nicht so, der Anfang war zwar super, aber jetzt herrschte kreative Flaute. Sie brauchte eine Inspiration. Für diesen Fall hatte sie vorgesorgt. Sie hatte sich eine tolle Mischung gemacht, die würde sie jetzt probieren. Getrocknete Hortensie, Fasern von der Bananenschale, ebenso getrocknet, von Mutters Trompetenbaum etwas frische Blütenblätter, konventioneller schwarzer Afghane. Mal sehen. Sie drehte eine winzige Schülertüte, *Joint* hörte sich doof an, und zog, nachdem die Spitze angezündet war, vorsichtig daran. Als eine eigenartige Wirkung einsetzte, las sie das Gedicht noch einmal.

Vom Ufer starret Gestumpf hervor. Antonie stellte sich einen Zombie vor, der am Ufer eines dunklen Riedtümpels stand und ihr mit Armstümpfen winkte. Sie musste Richtung Wasser, Wasser war das Leben, und wo das Leben war, da war auch der Tod, und dort würde sie auch die Inspiration zu weiteren Versen ihres Gedichtes finden. Und so zog sie beschwingt und sehr, sehr leicht los. Sie wollte nur geradeaus gehen, und zwar so lange, bis sie auf einen Tümpel stieß.

29. AUF DER SUCHE NACH ALK

Flaschen-Gordon hatte sich im Bahnhofslädele zwei Flaschen Wodka geholt. In der Klinik oben gingen sie recht sparsam mit Alkohol um. Man musste auswärts tanken. Natürlich war er kein Alki, aber die Gesamtsituation war unbefriedigend, und der Kommissar hatte ihn mit seinem dummen Gerede genervt. Er würde jetzt zu Frieda fahren, dort ein Bierchen trinken, und der Sprit, der wäre für heute Abend, mit seinem Zimmernachbarn einen zwitschern. So der Plan. Er stieg auf die schwere Maschine.

30. NICHTS AN DER ANGEL

Ich musste unbedingt einen Fisch haben. Ich hatte Lust, einen glitschigen Fisch zu berühren. Dann würde ich ihn wieder ins Wasser schmeißen. Vielleicht würde er sich in eine Moorjungfrau verwandeln. Ich musste laut in den Himmel hinein lachen, eine *Moorjungfrau*. Doch an der Angel hing lediglich der fette weiße Köder, der mich höhnisch angrinste und mir befahl, ihn freizulassen. Ich gehorchte und grub ihn wieder ein, da er mir versprach, ein großer bunter Schmetterling zu werden. Ich vertraute ihm. Dann stellte ich mich nahe ans Ufer, um zu warten, bis die Fische zu mir auf die Insel kamen. Mich fröstelte, ich schob die Unterarme unter mein Schiesser Feinripphemd, das vor Schmutz starrte.

31. DIE SICHTUNG

Und immer geradeaus. Manchmal war es mühsam, diese Regel einzuhalten, wenn es zum Beispiel einfacher gewesen wäre, um einen umgestürzten Baum herum zu gehen, als darüber zu klettern. Aber als sie auf dem bemoosten Stamm stand, konnte sie es sehen. Das schwarze glitzernde Wasser. Und die Insel und den Zombie. Wie erwartet, hatte er keine Arme, nur *Gestumpf*.

32. DER ZWISCHENSTOPP

Flaschen-Gordon gönnte sich an der »Riedwirtschaft« einen kleinen Zwischenstopp. Noch herrschte wenig Betrieb. Ein Flaschenbier ging immer, auch das zweite lief zügig hinunter. Die trüben Gedanken wurden verscheucht. Der Alkohol tat seine Wirkung. Und heute schmeckte es ihm, jawoll, sogar richtig gut. In letzter Zeit war das Trinken oft mit einem schlechten Gewissen verbunden, dem war heute nicht so, das musste man nutzen: noch ein Fläschchen bitte!

33. LADY IN BLACK

Die Musik der Altvorderen war in mich gedrungen. Ride a white swan, T. Rex; A fire in the sky, da da da, dadadada; Deep Purple, She came to me one morning, one lonely Sunday morning; Lady in black, Uriah Heep. Und dann stand sie tatsächlich auf der anderen Seite am Ufer und winkte mir in Zeitlupe zu. We all live in a yellow submarine. Ich stieg in mein gelbes Boot, ein weißer Schwan zog den Kahn.

34. DER ZOMBIE KOMMT

Der glatzköpfige Zombie entwickelte Arme, bestieg ein Boot und nutzte die neu gewachsenen Arme und Hände, um zu ihr hinüber zu paddeln. Irgendwie erinnerte er sie an ihren Deutschlehrer. Sie wusste aber, dass dies alles Trugbilder und den Drogen geschuldet waren. Der Zombie kam übers Wasser immer näher.

35. DER WANDERSMANN

Flaschen-Gordon bemerkte, dass er nicht mehr fahrtüchtig war. Also würde er zu Frieda laufen. Auch wusste Flaschen-Gordon, dass zwischen zwei Punkten, also der »Riedwirtschaft« und Friedas Gartenwirtschaft die Gerade, also der Weg durchs Ried, die kürzeste Strecke ist. Somit schulterte der kühne Wandersmann in spe sein Rucksäcklein mit der hochprozentigen Fracht, aber nicht ohne vorher noch ein Abschiedsschnäpschen mit dem Wirt gekippt zu haben und noch ein zweites. Der Riedwirt mahnte, nicht den Weg durch die sumpfige Landschaft zu nehmen, entlang der Straße wäre sicherer und schneller. Flaschen-Gordon wusste es besser. Schon bald die erste Rast und ein Schlückchen Wodka. Es lief heute gut.

36. VERKÖRPERTE MUSIK

Ich sah die Musik vor mir am Ufer stehen. Die Lady in black tanzte sich selbst. Ich wusste natürlich, dass dies ein Trugbild und der Überdosis Drogen, die ich leichtfertig zu mir genommen hatte, geschuldet war.

37. ZUSAMMENTREFFEN VON ZOMBIE UND LADY IN BLACK

Am Ufer gab es dann ein mords Hallo. Wir tanzten, sangen und lachten. Sprangen in das riedige braune Wasser und alberten herum. Wir tauchten sogar unter dem Boot durch, obwohl das Wasser nicht viel mehr als hüfttief war. Im Chor riefen wir: »Zombie, Zombie, Zombie«, oder sangen: »She came to me one morning …«

38. DER SCHWUR

Fassungslos betrachtete Flaschen-Gordon die leere Wodkapulle, noch fassungsloser beobachtete er das Treiben im Wasser am gegenüberliegenden Ufer. Was war bloß los mit denen, was war bloß los mit ihm? Was war bloß los mit allem? Die beiden kamen ihm eigenartig vertraut vor. Aber er wusste, dass dies ein Trugbild und dem exzessiven Alkoholkonsum geschuldet war. Er schwor sich, nie wieder so viel Alkohol zu trinken, und stolperte in die Richtung los, in der er Frieda und das Gasthaus vermutete.

39. KRISENSITZUNG DER MIKEBOSSLER

Cäci hatte die MIKEBOSSler über das Verschwinden Danis informiert. Goldi berief für den Abend eine spontane Krisensitzung ein, bei der Cäcis Anwesenheit verlangt wurde. Auch Deo wurde über die außerordentliche Sitzung informiert. Flaschen-Gordon war seltsamerweise weder in der Klinik noch zu Hause noch auf seinem Handy erreichbar.

Das »Reserviert«-Schild in Motorradform stand auf dem Tisch, als die Gruppe fast zeitgleich eintraf. Deo war vor lauter Aufregung schon früher eingetroffen und hatte seine Quickly gegen die Ligusterhecke gelehnt.

Cäci gab den nötigen Input:

»Ich habe alle über das Verschwinden Danis informiert, auch die Polizei war schon hier und fahndet nun nach ihm. Lediglich Flaschen-Gordon habe ich nicht erreicht. Seine Frau weiß auch nicht, wo er steckt. In der Klinik meinten sie nur, dass er bestimmt wieder auftauchen würde, und langsam hätten sie genug von seinen Eskapaden.«

Goldi beruhigte:

»Der wird bestimmt wieder irgendwo herumwandern, das tut er zu Zeit ja öfters. Macht euch keine Sorgen wegen dem.«

Cäci fuhr fort:

»Also noch einmal, Dani ist verschwunden, ich weiß nicht, wohin. Ich möchte, dass keiner von euch ihn auf eigene Faust sucht, die Gründe kann ich euch erst später nennen. Ich muss mich auf euch 100-prozentig verlassen können. Ihr habt mitbekommen, dass Dani verdächtigt wird, Lederer und seine Frau ermordet zu haben. Ihr kennt Dani, ihr wisst, dass dieser Vorwurf absurd ist. Die Polizei geht bei dieser Indizienlage natürlich davon aus, dass Dani mit der Sache etwas zu tun hat.«

Protest aus den Reihen der MIKEBOSSler:

»Die sollen lieber gründlich in Valentinas Umfeld recherchieren!«

»Oder bei den Kunden Lederers, ob das bei RiedImmo alles sauber abgelaufen ist, da habe ich meine Zweifel.«

Cäci ergriff wieder das Wort:

»Am besten wäre es natürlich, wenn irgendjemand von euch eine Beobachtung gemacht hätte, die Dani entlasten könnte. Denkt einfach noch mal über das nach, was alles passiert ist. Wenn euch etwas einfällt, was Danis Unschuld beweist oder ihn wenigstens weniger verdächtig erscheinen lässt, dann meldet es zuerst mir und danach der Polizei. Dann noch etwas, ich weiß ja nicht, wie schnell der Tratsch ist. Das Messer, mit dem Lederer erstochen wurde, war Friedas Ausbeinmesser. Sie hatte es aber nicht mehr in der Küche in Gebrauch, es lag neben dem Hühnerstall bei den Sachen, die nach Rumänien gehen sollen. Wenn jemand von euch weiß, wer es genommen oder auch nur einen Verdacht hat, wie vorher, zuerst mich, dann die Polizei informieren. Und dann gibt es noch weitere Neuigkeiten. Die Spurensicherung war heute Morgen schon hier, die Kommissarin hat den Tatort, also die Stelle gefunden, wo Valentina ermordet wurde. Es ist gleich hinter dem Hühnerstall.«

Betroffen blickten sie sich an.

»Und keiner hier im Garten hat etwas bemerkt oder gehört.«

»Wenn der Garten voll besetzt ist, geht es hier nicht gerade leise zu! Würdet ihr jetzt bemerken, was gerade hinter dem Hühnerstall passiert? Mit Sicherheit nicht. Von der Straße aus schon eher.«

»Trotzdem ista das schon grausam, wenn ma weiß, dass direkt nebaan jemand ermordat wiad und man hätta helfa könna.«

»Was hat die Spurensicherung denn noch gefunden?«

»Keine Ahnung, die Kommissarin hatte mich ja, *bevor* sie den Tatort fand, befragt. Auch Frieda weiß nicht mehr, als ich euch gesagt habe.«

Kurze Zeit herrschte ratlose Stille am Tisch. Deo war der Erste, der die Sprache wieder fand:

»Was sollat wir konkret macha, um da Dani zu helfa? Kannst du uns das saga, Cäci?«

»Das ist alles sehr kompliziert. Einerseits solltet ihr mir alles berichten, was ihr beobachtet habt, andererseits ist halt vieles dabei, was Dani belastet.«

»Weißt du wirklich nicht, wo Dani steckt?«, fragte Joe geradeheraus.

Cäci war so überrascht, dass sie einen roten Kopf bekam. Die Übrigen räusperten sich. Joe murmelte eine Entschuldigung.

»Ich werda da Dani mit einem Gebet untastütza!«, rettete Deo die Situation.

Cäci blickte dankbar zu ihm und meinte:

»Wir können jetzt noch einmal alle Beobachtungen schildern, die wir an Valentinas Todestag gemacht haben. Auch das Fest sollte noch einmal unter die Lupe genommen werden.«

Cäci zückte einen Stift, am Ende waren vier Seiten sorgfältig beschrieben. Zum Schluss wurde die Frage gestellt, wer zu den Verdächtigen zählte. Das Ergebnis war ernüchternd, an erster Stelle stand immer noch Bönle Daniel, an zweiter Flaschen-Gordon und an dritter nun Maier Frieda. Schnell kritzelte Cäci das Ergebnis durch und meinte:

»Das ist ja absolut absurd, das ist Schwachsinn, wir drehen uns im Kreis!«

»Der aba auch!«

Deo war aufgesprungen und deutete hinunter ins Ried, wo sich auf Hildes Grundstück ein eigenartiges Schauspiel zutrug. Eines von Hildes Lamas war hinter einem Mann her und stupste diesen immer wieder auf den Boden, sobald er versuchte aufzustehen. Der Mann schien desorientiert und drehte sich auf allen Vieren im Kreis. Das Lama zerrte mit seinem Maul immer wieder am Rucksack.

»Ist das nicht Flaschen-Gordon?«

40. ÜBERRASCHENDES ZUSAMMENTREFFEN

Mit Applaus empfingen die MIKEBOSSler ihr vermisstes sturzbetrunkenes Mitglied.

»Wo hast du deine Maschine?«

Flaschen-Gordon lallte etwas von »Riedwirtschaft«, einer Meerjungfrau, einem Geist, einer verlorenen Flasche Wodka und einem Handydüdeln, das ihn durchs ganze Ried bis hierher verfolgt hätte. Wie zum Beweis erklang just in dem Augenblick ein Klingelton aus seinem Rucksack.

»Hört ihr's, da ist es wieder! Ich habe doch nicht geträumt! Psssst! Das verfolgt mich schon die ganze Zeit- Psssst. Seid mal still!«

Cäci zog das Handy aus dem Rucksack. Flaschen-Gordon schien verwirrt. Er drückte den Anruf sofort weg und lallte:

»Oh je, meine Frau, wenn die mich so sieht, da muss ich mir was Gutes einfallen lassen!«

Flaschen-Gordon wirkte verzweifelt. Flehentlich bittend schaute er in die Runde. Kumulatives Schulterzucken, dann Deo:

»Wir könnat ja saga, dass der Gordon K.-O.-Tropfa in da Getränk hatta.«

»Wer sollte ihm hier K.-O.-Tropfen ins Getränk geben?«

»Nicht hiea, in da Riedwirtschaft!«

Gelächter am Tisch.

»Weil dort das K.-O.-Tropfen-Klientel ein und aus geht.«

Cäci hatte die rettende Idee:

»Wenn dich deine Frau nachher wieder in die Klinik bringt, sage ich ihr, dass das eine typische Nebenwirkung von deinen Psychopharmaka ist. Die Wechselwirkung kann schon bei geringem Alkoholgenuss eintreten.«

Flaschen-Gordon murmelte:

»Wechselwirkung, genau, das ist eine Wechselwirkung.«

41. INSELKATER

Schon wenige Stunden später setzte so etwas wie ein Psycho-Kater ein. Was, wenn es tatsächlich Antonie war und nicht die Lady in black? Was, wenn das keine Trugbilder waren, sondern Realität? Konnte es sein, dass man schon nach einem Tag Insel den Verstand verlor? Sicherheitshalber warf ich ein Aspirin ein, Cäci hatte die nötigsten Medikamente eingepackt. Was, wenn der Trip zurückkommt, ein Flashback? Ich hatte keinerlei Lust mehr auf Drogenerfahrungen. Und warum hatte das Mädchen in seinem Drogenrausch so große Ähnlichkeit mit meiner Schülerin? Das war seltsam. Hatte mich das Zusammensein mit ihr in der »Riedwirtschaft« so beeindruckt, dass sie nun in meinen Visionen auftauchte? Oder war die Situation doch real?

Es durchfuhr mich wie ein Blitz, als die Lösung auf meine Frage ganz deutlich vor mir stand. Antonie! Natürlich, wie konnte ich das vergessen! Antonie hatte ich bis kurz vor Lederers Haus mitgenommen. Sie musste etwas gesehen haben. Vielleicht konnte sie mich entlasten. Ich musste heute Abend Kontakt mit Cäci aufnehmen und das mit Antonie erzählen, die Begegnung in der »Riedwirtschaft«. Ich war in einer Situation, in der jeder Strohhalm wie ein Rettungsanker wirkte.

42. ES WIRD ENG BEI FRIEDA

Es wurde noch ein Stuhl herangerückt, als Flaschen-Gordons Frau, von Cäci als Chauffeuse angefordert, mit sorgenvoller Miene anrückte. Sie schüttelte schon beim Anmarsch andauernd und demonstrativ den Kopf. Auf Cäcis nicht ernst gemeinte Bitte, sie möge sich doch zu ihnen setzen, bevor sie ihren Mann in die Klinik fahren würde, lehnte sie zum Entsetzen der MIKEBOSSler nicht ab, sondern nahm das Angebot höflich dankend an.

»Mein Gott, Gordi, wie siehst du denn aus!«

Schnell sprang Deo ein und leistete seinem Freund Schützenhilfe:

»Das ist da Wechsalwirkung!«

Cäci, die Psychologin, erklärte der besorgten Frau Müller die Wechselwirkung von Psychopharmaka und Alkohol. Sie betonte, dass schon geringe Mengen von Alkohol die Wirkung einer ganzen Schnapsflasche haben können. Frau Müller schaute zwar immer noch misstrauisch, trotzdem tätschelte sie nun ihrem Gordi den Unterarm und meinte:

»Kleine Kinder – kleine Sorgen, große Kinder – große Sorgen. Ich sage immer, mein Gordi ist wie ein Kind, nur anstrengender.«

Erzwungenes Gelächter aus der Runde. Flaschen-Gordon nahm einen großen Schluck aus der Mineralwasserflasche, Frieda brachte ihm zusätzlich ihr Geheimrezept, den Katerkiller-Kakao, ein starkes Getränk mit verschiedensten exotischen Gewürzen, dem wahre Zauberkräfte beim Alkoholabbau zugesprochen wurden.

»Wo bist du denn gewesen, Schatz?«

»Ich war in der ›Riedwirtschaft‹ und habe da nur *ein* Bier getrunken, das hat gewirkt wie eine ganze Flasche Wein. Da war mir dann klar, dass ich nicht mehr fahren konnte.«

»Das war sehr vernünftig von dir, Schatz.«

Goldi sprang plötzlich vom Tisch auf, verbeugte sich galant, machte mit der Rechten einen eleganten einladenden Bogen und verwies auf seinen nun freien Stuhl:

»Schönen guten Abend, Frau Kommissarin, darf ich Sie an unseren Tisch bitten?«

»Da wollte ich sowieso hin, Sie dürfen mir gerne einen Stuhl bringen. Ich warne Sie aber gleich vor, ich bin dienstlich hier!«

Sie scannte mit hartem Blick die Runde, stutzte bei Flaschen-Gordon und sprach in seine Richtung:

»Sehr gut, Herr Müller, dass ich Sie hier treffe. Die Klinik hat Sie vorhin als vermisst gemeldet. Rufen Sie doch kurz an, dass Sie noch leben.«

Kopfschüttelnd entfernte sich Frau Müller vom Tisch, drehte der Gesellschaft den Rücken zu. Man hörte sie etliche Entschuldigungsformeln murmeln und dann von psychischem Ausnahmezustand, viel Stress im Beruf, Sorgen wegen der Kinder und so weiter und so fort reden. Flaschen-Gordon schien das nicht sonderlich zu kümmern, er hatte sich einen großen Wurstsalat bestellt.

Die Kommissarin nutzte die Chance, besetzte sofort den neben Gordon frei gewordenen Platz und fing mit der Befragung des Wurstsalatessers an:

»Ich frage das, solange Ihre Frau weg ist: Ist Ihnen jetzt eingefallen, wo Sie in der fraglichen Nacht waren?«

Sie tat sehr vertraulich, männerfreundschaftsimitierend. Gordon fiel darauf trotz seines Zustandes nicht herein.

»Das habe ich Ihnen schon gesagt: Im Ried, geschlafen auf einer Bank! Ich hatte einiges intus!«

»Das haben Sie anscheinend öfters.«

Deo brüllte über den Tisch:

»Das ist da Wechsalwirkung!«

»Herr Müller, ich werde Sie vorladen.«

»Ich glaube nicht, dass ich zurzeit vernehmungsfähig bin. Ich werde mit meinem Arzt reden, dann können Sie wieder auf mich zukommen.«

Als Gordons Frau ihren Platz wieder eingenommen hatte, setzte die Blonde ihre Befragung reihum fort, indem sie sich immer neben ihren Interviewpartnern platzierte. Immer wieder tauchten dieselben Fragen auf. Immer wieder schloss sie, nachdem sie das Bild von dem Messer zeigte, mit der Frage nach Daniels Verbleib ab.

»Frau Bönle, nun noch einmal zu Ihnen. Ist es möglich, dass Ihr Mann in Richtung Osten unterwegs ist?«

»Das weiß ich nicht, ich habe keinen Kontakt zu ihm.«

»Frau Bönle, Ihr Auto wurde an der Grenze zur Slowakei gesehen, bei Bratislava, ich habe hier eine Aufnahme. Das ist doch Ihr Wagen, und der Herr mit den schwarzen Haaren, das ist doch sicher Ihr Mann? Jetzt rücken Sie endlich damit raus: Wo will Ihr Mann hin? Die Frage geht natürlich auch an die Herren vom Verein: Wo will Ihr Präsident hin? Der will doch wohl nicht in die Ukraine? Wehe, Sie verschweigen mir etwas! Sie wissen doch sicher, dass Frau Lederer aus der Ukraine stammte, aus Sewastopol. Wenn es da irgendetwas gibt, was ich wissen müsste, dann rücken Sie jetzt mit der Wahrheit raus. Sie schaden mit Ihrem Schweigen Ihrem Daniel mehr, als dass Sie ihm nützen.«

Cäci mimte die Erschrockene. Die verschwommene Aufnahme zeigte tatsächlich ihren Kleinwagen mit einem Fahrer, der langes dunkles Haar hatte und eine Sonnenbrille trug.

»Daaani!«, seufzte Cäci.

Gerade als Frau Müller mit ihrem Gordi gehen wollte, um ihn in der Akutklinik abzuliefern, klang es hell von der Ligusterhecke her:

»Hi, Gogi, was machst du denn hier?«

Gordon schreckte zusammen, drehte sich schnell weg und flehte zu seiner Gattin:

»So, wir sollten jetzt aber gehen, sonst verpasse ich noch das Abendessen.«

»Aber du hast doch schon eine große Portion Wurstsalat gegessen, nicht, dass du noch spucken musst. Und meint die Kleine da dich mit ›Gogi‹?«

»Ich habe schon ins Ried gekotzt, wegen, äh …«

»Da Wechsalwirkung!«, ergänzte Deo.

»Lenk nicht ab! Wer ist die Kleine mit den schwarzen Haaren? Antworte!«

Die Kleine mit den schwarzen Haaren winkte immer noch in Richtung der MIKEBOSSler und rief noch einmal:

»He Gogi, ich bin's. Ich komm mal rüber. Wenn du nichts dagegen hast!«

Er hatte etwas dagegen. Es war aber schon zu spät. Antonie konnte man nicht stoppen.

»Woher kennst du die?«

»Ähm, aus der Riedwirtschaft, eigentlich kennt sie nur Dani, sie ist Schülerin von ihm.«

»Wie heißt die?«

»Antonie. Ich glaube, so heißt sie.«

»Wie weiter?«

»Keine Ahnung!«

Antonie, immer noch vollgedröhnt, stellte sich vor dem Tisch auf, breitete die Arme aus und fing an zu erzählen:

»Tag, Leute, ihr glaubt nicht, was ich erlebt habe. Im Ried ging's heute richtig ab. Da war voll die Zombie-Time. Ich habe den diesmal echt gesehen, der war wirklich echt. Ich hab sogar gebadet mit dem.«

Sie erzählte nun in aller Ausführlichkeit der neugierigen Kommissarin die Geschichte von dem Zombie.

Flaschen-Gordon rieb sich während der Erzählung immer wieder nachdenklich am Kinn. Die Kommissarin ließ sich die Personalien von Antonie geben.

43. UNTER VIER FRAUENAUGEN

Lang musste Cäci warten, bis die neugierige Kommissarin das Feld räumte, dann knöpfte sich Cäci Antonie vor:

»So, du bist also Schülerin von meinem Mann?«

»Wow, und Sie die Alte vom Bönle. Sie sind ja noch voll jung und voll hübsch. Ich hab Sie mir völlig anders vorgestellt. Lehrer haben doch immer die Schachteln, so uncoole mit Hosenröcken, und dick sind die auch meistens. Aber Sie sehen voll geil aus!«

»Hast du was geraucht?«

»Klar, wollen Sie auch was?«

»Quatsch, du weißt, dass das schädlich ist!«

»Jetzt merkt man, dass Sie die Frau von einem Lehrer sind. No risk, no fun! Außerdem kiffe ich selten, nur wenn ich Inspiration brauche.«

»Für was?«

»Ich will Dichterin werden!«

»Ah ja, Dichterin. Schöne Idee, und dazu gehst du ins Ried, um dir Ideen zu holen?«

»Ja, so kann man das sehen.«

»Und heute warst du auch im Ried und da hast du einen Zombie gesehen? Kannst du den mal beschreiben und wo das war?«

»Also beschreiben … der sah so aus wie alle Zombies. Aber nicht, dass Sie jetzt denken, ich würde spinnen, ich weiß natürlich, dass es keine Zombies gibt. Aber ich fahr halt voll auf die ab, ich kenne auch alle Zombie-Filme. Und eines ist klar, man weiß auch nie, ob das Virus doch nicht mal die Menschheit befällt. Wer hätte, bevor es Aids gab, gedacht, dass es einmal Aids gibt. Auch niemand, oder Sie etwa?«

Cäci schüttelte den Kopf und brachte Antonie wieder in die Spur:

»Also, wie sah der Zombie aus?«

»Also, zuerst dachte ich, der hat ja gar keine Arme, nur *Gestumpf*, aber dann hatte er doch welche, und der Hammer ist, dass der angelte. Normalerweise essen die Untoten keinen Fisch, das hat mich schon erstaunt. Auch, dass er dann mit einem Boot rübergefahren kam. Das war seltsam. Und gar keine Haare hatte der und ein Tattoo, das voll wie ein Fake aussah!«

Cäci schob zwei Fragen ein:

»Welche Farbe hatte das Boot, und warum brauchte er überhaupt ein Boot?«

»Das Boot war gelb oder lila, und wenn man auf einer Insel wohnt, dann braucht man eben ein Boot.«

»Was hat er dann gemacht, der Zombie?«

»He, ich hab doch gesagt, das war kein echter Zombie! Der sah nur so zombiemäßig aus, eigentlich hat er mich ein bisschen an Ihren Mann erinnert. Aber der auf der Insel war viel älter. Und Ihr Mann hat ja viele Haare. Außerdem war ich so zugekifft, dass ich das eh nicht mehr genau weiß. Und der Zombie auch, der hatte Pupillen wie Mohrenköpfe!«

»Das sagt man nicht mehr!«

»Wie sagt man dann zu Pupillen?«

»Ist schon in Ordnung, Antonie, das hast du dir bestimmt alles eingebildet!«

»Ich weiß nicht, das glaub ich jetzt nicht.«

»Warum nicht?«

»Wir haben ja zusammen gebadet, und ein Zombie würde nie baden, das habe ich noch nie gesehen!«

»Hat er nackt gebadet?«

»Nein, natürlich nicht!«

Cäci war erleichtert.

»Aber ich!«

44. FABIU DENKT

Über 750 Kilometer bis nach Bratislava, immer wieder war er die landschaftlich schönere Strecke gefahren. Er genoss das Gefühl, ein eigenes Auto zu besitzen, auch wenn es nur für einen überschaubaren Zeitraum war. Zu Hause hatten sie nur ein Fahrzeug, einen Lada, der gehörte aber der ganzen Großfamilie, eigentlich seinem Bruder. Sie würden nicht schlecht staunen, wenn er mit diesem feuerroten Auto durch die lange Hauptstraße in Cidreag donnern würde.

Fabiu stoppte auf einem kleinen Parkplatz und dachte nach. Cäcilia hatte ihm bestimmt nur die halbe Wahrheit gesagt. Aber was soll's, bis zum Frühjahr ein Auto und ein modernes Handy zu besitzen, war viel wert. Mit dem Auto würde er Taxidienste anbieten, das Handy wäre gewissermaßen die Zentrale, in der seine Frau ihn von Auftrag zu Auftrag schickte. Das wäre ein gutes Zubrot. Vielleicht könnte er dann endlich einmal sein Dach decken.

Fabiu ging wieder seiner Anrufpflicht nach. Er wählte den Festanschluss Bönle. Niemand nahm ab.

45. UNTER KOMMISSAREN

Die Sonne warf tanzende Schatten durch die Blätter der Kastanie. Härmle und die Blonde saßen dicht beim Stamm im Vollschatten, da jetzt schon die Hitze unerträglich war. Die Ermittlerin in sommerfreundlicher kurzärmeliger Bluse, kakifarbenem knielangem Rock, die Sonnenbrille auf der Frisur. Der Ermittler in weißem kurzärmeligem Hemd, kakifarbener Outdoor-Hose, dreiviertellang, die Sonnenbrille auf der ergrauenden Frisur. Ohne Weiteres wären sie als Touristenpärchen, das mit Campingmobil am Thermalbad herumlungerte, durchgegangen. Bei Christoph im Biergarten hatten sie ihre Besprechung angesetzt. Sie, korrekt, mit einem Mineralwasser ohne Zitrone, er, noch korrekter, mit einem alkoholfreien Weizen.

Härmle eröffnete:

»Ried oder Richtung Rumänien?«

»Schöne Alliteration!«

»Wie bitte?«

»Nichts … gute Frage. Also, wenn ich die Reaktion von seiner Frau betrachte, dann tippe ich auf Ried. Wenn ich den reinen Fakten Glauben schenken soll, dann sage ich, der müsste jetzt in Rumänien sein. Das würde auch ins Bild passen. Die Bönles, vor allem sie – er scheint ja über sein Motorrad nicht hinaus zu denken – engagieren sich für BuKi. Frieda sammelt auch alles, was denen von Nutzen sein könnte, und immer wieder geht ein Lkw mit Hilfsgütern nach Cidreag. Ich habe mich da kundig gemacht. Ein gewisser Fabian oder Fabiu, Nachname habe ich im Handy, war wohl auch für ein paar Tage in Bad Saulgau. Offensichtlich hatte Frau Maier Kontakt mit ihm. Also, eine Spur nach Rumänien gibt es definitiv.«

Härmle schüttelte den Kopf:

»Aber was will er dort? Das macht doch keinen Sinn!«

»Doch, er will seiner Verhaftung entkommen.«

»Dass er sich da mal nicht täuscht! Die Kontakte stehen. Interpol könnte jederzeit zuschlagen.«

In schöner Synchronizität nahmen Herr Härmle und Frau Krieger einen Schluck, um sich zu erfrischen. Er Hefe, sie Wasser. Er gierig, sie nippte.

»Übrigens, Petra, ist schon ein Ergebnis von der DNA-Analyse da? Und du weißt, vor Gericht hätte die keinen Bestand. Du kannst doch nicht einfach von seiner Haarbürste Proben nehmen! Die Haare könnten genauso gut von ihr, seinem Sohn oder seiner Schwiegermutter stammen.«

»Können sie eben nicht! Nur er hat rabenschwarze Haare, und die Länge stimmt auch. Aber du hast völlig recht! Und jetzt sind wir einfach froh, dass ich in weiser Voraussicht ein Pröbchen genommen habe.«

»Kannst du mal nachschauen, ob schon ein Ergebnis da ist? Der lässt dich doch nie warten!«

Härmle zwinkerte zweideutig seiner attraktiven Kollegin zu. Die Kommissarin durchforstete ihr dienstliches Postfach mittels Daumen und strahlte dann.

»Jawoll, bei dem habe ich offensichtlich einen Stein im Brett. Obduktionsbericht und DNA-Analyse, alles schon hier.«

Die Ermittlerin las vor. Den Abschluss bildete ein triumphales:

»Volltreffer! Die DNA, die wir unter Lederers Fingernägeln gefunden haben, ist identisch mit der aus dem Kamm! Und das Messer ist mit an Sicherheit grenzender Wahrscheinlichkeit auch die Tatwaffe, mit der Valentina Lederer umgebracht wurde. Die Einstiche sprechen auch bei beiden Opfern für einen Täter. Volltreffer, absoluter Volltreffer! Jetzt muss sich Bönle aber was ganz Schlaues einfallen lassen, um da wieder raus zu kommen! Interpol?«

»Okay!«

Beide klatschten sich ab.

Der Freak am Nebentisch mit seiner umgedrehten Schildmütze und der viel zu tief sitzenden Hose drehte die Mütze, um das Schild weiter ins Gesicht und über die Sonnenbrille zu drehen. Er legte das Geld passend auf den Tisch, erst als er aus dem Garten hinaus getreten war, beschleunigte er seine Schritte.

46. PLAN B#JOKER

Cäci war fürchterlich nervös.

»Wo warst du denn so lange?«

»Das war nicht lange, das waren höchstens 15 Minuten!«

»Mir kam es wie eine Ewigkeit vor. Hast du etwas erfahren?«

Mit Friedas Wagen ging es von Bad Saulgau zurück nach Riedhagen, ich hatte also genügend Zeit, Cäci über den Inhalt des Gesprächs der beiden Kommissare zu informieren. »Gott sei Dank habe ich Christoph gebeten, mich zu informieren, wenn die beiden bei ihm auftauchen.«

Ich nickte, meine Cäci war in solchen Dingen unschlagbar. Alles, was Logistik betraf, war bei ihr in besten Händen. Anerkennend klopfte ich ihr auf den rechten Oberschenkel. Sicher lenkte sie das kleine Fahrzeug hinter Königseggwald ins Ried. Plan B#Joker war schon vor Sonnenaufgang in die Startphase gegangen.

Die Nacht war unruhig, vor allem in mir. Die Drogen bewiesen mir immer wieder ihre Wirksamkeit und hinderten mich, Ruhe zu finden. Früh morgens, die Dämmerung lag noch im Schlafe, meldete ich mich mit meinem Zweithandy noch einmal bei Cäci. Sie hatte mir schon über die denkwürdige Zusammenkunft mit Flaschen-Gordon, dessen Gattin, Antonie und der Kommissarin im Biergarten berichtet. Die Zweifel an Plan B#Joker überwogen zunächst. Doch nun war es klar, die erste Phase, die Evakuierung, wurde eingeleitet. Wir hatten bis zur Dämmerung genügend Zeit, das Metzler-Boot mit dem ganzen Survival-Geraffel und, als besonderen Schatz, die Tagebücher meines Vaters durch das Dickicht zu ziehen, dann mittels Kordel an die Stoßstange von Friedas Wagen zu hängen, um die ganze Chose die wenigen Meter sicher nach Hause zu bringen. Auf der Insel bewies augenscheinlich nichts mehr, dass ich hier einen guten Tag lang verbracht hatte.

Dann ging es, die Dämmerung fing ihre Arbeit mit einem orangenen Horizontstreifen an, in mein Erbreich. Das Haus meiner Eltern am entgegengesetzten Ende Riedhagens bei der Kirche wurde seit fast zwei Jahren von einer Freundin bewohnt. Nach dem Tod ihrer Zwillingsschwester löste sie sich von ihrem alkoholkranken Vater, machte erfolgreich eine Therapie, um den Tod ihrer Schwester zu verarbeiten, und zog, mit der Auflage, das Haus zu pflegen, fast zum

Nulltarif in mein Erbreich. Ich hatte es nie bereut, das kleine Häuschen in Schakis Hände zu geben. Und nun sowieso nicht.

Ich bezog unter dem Dach das, was ich als Kind »Geheimraum« genannt hatte. Er war durch baulich bedingte Winkel nicht zu gebrauchen, der Zugang lag versteckt hinter einer alten Landkarte von Europa 1965. Hier richteten wir mit Schakis Hilfe ein kleines Lager ein. Eine winzige Dachgaube mit einem kleinen Fenster sorgte für etwas Kühlung in der Dachgeschosskammer. Seit Schaki die beiden Tannen gefällt hatte, da sie ihr die Luft zum Atmen nahmen, konnte ich von hier aus sogar über den Hühnerstall hinweg einen Teil von Friedas Biergarten einsehen. In deutlich größerer Distanz sah ich auch unser Haus. Jetzt nur schemenhaft im Licht der aufgehenden Sonne.

Das Lager war nicht perfekt, aber ich konnte hier, wenn nötig, wochenlang hausen. Bad und Toilette musste ich treppabwärts aufsuchen.

47. HUHN AM ABEND

Da Fabiu in seiner Gemeinde als Ehrenmann bekannt war, glaubte man ihm die eigenartige Geschichte von der dürren Cäcilia und ihrem ebenso dürren, aber langhaarigen Ehemann Daniel. Immer wieder musste er sie erzählen, und immer wurde sie ein bisschen bunter. Viel Aufregung gab es, als es an das Verteilen der Mitbringsel ging. Jedes Mal, auch wenn die Hilfslieferungen kamen, war das wie ein kleines Fest. Der Gruß aus einer anderen Welt. Das Wissen, dass Solidarität auch funktionieren konnte.

Das gemeinsame Abendessen bestand aus Balmoş, einem Maisbrei, der mit viel saurer Sahne gekocht wurde, und zur Feier des Tages gab es Huhn, pui cu smântâna, puj ku smüntüna, das Sahnehuhn. Der Bauch des Tieres wurde mit Butter und Kräutern gefüllt, während des Backens immer wieder mit Sahne übergossen. Einen Schweinebraten hätten sie sich gerne gegönnt, aber das Schwein war aus finanziellen Gründen auf dem Markt gelandet. Wie sagte man bei ihnen: »Es ist so traurig, als sei ein Schwein gestorben.« Aber an diesem Abend war keine Trauer, noch nicht, bis … die Tür aufgetreten wurde. Ratlosigkeit und Verwirrung herrschten. Das rote Auto wurde beschlagnahmt. Vom Handy erzählte Fabiu nichts.

Interpol hatte zugeschlagen.

Negativ. Der Gesuchte wurde nicht gefunden. Nur jemand, der ihm ein kleines bisschen ähnlich sah. Fabiu nach einem Gesamtresümee: Unter dem Strich hatte es sich doch gelohnt.

48. RIEDSTURM

Eine Kolonne von Einsatzfahrzeugen, blau-silbern, fast ein Weißwurst-Event. Ein Hubschrauber mit Wärmebildtechnik. Viele Hunde, noch mehr Männer, alle »in arms«. In aller Ruhe ausgeschwärmt. Es war eine Invasion. Sie würden ihn finden, wenn er sich hier im Ried versteckte. Krieger und Härmle mit Sprechfunkgeräten mit den jeweiligen Leitern vernetzt. Livebilder aus den Hubschraubern. Jede Body-Kamera der Beamten ansteuerbar. Absolutes Live-Feeling bei schwarzem Kaffee und Leberkäsweckle. Der Riedwirt freute sich über die zusätzlichen Gäste.

»Sie suchen den Bönle, gell?«

»Ja, wissen Sie, wo er steckt?«

Gelächter und ein nachdenklicher Blick ins Ried.

»Gell, der Kaffee ist gut? Frisch aufgebrüht!«

»Mhhh!«

»Von da ist schon mancher nicht zurück kommen, ich meine früher halt. Heute mit GPS klappt das immer!«

Der Riedwirt versuchte, ein Gespräch zu starten, vor allem die Kommissarin hatte es ihm angetan.

»Fräulein, Sie kennen sich ja ganz schön gut mit der Technik aus, die ganzen Monitore und Knöpfle und Dreherle, Respekt!«

»Danke!«

»Denken Sie, Sie kriegen den gefangen?«

»Wenn er im Ried steckt, auf jeden Fall!«

»Ich glaube nicht, dass der sich im Ried versteckt, das

wäre doch viel zu nah! So blöd ist der Bönle sicher nicht, dass er sich ein paar Meter neben seinem Haus in den Sumpf legt. Man darf nicht vergessen, der Bönle ist Lehrer. Die sind gerissen, der ist ein Fuchs!«

Die Kommissarin spielte nun das Spielchen mit:

»Was denken Sie denn, wo der Herr Bönle sich versteckt?«

»Bei einem seiner Freunde aus der Gang natürlich. Die haben viele Möglichkeiten, jemanden zu verstecken.«

»Was für Möglichkeiten?«

»Der eine hat ein Fitnessstudio, aber das wissen Sie ja …«

»Und dort versteckt er den Bönle zwischen den Hanteln?«

»Neiiin, natürlich nicht, das war ja nur ein Beispiel. Der andere, ich meine der Joe, der hat ein Boot am See, da kann man jemanden verstecken. Und der Neue, der erst seit ein paar Jahren dabei ist, der hat eine Hütte im Ried! Das ist gar nicht so weit von hier, Richtung K'wald.«

Die Kommissarin machte sich Notizen. Der Riedwirt plauderte weiter mit der Charmanten:

»Man hat ja gehört, dass der Bönle im Ried gesehen worden wäre. Die Antonie hätte da so eine Erscheinung gehabt. Das glaube ich aber nicht, die Antonie ist etwas überkandidelt.«

»Sie kennen das Mädchen?«

»Was heißt Mädchen? Die ist schon über 20, soviel ich weiß, jaja, die kenn ich schon lange. Die geistert hier ständig durchs Ried. Die ist ein bisschen plemplem.«

»Wie meinen Sie das?«

»Der können Sie halt nicht alles glauben, was sie sagt!«

Härmle, der sich mittlerweile wie das sprichwörtliche fünfte Rad am Wagen vorkam, unterbrach:

»Ich schau mal, was die an der Front machen!«

Er schlenderte von der »Riedwirtschaft« weg, Richtung Front. Der Riedwirt sah es mit Wohlwollen, nun hatte er die Kommissarin, die er absolut beeindruckend fand, für sich allein. Und sie schien interessiert an dem, was er zu erzählen hatte, was er als einfacher Wirt alles so wusste.

»Warum sollte man der Antonie nicht alles glauben können?«

Der Wirt führte Zeige- und Mittelfinger ausgestreckt, leicht voneinander abgespreizt, zum Mund und machte eine saugende Lippenbewegung.

»Sie raucht? Das tun viele!«

»Ja schon, aber ich vermute, da ist Hasch im Spiel!«

»Was meinen Sie?«

»Hasch, Haschisch!«

»Und deshalb denken Sie, hat sie erfunden, dass sie da einen Zombie gesehen hat?«

»Ja, mit den Zombies hat's die sowieso. Ich glaube, die guckt zu viel Mist im Fernseher, und wenn dann noch das Hasch dazu kommt, dann sieht man schnell etwas, was es nicht gibt. Eine Fantasie hat die schon immer eine gute gehabt.«

»Sie glauben also nicht, dass die Antonie hier im Ried auf jemanden getroffen ist?«

»Das habe ich nicht gesagt!«

Und nun erzählte der gesprächige Gastwirt all das, was seinen Beruf so interessant machte. Seine Beobachtungsgabe und seine Schlussfolgerungen waren außergewöhnlich. Die Kommissarin sammelte die Worte. Irgendwann würde sie sie wieder gebrauchen können.

49. SCHON WIEDER WIRD GETRATSCHT

Die alteingesessenen Stammtischler:

»Habt ihr schon gehört, die suchen den Bönle.«

»Das hab ich gleich gedacht, dass der mit der Sache was zu tun hat!«

»Awa, gestern hast du noch gemeint, der Bönle könne keiner Fliege was zuleide tun. Du wechselst deine Meinung wie die Unterwäsch!«

»Schön wär's!«

»Ja denkt ihr, der hat die beiden tatsächlich abgemurkst?«

»Red doch nicht so daher. Ein bisschen mehr Respekt tät dir auch gut.«

»Stell dir vor, der Bönle hätte jemanden aus deiner Familie umgebracht, dann würdest du auch nicht so daherschwätzen!«

»Seht ihr, ohne zu wissen, wie's war, geht der von Bönles Schuld aus. Bei uns ist erst einer schuldig, wenn er rechtskräftig verurteilt wurde.«

»Awa, vertraust du unserer Justiz und unserer Presse? Da wird doch gelogen, wo's nur geht. Das sieht man doch in der heutigen Zeit ganz deutlich.«

»Ja was würdest du denn machen? Wir müssen uns doch auf die Justiz verlassen können!«

»Ich, ich wüsste schon, was ich mit solchen Verbrechern machen würde … kurzen Prozess!«

»Ja, aber du kannst doch ohne Beweise niemanden verurteilen!«

»Ja glaubst du, dass einer, der abhaut, unschuldig ist? Glaubst du das wirklich? So eine Flucht ist doch ein eindeutiges Schuldeingeständnis. Nur wer Dreck am Stecken hat, macht sich aus dem Staub!«

»Dich möchte ich aber nicht als Richter haben, da würde ich schon lange nicht mehr leben!«

*

Die Hausfrauen auf der Straße:

»Du weißt ja, dass ich nichts weiter erzähl, aber rate mal, was es Neues vom Bönle gibt.«

»Was? Erzähl!«

»Aber versprich mir, dass du's niemandem weitererzählst.«

»Großes Ehrenwort, kennst mich ja, mach schon!«

»Also der Bönle – musst aber wirklich versprechen, dass du niemandem etwas sagst – also der Bönle versteckt sich wohl im Ried. Da war ja heute ein Mordsauftrieb. Die sind mit Hunden durch, sogar einen Hubschrauber haben die eingesetzt!«

»Nein, das gibt's doch nicht! Und ich hab mich noch gewundert, was da los ist, ob die wieder einen von den Alkoholikern suchen. Nein, das glaub ich ja nicht, nur wegen dem Bönle so ein Aufwand!«

»Eigentlich, wenn der die Haare ein bisschen schneiden würde, wäre das ein richtig Hübscher. Auch sein Vater war so schlank und stolz.«

»Also, ich find den Bönle eher ein bisschen arrogant, der mit seinen MOSSlern oder wie die heißen. Also ein Mann in seinem Alter und dann mit den Mopeds so durch die Gegend.«

»Also, ich find das schon imposant, wenn die da mit ihren schweren Harleys durch die Gegend donnern. Und ihre Feste, da bist du auch gern dabei! Und der Blonde, dein Goldschatzele, den würdest du auch nicht von der Bettkante stoßen! Haha!«

»Jetzt aber, Cilly, das geht zu weit. Ja weiß man denn sonst noch was Neues? Hat man ihn erwischt?«

»Wen?«

»Ja den Bönle, du Geiß, wen den sonst? Hat man ihn?«

»Ich glaube, bis jetzt noch nicht! Die Hunde hätten den schon gefunden.«

»Ich würde mich auch nicht im Ried verstecken. Das ist doch viel zu unkomfortabel.«

»Ja, wo würdest du dich verstecken?«

»Ha, ich wäre in die ›Riedwirtschaft‹ gegangen und hätte da durchgemacht. Der Wirt hätt' mich dann bestimmt irgendwo im Keller oder so versteckt.«

»Dann hätten sie dich heute Morgen schon gehabt, dort haben sie mit der Suche angefangen.«

»Ach herrje! Also dann würde ich mich für die Höhle des Löwen entscheiden!«

»Wo? Bei der Polizei?«

»Ach Quatsch, zu Hause. Der hat doch zwei Zuhause. Ich würde mich bei der Schaki da verstecken!«

»Das finde ich jetzt eine blöde Idee. Dümmer geht's ja nicht!«

»Eben drum!«

»Da finde ich das Ried als Versteck viel besser. Wenn er durchs Wasser geht, können ihn die Suchhunde auch nicht aufspüren, das hab ich mal im Fernseher gesehen. Und im Ried gibt es so viele Winkel, wo die mit dem Hubschrauber auch nicht hinsehen!«

»Und jetzt, wo schon der Nebel wieder kommt, da hat man's ja noch mal leichter. Ich bin mir sicher, dass der noch im Ried ist.«

»Und von was ernährt der sich?«

»Ha, die Cäcilia braucht ihm nur Vesperpakete an einen verabredeten Ort bringen, dann hält man's lange im Ried aus!«

»Das glaube ich nicht!«

*

Die frühverrenteten Denker während eines Riedspazierganges:

»Hier ging es vor ein paar Stunden noch richtig rund, und jetzt ist alles wieder still! Totenstill.«

»Jaja, Ruhe, aber zu viel der Stille ist auch nichts:

Über allen Gipfeln
Ist Ruh,
In allen Wipfeln
spürest du
Kaum einen Hauch;
Die Vögelein schweigen im Walde.
Warte nur, balde
Ruhest du auch.«

»Ja, der gute alte Goethe. Aber dem Bönle ist bestimmt nicht nach Goethe zumute, der hat es bestimmt eher mit dem Schiller:

Alles rennet, rettet, flüchtet,
taghell ist die Nacht gelichtet …!«

»Aber bitte, mein Guter, der Kontext, der Kontext!«

»Da passt das schon besser:

Wo man Gefahren nicht besiegen kann, ist Flucht der Sieg.«

»Von wem stammt das denn? Ja, das ist treffend!«

»Johann Gottfried Seume.«

»Kenne ich nicht, der Bönle bestimmt auch nicht!«

»Ja, dann stell ich mal die Gretchenfrage: War er's oder war er's nicht? Was denkst du?«

»Also ich kann mir nicht vorstellen, dass ein Kerl wie der Bönle, ein Lehrer, wegen einer Grundstückstreiterei zwei Menschen tötet. Wenn, dann gibt es ein anderes Motiv.«

»Welches?«

»Eine Beziehungstat, das war dann eben eine Beziehungstat.«

»Das kann ich mir jetzt nicht vorstellen. Der Bönle wirkt doch nicht so, als könne er im Affekt töten. Oder, wie das die Kriminaler heute nennen, jemanden übertöten. Also man kennt den Bönle ja schon als Hirsch … aber übertöten? Nie!«

50. RIEDBLICK

Vom kleinen Fenster aus konnte ich einen großen Teil des Riedes überblicken. Es war schon beeindruckend zu sehen, wie all der große Aufwand mir galt. Ein dreibeiniger Melkschemel diente mir als Sitzgelegenheit, das Fernglas hatte ich im Anschlag. In einer blau-silbernen Kolonne fuhren sie durch die Riedallee, Sekundenbruchteile verdeckt von den säumenden Birken. Der Hubschrauber schien in der Luft zu stehen. Wie Ameisen in Zeitlupe in einer Reihe auf den freien Flächen, Hunde, die nach vorne zerrten.

Die Situation war absolut verfahren, und es war größtenteils meine Schuld. Ich hätte mich stellen müssen. Es war absoluter Unsinn zu fliehen. Ich hatte keine Chance, ihnen zu entkommen. Außer, der Mörder würde vorher gefunden. Wahrscheinlich würden sie heute noch bei Schaki mit einem Hausdurchsuchungsbefehl auftauchen und mich hier oben finden. Eigentlich hatte ich fest auf die Intelligenz der Kommissare vertraut. Ich war mir sicher, dass sie in kürzester Zeit einen Täter präsentierten, der nicht ich war.

Stundenlang dauerte die Suche nach mir. Dann heulten die Turbinen des Hubschraubers lauter, direkt über das Dach meines Elternhauses verschwand er. Wenn die wüssten! Die blau-silberne Schlange zog sich durch die Allee zurück. Das Ried hatte wieder seinen Frieden. Meiner war mir schon vor Tagen abhandengekommen.

Immer wieder wechselte ich von der Matratze zum Fenster, blickte ins Ried, zu unserem Heim, in Friedas Biergarten. Einmal sah ich Korbi, wie er schaukelte, immer wieder verschwand er unter dem Blätterdach, bis er in der Vorwärtsbewegung, die Beine weit nach vorne gestreckt, plötzlich wieder für eine kurze Sekunde auftauchte. Auch ihm gegenüber hatte ich ein schlechtes Gewissen. Wie hatte doch mein Vater, so entnahm ich das den Tagebüchern, sich rührend um mich gekümmert – und ich? Wann hatte ich zum letzten Mal meinen Sohn auf dem Schoß gehabt? Wann hatten wir das letzte Mal einen gemeinsamen Ausflug gemacht? Die kleine Familie. Wann? Ich konnte mich nicht erinnern. Entweder war ich in der Schule, Unterricht oder die immer zeitaufwendigeren Konferenzen mit dem größtenteils unnötigen Gelalle, oder ich war mit meinen MIKEBOSSlern am Reparieren der Maschinen, Ausfahren, Feste vorbereiten oder Festen. Vorher war der Hausbau, da konnte ich mich auch selten der Familie widmen, und jetzt, wo ich nach der Schule Zeit hätte, verbrachte ich sie größtenteils mit meinen Chaoten-Freunden. Nicht, dass das schlecht wäre, aber ich musste mir von nun an mehr Zeit für meine Familie nehmen.

Ein leises Klopfen weckte mich. Ich war völlig nass geschwitzt, die Temperatur unter dem Dach war unerträglich, die Luft war stickig und von beißendem Staub geschwängert. Es war Schaki.

»Ich habe dir etwas Limonade gemacht. Zitrone und Minze, viel Eis. Das löscht den Durst. Wie geht es dir?«

»Na ja, ich komme mir ein bisschen eingesperrt vor!«

Schaki lachte:

»Das kann ich mir vorstellen. Denkst du, sie kommen hierher, Dani?«

»Ich befürchte!«

»Was soll ich machen, wenn sie kommen?«

»So, wie wir es abgesprochen haben, ohne Durchsuchungsbefehl raus, mit rein. Dann haben sie mich halt, wenn sie die Tür hinter der Landkarte finden.«

»Denkst du, die kommen heute noch?«

»Schon möglich, ich kann es nicht sagen. Mir wäre es ganz recht, wenn mir noch etwas Galgenfrist bleiben würde, ich habe immer das Gefühl, dass die Lösung ganz nahe ist.«

»Wie meinst du das?«

»Ich meine jetzt nicht räumlich, vielleicht auch. Aber es scheint mir nur ein kleines Puzzleteil zu fehlen, um das Rätsel zu lösen. Manchmal denk ich, das liegt zum Greifen nahe. Gerade habe ich geträumt, Korbi wäre auf mich zugekommen und hätte gesagt: ›Papa, das ist doch ganz einfach, du musst dir gar keine Sorgen machen, das löst sich ganz von alleine.‹ Dann hat er mich ganz fest umarmt und etwas völlig Unverständliches gesagt beziehungsweise gesungen. Die Melodie war mir bekannt. Im Traum konnte ich jedoch keinen Sinn finden. Im Wachzustand aber auch nicht!«

»Denkst du, der Traum bedeutet etwas?«

»Jeder Traum bedeutet etwas. Da müsste ich jetzt Cäci fragen, die ist da Spezialistin.«

Wir schwiegen eine Zeit lang neben uns her. Dann stellte ich ihr die Frage:

»Wie geht es dir eigentlich so? Nach dem Tod deiner Schwester?«

Schaki ging zum Fenster, wedelte etwas frische Luft herein. Antwortete lange nicht.

»Weißt du, da hat die Therapie Wunder gewirkt. Nicht nur der Tod der Zwillingsschwester war zu verkraften, auch die Scheidung meiner Eltern und die Sauferei meines Vaters. Ich war kurz davor, mit den Busty Biker Brides abzustürzen, das weißt du ja. Manchmal geht's mir immer noch richtig mies. Aber ich komme jetzt mit den Brides gut klar, sie unterstützen mich, so gut es geht, auch du hast mir geholfen, wieder auf die Beine zu kommen. Wo hätte ich denn hin sollen? Die Schule kostet, durch Taxifahren wird man nicht reich!«

Sie drehte sich her, im Gegenlicht konnte ich ihre Mimik nicht erkennen.

»Wenn ich ehrlich sein soll, geht's mir eigentlich richtig gut, und ich hoffe, dass es bei dir auch bald wieder besser läuft!«

»Gehst du oft auf den Friedhof zu deiner Schwester?«

»Ja, einmal in der Woche bringe ich etwas aufs Grab. Aber in letzter Zeit ist es schon vorgekommen, dass ich es auch mal vergessen hab. Vielleicht ist das ganz gut so? Gehst du noch auf das Grab deiner Eltern?«

»Eine Zeit lang bin ich gar nicht mehr dort gewesen, aber seit Butzi da liegt, schau ich auch jedes Mal bei ihnen vorbei.«

»Das ist schon der Hammer, wie viele von uns da schon liegen.«

Da hatte sie recht, die Schaki.

51. MUTTER-TOCHTER-GESPRÄCH

Frieda hatte das schwere »Reserviert«-Schild schon vorsichtshalber auf dem Tisch unter der Kastanie platziert, obwohl offiziell noch gar keine Reservierung vorlag. Sie wusste, dass die MIKEBOSSler heute wieder erscheinen würden, es gab genug über den heutigen Tag zu erzählen. Cäci hatte die Praxis früher geschlossen, Korbi freute sich riesig, von seiner Mama etwas mehr zu haben. Oxi war zwar klasse, aber eben nicht die Mama. Um sich abzulenken, ging sie ihrer Mutter zur Hand, die dabei war, den Kartoffelsalat fertigzustellen.

Die goldgelben Kartoffeln waren gekocht und abgekühlt und wurden nun in eine monströse Steingutschüssel gehobelt. Cäcis Aufgabe war es, damit die dünn gehobelten Scheibchen später beim Anmachen nicht so zermanscht wären, sparsam zwischen den Schichten zu salzen, zu pfeffern und noch sparsamer Muskatnuss dazu zu reiben.

»Weißt du, wenn du mit einer Muskatnuss deine Kochlehre beginnst, musst du am Ende deiner Ausbildung immer noch ein Stückchen haben.«

»Ich bin keine Köchin!«

»Das merkt man!«

In einem Topf hatte Frieda die Brühe, die nun leicht köchelte. Die Zwiebelchen hinein, etwas Senf unterrühren und alles heiß über die Kartoffeln. Und nun ganz vorsichtig, unter Beigabe von Essig und Öl, am besten mit den bloßen Händen, wenn man Hitze ertrug, mischen. Mild musste er sein, schwätzen musste er. Aber die Kartoffeln mussten die Brühe aufsaugen, sie durften nicht schwimmen. Frieda war berühmt für ihren Kartoffelsalat, es hatte für sie immer etwas Meditatives, ihn zu machen. Die Gäste kamen von weit her, die schwäbische Spezialität zu genießen.

»Du, sag mal, jetzt raus mit der Sprache: Wo ist der Dani?«

»Mama, ich weiß es nicht!«

»Jetzt lüg mich nicht an, das kann ich nicht brauchen, wenn man seine eigene Mutter anlügt. Ich hab dich immer zum Anstand erzogen, und jetzt wird die eigene Mutter angelogen!«

»Mama, das mach ich zu deinem eigenen Schutz, weil *du* eben *nicht* lügen kannst. Du würdest doch der Polizei sofort verraten, wo der Dani ist!«

»Also weißt du, wo er sich aufhält?«

»Ja, das ist doch wohl klar.«

»Jetzt bin ich aber froh! Ich hab schon gedacht, keiner weiß, wo er ist, keiner weiß, was mit ihm los ist. Wie geht's ihm denn?«

»Den Umständen entsprechend gut. Aber so langsam holt ihn halt der Frust ein.«

»Ja, hat er auch genügend zu essen?«

»Jaaa, Mama, er hat genügend zu essen. Er muss aber gerade an Wichtigeres denken als essen, essen, essen!«

Von der Küchentür her dröhnte es kehlig:

»Höra ich da essa, rieche ich da da besta Kartoffasalat der Welt?«

Frieda fühlte sich geschmeichelt, es war das immer gleiche Spiel. Der charmante Deo lobte die fleißige Köchin in den höchsten Tönen, und sie fütterte zum Dank den hungrigen Geistlichen. Mit einem Löffel bewaffnet, da ging mehr drauf als auf eine Gabel, näherte er sich den beiden.

»Oh, lecka. Da richtige Zeitpunkt hab ich da erwischt, der ist ja noch ganz waam!«

»Nimm dir ein Tellerchen! Die Hygiene!«

»Oh ja, mia fließt da Speicha schon in Strömen. Cäci, hol mia a Tellale!«

»Deo, lass aber den Gästen noch etwas übrig!«

52. GARTENTREFFEN MIT SCHATTENBOXEN

Die Stimmung in Friedas Garten war zunächst als zufriedenstellend zu bezeichnen. In Noten ausgedrückt eine 3,25. Die Gruppe, im wohltuenden Abendschatten der Kastanie geschützt, hatte verschwörerisch die Köpfe zusammengesteckt. Jeder konnte etwas erzählen, was andere wiederum von anderen an Neuigkeiten erfahren hatten. Die Gerüchteküche brodelte, gegenseitige Verdächtigungen und Beschuldigungen wurden mittlerweile offen ausgesprochen. Vor allem die Suchaktion im Ried regte die Fantasie der Menschen an. Die einen witterten eine Sensation und wollten, dass das Schlimmstmögliche, was immer es auch sein mochte, eintraf, die anderen versuchten, über Verstand und Logik ein gutes Ende herbeizudenken. Das Gift der üblen Nachrede verbreitete sich langsam, aber stetig. Das Dorf schien gespalten in Pro-Bönler und Anti-Bönler. Im Zentrum des Gerüchtemonstrums stand natürlich der ungeheuerliche Verdacht gegen den ehemals beliebten Lehrer. Und die MIKEBOSSler redeten nun viel über Diskriminierung von Motorradfahrern, Vorverurteilung, Unfairness und Hetze, und wie in einem schlechten Film seien selbstredend die schwarz Gekleideten immer die Bösen.

Deo warf ein:

»Nicht imma sind da schwaaz Gekleidata da Bösa. Ich steha auf da Seite des Guta!«

Joe, Gesicht, Goldi und Flaschen-Gordon, der wieder

mal aus der Anstalt entsprungen war, brachen in Gelächter aus. Nur Cäci saß schweigend mit versteinerter Miene am Tisch.

»Deo, wo hast du eigentlich den Kartoffelsalat her?«

»Beziehunga!«

Der Riedhagener Pfarrer hatte sich von Frieda in einem Schälchen ein ›Versuchale‹ mit hinaus in den Garten genommen. Die Laune schien doch wieder etwas zu steigen. Man vergaß für kurze Zeit bei einem kühlen Walder oder einem alkoholentseelten Getränk den Alltag und die bedrückende Situation.

Cäci schaute immer wieder nervös zu Daniels Elternhaus. Sie konnte nichts dagegen unternehmen, ihr Kopf drehte sich automatisch Richtung Dachgaube. Sie war in großer Sorge.

»Gibt es neue Erkenntnisse, was die Polizeiarbeit betrifft?«

Goldi eröffnete mit dieser Frage und zeigte damit auf, was der eigentliche Grund ihrer Zusammenkunft war. Klärung, sie wollten endlich herausbekommen, was hinter der ganzen Sache steckte und sie wollten vor allem ihrem Präsidenten helfen, ein Leben ohne Versteckspiel zu führen. Cäci ergriff das Wort:

»Jungs, seid mir nicht böse, ich konnte euch nicht alles erzählen, werde es jetzt auch noch nicht. Es ist einfach zu Danis Schutz. Ich habe vor wenigen Minuten eine Botschaft aus Rumänien bekommen …«

Die Psychologin klärte die MIKEBOSSler und den verdutzten Deo über alle Details der angeblichen Flucht Daniels auf. Die MIKEBOSSler waren für kurze Zeit sprachlos, Deo vergaß seinen Kartoffelsalat:

»Das ist ja da Hamma! Und das hat funktioniert?«

»Ja, die sind wohl dem Signal gefolgt, und vor ein paar Stunden hat Interpol wohl dann Fabiu gestellt. Mittlerweile ist er wieder auf freiem Fuß. Er hat das Ganze sehr sportlich genommen und gemeint, sie würden morgen ein Schwein schlachten …«

»Oh lecka!«

»… und das Auto würde er auch wieder bekommen. Es liegt ja nichts gegen ihn vor. Und wenn die Polizei den Falschen verfolgt …?«

Cäci hob beide Hände, legte den Kopf schief und lächelte.

»… dafür können sie dem Fabiu keinen Vorwurf machen!«

Die MIKEBOSSler nickten anerkennend in Cäcis Richtung, jawoll, das war ein Plan genau nach ihrem Geschmack. Das hob die Laune, die Stimmung war mittlerweile bei 2,5. Auch der Durst litt nicht unter diesen Neuigkeiten. Goldi, der Blondgelockte stellte dann die Frage:

»Ja, wenn er nicht geflohen ist und offensichtlich auch nicht im Ried, wo befindet sich dann der Präsi?«

Sein Blick durchwanderte die Runde, sparte aber bewusst Cäci aus. Diese stellte klar:

»Von mir erfahrt ihr nichts. Ihr braucht gar nicht so zu schauen!«

Goldi rieb nervös an seinem Mineralwasserglas und bemerkte etwas zu spitz:

»Wir schauen gar nicht … Ich finde es nur ein bisschen seltsam, und versteh mich bitte jetzt nicht falsch, Cäci, dass wir als seine … äh, seine … Getreuen, äh, seine

Freunde halt, nicht erfahren, wo er sich befindet. Das ist ein Vertrauensbruch!«

Cäci ging in kämpferische Position, die Beine leicht nach hinten, die Schultern aggressiv nach vorne, die Fäuste geballt, das Kinn gereckt:

»Was? Vertrauensbruch! Denkt ihr eigentlich nur an euch? Was glaubt ihr, wie es mir seit Tagen geht? Mein Mann steht unter Mordverdacht, das bringt mein ganzes Berufs- und Familienleben durcheinander. Ich kann mich kaum mehr um Korbi kümmern, das Telefon steht nicht mehr still. Was meint ihr, was das für Anrufe sind? Entweder die Presse oder anonym, nach dem Muster ›Mörderschlampe‹! Und du, ausgerechnet du Goldi, redest von einem Vertrauensbruch? Und der Rest der Bikertruppe hockt doof rum und starrt Löcher in die Luft.«

»Wie bitte, was soll das denn heißen?«

Gesicht, dessen reduzierte Mimik selten interpretierbar war, fühlte sich offensichtlich angesprochen.

»Das soll gar nichts heißen, es heißt nur, dass eure Unterstützung bis jetzt gegen null ging. Hier im Garten rumhängen und saufen, das nutzt Dani nichts. Was glaubt ihr, was ich an Logistik leisten musste, um diese Flucht und sein Verschwinden zu organisieren? Glaubt ihr, das ist damit getan, dass man sich im Ried volllaufen lässt und mit einem Lama kämpft? Glaubt ihr, das ist damit getan, dass man am Stammtisch herumsitzt, kein Wort sagt und leere Denkblasen in den blauen Himmel projiziert? Glaubt ihr, das ist damit getan, dass man seine Goldlöckchen schüttelt und jedem Röckchen nachschaut und mit der Kommissarin flirtet? Glaubt ihr, das hilft Dani?«

Ein Sturm der Entrüstung war die Antwort auf die Fragen. Das Gift wirkte hinein bis in die Gruppe der Freunde. Sogar Deo war sich kurzzeitig nicht sicher, wie er reagieren sollte. Die drei MIKEBOSSler schimpften auf Cäci ein und sprachen von einem Eklat. Cäci hatte die Arme vor der Brust verschränkt und ließ die drei Herren ungehindert schimpfen. Dann, während einer kumulativen Atempause der Echauffierten, startete sie einen neuen Angriff:

»Wow, jetzt fühlt ihr euch bestimmt ganz toll, zu dritt gegen eine Frau. Großes Kompliment, ihr Weicheier. Gegen ein Lama verlieren, aber jetzt plötzlich eine große Klappe, Herr Flaschen-Gordon. Vor seiner Frau kuschen und Männchen machen. Und du Goldi, du Barockputte, brauchst gar nicht so dumm zu grinsen, du … du … du Verbalerotiker. Mit der Klappe schaffst du alles, aber wenn's drum geht, einen guten Vorschlag zu bringen, um Dani zu helfen, dann ist mau!«

Gesicht, der sich diskriminiert fühlte, weil er nicht extra beschimpft wurde, merkte auf:

»Und, was ist mit mir, hohe Inquisition, liegt gegen mich nichts vor?«

Mit spöttischem Grinsen bettelte er um Applaus, den er von seinen Freunden bekam. Cäci konterte:

»Ach du, sei du doch ganz ruhig! Du bist ja so eine Lusche, und das Einzige, was du richtig kannst, ist schweigen und dumm gucken. Deine Mutter hat mir mal gesagt, dass du schon als Kind so dumm geguckt hast, und dass sie deswegen sogar zum Arzt gegangen ist. Und selbst der hat gesagt, dass er noch nie ein Kind gesehen hätte, das so dumm guckt!«

Cäcilia hatte den Bogen wohl irgendwie überspannt. Die MIKEBOSSler kochten vor Wut, Deo hatte seinen

Rosenkranz herausgeholt und ließ ihn nervös durch die Finger gleiten. Gesicht, der muskelbepackte Fitnessstudiobesitzer, sprang auf, der Stuhl kippte nach hinten, er sprang auf Cäci zu.

»Lass bloß meine Mutter aus dem Spiel!«

Cäci kreischte:

»Ha, du solltest mal dein Gesicht sehen!«

Da geschah es wie in Zeitlupe. Gesicht packte Cäci am sommergelben Sonnentop, schüttelte sie durch und brüllte. Speichel spritzte ihr ins Gesicht. Cäci holte mit der Rechten aus, bildete eine Faust und boxte Gesicht in selbiges. Völlig überrascht kippte Gesicht nach hinten, versuchte, sich am Tisch, um sein Gleichgewicht ringend, festzuhalten, zog den Tisch um, fiel unter ihn. Scherben, Bier und etwas Mineralwasser. Deo konnte sein mittlerweile leer gegessenes Kartoffelsalatschälchen auch nicht mehr retten, es landete auf dem Outgeknockten.

Und das alles im Schatten der friedliebenden Kastanie. Deo sprach ein stilles Vaterunser. Sein Rosenkranz glühte.

Die Stimmung war bei Fünf plus, 4,75!

»Soll ich sie alle wegen Vandalismus und Störung der öffentlichen Ordnung verhaften lassen?«

Der große Kommissar stand breitbeinig über Gesicht, hatte die Hände leicht abgespreizt auf Hüfthöhe. Ein bisschen wie John Wayne. Imponierend!

»Stehen Sie auf und gucken Sie nicht so blöd!«

Kurzes Schweigen, die Kampftruppe schaute sich an, dann brach befreiendes Gelächter aus, in das auch Gesicht mit einstimmte.

Zwei Plus, 1,75!

»Frau Bönle, Sie wissen, dass ich weiß, dass Sie wissen, wo Ihr Mann steckt?«

»Woher wollen Sie wissen, dass ich weiß, dass Sie wissen, wo mein Mann steckt?«

»Frau Bönle, lassen Sie diesen Blödsinn! Ich denke, Ihnen ist bewusst, dass Sie sich alle strafbar machen, wenn Sie einen Straftäter verstecken.«

»Er ist doch gar kein Straftäter!«

»Es ist nicht Ihre Aufgabe, das zu beurteilen.«

»Und Sie können's offensichtlich nicht, sonst hätten Sie den richtigen Täter längst geschnappt.«

»Wir wissen, dass Herr Bönle sich irgendwo in der Nähe versteckt oder bei jemandem Unterschlupf gefunden hat. Heraus mit der Sprache, wo ist Bönle?«

Er klopfte auf den Tisch, der mittlerweile von der eifrigen Frieda wieder seiner eigentlichen Bestimmung zugeführt wurde. Frisches Bier schäumte auf. Zwei Gläschen Mineralwasser blubberten artig vor sich hin.

»Mir auch bitte ein Mineralwasser!«

Die blonde Versuchung kam als Unterstützung Härmles und setzte ebenfalls auf antialkoholisch. Bald würden die Geschicke unseres schönen Landes von antialkoholischen, vegan lebenden, sportlichen, in papageienbunten Klamotten herumhüpfenden, hyperaktiven Menschen, die alle gesund sterben würden, geleitet werden.

Auch die Kommissarin stellte die B-Frage: Bönle – wo?

53. DIE SPINNE

Antonie streifte durchs Ried, fasziniert von den Gräsern, den Büschen und Bäumen ging sie immer wieder auf neuen Pfaden. Dann das riesige Spinnennetz, zwischen dem Schild Naturschutzgebiet und einer jungen Birke gespannt. So ein großes Radnetz hatte sie noch nie gesehen. Und erst die Spinne darin, ein wahres Monstrum. Ihr mächtiger Hinterleib war gelb-schwarz gefärbt, eine der dunklen Linien war gezackt. Sie wusste, dass es ein Omen war.

Die Arachne, die Weberin, die von Athene in eine Webspinne verwandelt wurde. Und wie war das bei der Droste? Das war dann bestimmt doch ein Weberknecht und kein Gräberknecht. Auf jeden Fall, wenn man das Muster der Spinne betrachtete, konnte einem fast schwindelig werden.

… Und wie es rieselt und knittert darin!
Das ist die unselige Spinnerin,
Das ist die gebannte Spinnlenor',
Die den Haspel dreht im Geröhre!

Und jetzt verstand Antonie auch, was die Spinne ihr sagen wollte. Sie musste unbedingt mit jemandem darüber reden. Das war ja alles ganz anders, als sie gedacht hatte. Leuchtend hell, schwarz und noch mehr gelb, gelb wie die strahlende Sonne stand die Lösung des Rätsels vor ihr. Eigentlich war ja alles ganz logisch. Aber das

Problem würde sein, ob man ihr glaubte, oft lachten die Leute nur und schüttelten den Kopf, wenn sie etwas sagte.

Sie kannte jetzt die Wahrheit!

Und dann hörte sie es auch, wie im Gedicht, die gespenstige Melodei: »Hoppe, hoppe, Reiter!« Antonie war von einem Gefühl der Lustangst erfasst. Sie musste ihre Erkenntnis unbedingt mitteilen. Vielleicht der Kommissarin, die wirkte ganz nett, oder Bönles Frau. Am besten aber Gogi, der schien sie zu verstehen, der Bönle war ja offensichtlich verschwunden. Das Ried hatte ihn bestimmt verschluckt. »Plumps, fällt er in den Sumpf.« Noch bevor sie das Grundstück der Bönles betrat … endgültige Dunkelheit.

Der Schlag war mit aller Härte geführt und zertrümmerte Antonies Schädeldecke.

54. EREMIT

Einsam stand ich am kleinen Fenster, konnte beobachten, ohne beobachtet zu werden. Der Streit meiner Freunde brach mir schier das Herz. So gerne wäre ich bei ihnen gesessen, hätte mit ihnen getrunken und gegessen. Das

Lachen Deos fehlte mir, Gesichts Ausdruckslosigkeit, Goldis forsche Art, Joes unauffällige Präsenz, selbst Flaschen-Gordons oft depressive Stimmung vermisste ich. Vor allem aber fehlte mir meine Familie. Der Kleine, der immer selbstbewusster wurde; Cäci, die mit viel Charme über meine Schwächen hinweg sah. So gerne wäre ich bei ihnen. Ein Bier, Kartoffelsalat mit Bratwürsten, und noch ein Bier, Gelächter, Unsinn …

Wo war all das geblieben? Es schien mir unendlich lange her. Wieder blickte ich in Friedas Biergarten und hinunter zu unserem herrlich gelegenen Grundstück. Friedlich lag es in der abendlichen Sonne.

55. EIN BLICK ZU VIEL

Die Teller waren abgeräumt, der große Essensansturm war vorüber. Gäste kamen, Gäste gingen. Die alten Herren am Stammtisch im Innenbereich des »Goldenen Ochsen« kolportierten das aufregende Tagesgeschehen. Aufgeregt strichen sie durch ihre Bärte. Sie saßen nie draußen, hier war ihr Revier, auch wollten sie sich nicht von den Schnaken auffressen lassen. Obwohl noch zu früh, brannten schon die bunten Lampen im Biergarten. Frieda hatte sich an den Stammtisch der Motorradfahrer gesetzt und lachte zufrieden:

»Das Licht lockt nicht nur die Motten an, sondern auch die Gäste. Heutzutage mag man's bunt. Ich trink jetzt auch eines mit, den Rest der Arbeit macht jetzt 's Personal!«

Tatsächlich hatten die Ereignisse der letzten Tage mehr Gäste als gewöhnlich in die Gastwirtschaft und ihren charmanten Außenbereich getrieben. Einige Riedhagener Hausfrauen, die gewöhnlich abends bei diesem Wetter mit den Nachbarn auf eine Schorle zusammensaßen, zählten heut zu den Gästen. Auch die intellektuellen Schwätzer, die sonst lieber mit einem kleinen Rucksäckchen und selbst gemachtem Johannisbeersaft philosophierend durch das Ried streiften, besetzten am heutigen Abend ein kleines Tischchen am Rande der gekiesten Fläche. Sie hatten es extra noch ein Stückchen zum Ried hin weggetragen, um die intellektuelle und soziale Unterscheidung zu betonen. Eigentlich gehörte man nicht zu denen!

Zum Leidwesen der Biker, aber auch zu Cäcis, beschlossen die Kommissare, bei Frieda ihr Abendessen einzunehmen, es böte sich ja geradezu an. Cäci versuchte krampfhaft zu verhindern, den Blick zur Dachgaube des Hauses auf der gegenüberliegenden Straßenseite wandern zu lassen. Es war wie ein Zwang! Nun saßen Jäger und Gejagte an einem Tisch. Die MIKEBOSSler hatten schon gegessen, in Solidarität mit ihrem vermissten Präsidenten hatten alle Kartoffelsalat mit Bratwürsten bestellt. Das aß er doch so gerne. Die Vertreter des Gesetzes wählten

Russische Eier und ein Bier und einen kleinen Salat mit Mineralwasser, ohne Zitrone. Härmle schaute auf sein Handgelenk und bemerkte trocken:

»Seit acht Minuten bin ich nicht mehr im Dienst!«

Frau Krieger lachte, schüttelte den Kopf und konterte:

»Ein Polizist ist immer im Dienst!«

Friedas Neugierde wollte gestillt werden, und sie fragte in Richtung der essenden Kommissare:

»Gibt's was Neues? Was haben Sie denn im Ried gefunden?«

»Alles nur nicht das, was wir gesucht haben!«

»Ja, was glauben *Sie* denn, wo mein Schwiegersohn steckt?«

Cäcis Kopf drehte sich, wie von einer geheimnisvollen Automatik gesteuert, zur Dachgaube des benachbarten Hauses. Schnell drehte sie ihn wieder zurück und wartete auf die Antwort.

»Vermutlich ist er ganz in der Nähe, vielleicht sitzt er hier sogar im Biergarten, hat sich eine blonde Perücke aufgesetzt und chic angezogen, und zur Tarnung trinkt er Leitungswasser.«

»Aba, Frau Kommissaain, dann müsste Ihr Kollega ja Sie verhafta!«

»Wieso?«

Erst nachdem die übrigen am Tisch nach Härmles Erklärungsversuchen ihr Kichern wieder eingestellt hatten, erklärte die Puterrote:

»Ich wollte nur sagen, er hat vermutlich sein Äußeres verändert und ist mit an Sicherheit grenzender Wahrscheinlichkeit in der Nähe.«

Cäci fragte betont desinteressiert:

»Wie kommen Sie darauf, dass er in der Nähe sein könnte?«

»Es spricht alles dafür, nach unseren Ermittlungen fehlt kein Fahrzeug, und Ihr Mann ist nicht gerade als Langstreckenläufer bekannt. Es liegen uns auch keine Aussagen vor, dass er mitgenommen wurde. Die Fahndungsaufrufe waren ja auch in den regionalen Radiosendungen zu hören. Es deutet somit alles darauf hin, dass Ihr Gatte, Frau Bönle, hier ganz in der Nähe ein Versteck hat.«

Frieda mischte sich ein:

»Warum haben Sie ihn dann immer noch nicht gefunden?«

»Wir können hier doch nicht für jedes Haus einen Durchsuchungsbefehl erwirken. Der könnte ja bei Ihnen im Keller sitzen und gerade einen Most trinken, oder bei Ihnen, Herr Ngumbu, im Beichtstuhl und vor sich hin heulen oder ...«

»Um da Gottas willa, nein, Frau Kommissaain, versündigat Sie sich nicht! Da Dani würde nie so etwas macha! Doch nicht in da Beichtstuhl!«

Leicht irritiert fuhr sie fort:

»Oder rein theoretisch könnte er da drüben im Haus sitzen und beobachten, was wir hier so treiben. Aber so dumm wäre selbst Ihr Schwiegersohn nicht!«

Frieda stutzte kurz, dann attackierte sie:

»Sind Sie eigentlich noch im Dienst, Frau Kommissarin? Das ist ja ganz schön starker Tobak!«

Dann deutete sie auf ihre Tochter:

»Und du, was glotzt du denn immer da rüber? Ist dir der Heilige Geist erschienen?«

Cäci sprang auf, unterdrückte die Tränen:

»Ach lass mich, Mama, das ist mir einfach zu viel!«

Kurze Zeit herrschte betroffenes Schweigen. Die Kommissarin drehte sich um und scannte mit eiskaltem Blick die gegenüberliegenden Gebäude. Ihr Kollege verputzte die letzten Reste der Russischen Eier, sie waren exzellent.

56. WEGEN DER HITZE

Was war denn mit Cäci los? Warum war sie aufgesprungen? Ist sie genauso am Ende wie ich? Hat sie gerade geweint – warum? Oder habe ich mich getäuscht, so aufgewühlt, wie ich bin? Wirkt vielleicht dieser gottverdammte Trip noch nach?

Ich hielt es in meinem selbst gewählten Gefängnis kaum mehr aus. Und warum schaute sie die ganze Zeit hier herauf? Dann könnte sie ja gleich laut herausbrüllen: »Dort, mein Mann hat sich dort drüben versteckt!« Das liegt an dieser gnadenlosen Sonne, die alles so fürchterlich aufgeheizt hatte. Das macht einen ganz verrückt.

Albert Camus kam mir plötzlich in den Sinn: »L'Étranger: à cause du soleil …« – alles nur wegen der Sonne, dieser scheiß Sonne. Mit dem Fuß schlug ich gegen die Wand, ich war der Verzweiflung sehr, sehr nahe. Die Hitze in der Dachkammer schien mich zu erdrücken. Kraftlos ließ ich mich auf die Matratze fallen.

Ich stelle mich, dann habe ich meine Ruhe, irgendwie müssen die mir doch glauben. Ich stelle mich natürlich nicht, ich habe immer bis zum Schluss gekämpft, und die Kämpfe, denen ich nicht aus dem Weg gegangen bin, habe ich alle gewonnen.

Und wieder ans Fenster. Cäci ist immer noch nicht zurück, Frieda scheint das Wort zu führen.

57. EIN ZWEITER BLICK ZU VIEL

Als Cäci wieder zurückkam, waren ihre Augen verschwollen, die Nase war leicht gerötet. Als ihre Cowboystiefel über den Kies knirschten, war es plötzlich deutlich ruhiger im Biergarten. Natürlich wurde von den Nebentischen aus beobachtet, was am zentralen Tisch unter der Kastanie vor sich ging. Wie in einem klassischen Theater schien sich alles auf die Bühne zu konzentrieren. Es war die Beziehung Publikum und Schauspieler.

Noch bevor sie den Tisch erreicht hatte, der Automatismus. Der Blick flog nur für Sekundenbruchteile zum schwarzen Fenster, flog hinein und sollte Licht für ihren Dani bringen. Seine traurige Seele kitzeln. Sie wusste doch, wie er litt. Es war nur ein Sekundenbruchteil.

Die Kommissarin wusste, wo die weichste Stelle war. Sie fixierte Frieda.

»Das Haus da drüben, ich meine mich zu erinnern, hat doch mal Ihrem Schwiegersohn gehört?«

Frieda tat erstaunt:

»Was heißt da *hat*? Das gehört ihm immer noch!«

»Ist es vermietet?«

»Ja, so was lässt man doch nicht leer stehen.«

»An wen?«

»An die Schaki, die Jacqueline Heberle.«

»Der Name kommt mir bekannt vor.«

Frieda war stolz, die Kommissarin aufklären zu können, und verkündete:

»Ha, das müssen doch gerade Sie noch wissen, die Heberle Zwillinge, das Kässpätzlewettessen drüben in K'wald. Na, fällt's Ihnen wieder ein?«

Selbstverständlich fiel es der Kommissarin wieder ein. Eine unglaubliche Geschichte, die mal wieder aufzeigte, dass die Realität die Fantasie nicht übertrumpfen konnte.

»Ach ja, die Frau Heberle, die wohnt jetzt hier. Das ist recht hübsch, bestimmt nicht billig?«

»Ach was, die wohnt da so gut wie umsonst. Der Dani hat ein großes Herz. Wie sollte sie das bezahlen können, Schule nachmachen und das bisschen Taxifahren!«

»Dann ist sie Ihrem Schwiegersohn einiges schuldig?«

»Nein, so rechnet der nicht!«

Die Kommissarin wusste nun, was sie wissen musste. Sie blickte Härmle auffordernd an und ging mit ihm Richtung Hühnerstall, um unbeobachtet mit ihm reden zu können. Sie erzählte ihm von ihren Beobachtungen und von ihrem Verdacht. Härmle war beeindruckt. Es wurden Telefongespräche geführt, bei denen beide Kommissare heftig fluchten.

»Da bleibt uns nur eines: Gefahr in Verzug!«

Härmle war skeptisch:

»Wenn der nicht da drin ist, dann haben wir eine Diszi am Hals!«

58. BETTGESCHICHTE

So, das würde dem arroganten Sack den Rest geben. Die Leiche in seinem Schlafzimmer. Schwerer als gedacht war der Transport des schmalen Körpers. Am besten ging es, ihn an den Füßen ziehend über die Wiese zu schleifen. Zuerst war die Überlegung, den Körper des Mädchens in den Keller zu legen, das wäre sprichwörtlich und genial. Aber die Rache war besser, wenn die schöne, bleiche Antonie in seinem Bett gefunden wurde.

Kurze Orientierung: Links »Die Freundin« und Haargummis, ein pinkfarbener Wecker auf dem Nachttisch, rechts die »Biker-News«, ein Whiskyglas und ein Wecker in Totenkopfform auf dem zweiten Nachttisch. Nach unendlichen Mühen war die ehemalige Schülerin auf Danis Bett drapiert. Sie sah wunderschön aus.

59. DAS OMEN

Was ich vom Fenster aus sah, machte mich fassungslos. Das war ein Unterleib mit Beinen, der aus meiner Eingangstür heraus ragte. Ruckartig verschwand er ins Innere. Meine Hände zitterten so stark, dass ich das Unbegreifliche immer wieder aus dem Fokus des Fernglases verlor. Dann war das Bild weg. Nichts! Hatte ich mich getäuscht? Na klar, der Drecks-Trip. Trotzdem, wenn dies real war, dann wäre meine Familie in Gefahr. Okay, Cäci war wieder an den Tisch gekommen, und Korbi war bei Frieda gut aufgehoben. Aber nichtsdestotrotz, da geschah etwas, das ich stoppen musste.

Schaki war nicht im Haus, als ich mich davon schlich. Vermutlich verdiente sie sich gerade ein paar Euro mit Taxifahren.

Um nicht gesehen zu werden, nahm ich nach dem Überqueren der Straße einen Trampelpfad hinter den Hecken und konnte so unerkannt zu unserem Haus gelangen. Die Dämmerung war schon fortgeschritten, und immer wieder schrak ich zusammen, wenn mich dunkle Schatten täuschten, Geräusche verwirrten. Was, wenn noch jemand im Haus war, auf mich wartete? Je näher ich meinem Heim kam, umso vorsichtiger wurde ich. Beim Pfahl mit dem Schild griff ich in ein Spinnennetz. Eine riesige Zebraspinne floh in Richtung des grün gerandeten Schildes. Ein schlechtes Omen, ich hasste Spinnen. Ich griff mir einen Prügel, der auf dem Boden lag, und bewegte mich in geduckter Stellung zur dunklen Eingangstür. Kein Laut war zu hören. Ratlos verharrte ich vor der Tür, die Stille machte mir Angst. Sollte ich rufen, sollte ich mich anschleichen? Ich entschied mich für Variante 2. Langsam ging ich die Stufen hoch. Ich machte kein Licht an. Das Wohnzimmer war vom weißen Licht des Aquariums erhellt, mein Herz schlug mir bis in die Schläfen, meine Atmung ging stoßweise. Nichts, auch alle übrigen Räume waren clean. Das, was ich vorhin gesehen hatte, musste dem Drogenrausch geschuldet sein. Ein letzter Blick noch ins Schlafzimmer, dann würde ich wieder zu Schaki verschwinden. Automatisch griff ich zum Lichtschalter.

Gerne, allzu gerne hätte ich eine Maschine, die Erinnerungen auslöscht. Der Anblick war fürchterlich. Da lag sie, so schmal, so schön, in meinem Bett. Und es war Antonie, meine Schülerin. Ich schrie vor Wut, vor

Schmerz, vor Trauer. Ich hielt mich mit beiden Händen am Knüppel fest, rasend vor Zorn, der urplötzlich in mir aufstieg.

»Hände hoch, lassen Sie das fallen!«

Der blutige Holzknüppel fiel dumpf auf den Boden des Schlafzimmers. Eine Frauenstimme, die mir bekannt vorkam, rief:

»Dani, nein, was ist denn hier los?«

Ich wurde unsanft auf den Boden gedrückt. Handschellen verbanden meine beiden Hände auf dem Rücken.

Immer wieder hatte ich das Bild vor mir. Das weiße Bettlaken, die schmale Frau mit den dunklen Haaren.

60. TRATSCH IM BIERGARTEN

Die alteingesessenen Stammtischler:

»Habt ihr das gesehen?«

»Nein, was?«

»Ha, die haben die Wirtstochter dermaßen in die Enge getrieben, dass sie flennend aufs Klo ist!«

»Heute ist aber mal richtig was los. Zuerst kriegen die

sich von der Motorradgruppe in die Haare, dass die Fetzen fliegen, und jetzt die Sache mit den Polizisten. Da spitzt sich was zu!«

»Da hast du recht, also das war jetzt eindeutig, die Motorradfahrer hängen da mit drin. Und wenn das der Bönle war, den sie da unten verhaftet haben, dann steckt der aber auch mit drin.«

»Wer soll's denn sonst sein?«

»Schade, dass es schon so dunkel ist.«

»Aber das Verhalten der Cäcilia sagt ja alles. Die ist völlig aufgelöst. Die haben garantiert den Bönle verhaftet!«

»Da bin ich mir noch lange nicht sicher, ob die den Richtigen erwischt haben. Ich bin immer noch der Meinung, dass man da auch ein bisschen über die Grenze Riedhagens hinausschauen muss.«

»Du denkst an die Russen?«

»Nein, ich meine die Immobiliengeschichten. Da geht es immer um einen Haufen Geld.«

»Awa, das hat nichts mit dem zu tun. Da geht's um was ganz anderes. Da geht's um Hass und Liebe.«

»Wie kommst ausgerechnet du auf so was?«

»Ja, plötzlich tauchen hier ein Haufen Weiber auf, die man sonst nie sieht. Da ist plötzlich die von dem Wilhelmsdorfer Lehrer da. Dann taucht diese Spinnerin auf, die man hier bloß alle Schaltjahr sieht.«

»Wenn so viele Weiber auf einmal auftauchen, tut das nie gut.«

»Das stimmt schon, das gibt meistens Ärger.«

»Ja, da hat er recht!«

*

Die Hausfrauen im Biergarten:

»Guckt auch mal da rüber, die Cäcilia sieht ja aus wie's Kätzle am Bauch.«

»Mein Gott, unser Dorf kommt einfach nicht mehr zur Ruhe. Was war denn jetzt das beim Bönle da unten?«

»Man hat ja kaum mehr was gesehen, aber ich glaube, die haben da jemanden verhaftet!«

»Glaubst du, die haben den Bönle jetzt erwischt?«

»Schon möglich, ich hab doch gesagt, als ihr so rumgetratscht habt, dass da jemand über die Straße gewitscht ist. Dort oben von der Heberle her. Und das könnte ja passen. Aber der hat ganz anders ausgesehen! Der Bönle trägt doch keine solche Klamotten und hat doch lange Haare.«

»Das kann man ja ändern!«

»Aber guck mal, wie die Cäcilia jetzt weint.«

»Sollen wir rüber gehen und unsere Hilfe anbieten, vielleicht erfahren wir ein bisschen was?«

»Ich trau mich nicht, außerdem, wenn die so reagiert, dann ist was mit ihrem Dani oder ihrem Korbinian.«

»Wo ist denn der? Der ist doch vorher noch auf der Schaukel gewesen.«

»Das ist schon lange her, ich meine, die Frieda hat ihn rein genommen. Der gehört ja auch langsam ins Bett.«

»Wie das wohl wird, so ohne Vater?«

»Schwätz doch kein so ein Zeugs raus!«

»Ja, was glaubst denn du, wo der Bönle landet? Im Knast, das sag ich dir. Wenn die Polizei jemanden verhaftet, dann machen die das garantiert nicht zum Spaß. Dann haben die einen begründeten Verdacht, einen begründeten!«

»Begründet hin oder her, der Bönle ist kein Mörder. So ein charmanter Mann bringt doch niemanden um.«

»Hast du eine Ahnung, die sind die Schlimmsten!«

»Aber die Cäcilia würde schnell wieder einen finden, so wie die aussieht, da bin ich mir sicher. Und außerdem hätte die einen besseren verdient als den Bönle. Einen Arzt oder einen Anwalt.«

»Ja, du schwätzt mal wieder einen Mist heraus. Also ich finde, die waren, äh, sind eine richtig schöne Familie. Wenn die immer so, als der Korbi noch im Wägelchen war, durchs Ried sind, ach, das war richtig schön!«

»Das stimmt schon, in letzter Zeit hat er sich wenig um das Kind gekümmert, dafür umso mehr um seinen Verein. Und das ist nicht immer gut, so ein Verein, da liest man ja zurzeit einiges von den Rockern, diesen Angels. Ich denke, da kommt man auch schnell in schlechte Kreise, und ruckzuck hat man dann einen Mord im Dorf.«

»Ich glaube, jetzt geht die Fantasie mit dir durch!«

»Den Eindruck habe ich allerdings auch. Seit du nur noch Aktenzeichen und dieses Fahndungszeugs anschaust, leidest du wohl ein bisschen unter Realitätsverlust!«

»Das sagst gerade du, lieber so etwas schauen als diese Soaps.«

»Auf, lasst uns noch ein Aperölchen auf den Bönle trinken!«

»Jawoll, das war das einzige Vernünftige, was du heute gesagt hast: auf den Bönle!«

*

Die frühverrenteten Denker während des Dämmerschoppens:

»Donnerwetter, das war aber ein Finale furioso für Bönle!«

»Du sagst es, im Vergleich dazu können die antiken Tragödien schlichtweg einpacken!«

»Glaubst du, das war Bönle?«

»Garantiert, jetzt haben sie ihn! Schaut euch doch die Reaktion seiner Gattin an, das spricht Bände!«

»Ganze Enzyklopädien, haha!«

»Immer was los in unserem Riedhagen, es hat sich auf jeden Fall gelohnt, dass wir unseren Spaziergang gestrichen haben.«

»Das waren ja Raufereien am Spätnachmittag wie zu Zeiten des Schwaazen Veri. Die haben ja aufeinander eingedroschen.«

»So schlimm war's auch nicht. Aber schon interessant, wie wehrhaft Frauen heutzutage sind. Die hat den ja kurz niedergerungen.«

»Das ist ja auch ein Trieler!«

»Ein Ober-Trieler!«

»Wisst ihr, was da am Nebentisch gemunkelt wird?«

»Was?«

»Dass der Bönle gleich hier nebenan bei der hübschen Taxifahrerin untergekommen ist!«

»Das ist schon möglich, es ist sein Haus, und hässlich ist die ja auch nicht!«

»Vielleicht ist deshalb die Cäcilia so in Tränen aufgelöst?«

»Ja, das würde einiges erklären. Und der Bönle war ja schon immer ein Grand Filou.«

»Also du bist ja schlimmer als die Tratschbasen am Nebentisch. Man kann doch dem Bönle keine Affäre andichten, nur weil er bei dieser Frau Heberle Schutz gesucht hat. Irgendwo muss er doch hin. Und dann muss nicht immer gleich etwas Sexuelles dahinter stecken.«

»Das war ja nur eine Vermutung, und die Polizei geht auch nicht anders vor. Zuerst vermutet man etwas, dann versucht man, es zu beweisen.«

»Gott sei Dank bist du kein Polizist!«

61. EINGESPERRT

Cäci durfte mir noch Waschsachen und Schlafanzug bringen. Ich führte noch ein Telefonat mit dem Anwalt, den Goldi mir empfohlen hatte. Der Worst Case war eingetroffen, harte Realität geworden.

Ich saß auf der Pritsche und starrte auf das Sichtfenster in der massiven Tür. Ich hatte eigentlich alles falsch gemacht, was man falsch machen konnte. Ich schämte mich, vor allem wegen Korbi und wegen Cäci. Ich war in eine Falle getappt, einfältig wie ein Pubertierender. Wer würde mir jetzt noch glauben? Der Blick Cäcis, als ich mit dem Knüppel in der Hand vor dem Bett stand, diesen Blick werde ich nie vergessen! Der blutige Knüppel, an dem Blut und Haare meiner Schülerin klebten. Verzweifelt fuhr ich mir über den Kopf. Da waren keine Haare mehr. Nur ekelhafte, kratzende Stoppeln. Ich weinte, ich sah nur noch einen Ausweg.

Mit meinen Zähnen zerbiss ich mein Sweatshirt. Es dauerte lange, bis ich einen ausreichend langen Strick geformt hatte, den ich am Zellenfenster einhängen konnte.

62. ZWEIFEL

Die Kommissarin war sich plötzlich nicht mehr so sicher, und zwar deshalb, weil alles so eindeutig erschien. Der Bönle – eigentlich einer, den sie mochte. Sie hatte es zwar nie zugegeben oder nach außen hin gezeigt, aber dieser Chaot war ihr sympathisch. Und immer, wenn sich ihre Wege kreuzten und er sie genervt hatte, waren die Schnittstellen ihrer beider Leben immer von Heiterkeit und einem gewissen Kribbeln geprägt. Und jetzt sollte sie diesen Mann als mehrfachen Mörder dem Staatsanwalt ausliefern? Morgen schon sollte er verlegt werden.

Diese Nacht würde er in der Ausnüchterungszelle verbringen müssen. Die Kommissarin war ratlos. Sie ging noch einmal Protokolle und Zeugenaussagen durch, fand aber nichts, was Bönle entlasten konnte. Dann hörte sie das Gebockel aus der Zelle. Sie kannte das Geräusch, ihre Eltern hatten einen Bauernhof.

Wenn man die Kälbchen zum Schlachthof fuhr und diese auf irgendeine Art und Weise ahnten, welches Schicksal ihnen bevorstand, sträubten sie sich, in den Viehanhänger verladen zu werden. Die Beinchen, die nun bald als Kalbshaxe enden würden, widersetzten sich. Sie stampften, rutschten, schleuderten, und genauso hörte sich dieses Geräusch aus der Zelle an. Sie sprang auf, lugte durch das kleine Fensterchen.

Vom Fenster führte der improvisierte Strang zu Bönles Hals, er hing halb kniend, die Hände schlaff auf dem Boden. Das Gesicht war blau angelaufen. Ohne zu zögern, entriegelte sie die Tür der spartanischen Zelle und presste durch die Lippen:

»Bönle, du Arsch!«

Im Kopf schon war sie bei der Reanimation des Arrestanten, als dieser jäh aufsprang, sie überwältigte und die Zellentür zuknallte!

»Bönle, du Arsch!«

63. BLITZANALYSE

Ich hatte wenig Zeit. Mein Handy war noch bei Schaki, ich musste schnellstmöglich von Sigmaringen nach Hause kommen. Ich nutzte das Diensttelefon, während es aus der Zelle tobte. Zum Glück war die Dienststelle notorisch unterbesetzt, und die beiden verbliebenen Kollegen waren zu einem Einsatz in die Erstaufnahmestelle gerufen worden.

Cäci meldete sich sofort:

»Was gibt's, Dani? Waaas? Spinnst du? Okay, ich bin in einer halben Stunde am Bahnhof, Eingang Prinzengarten.«

»Wo hast du die Waffe her?«

»Der Kommissarin abgenommen.«

In halsbrecherischer nächtlicher Fahrt ging es über die kürzeste Strecke von Sigmaringen nach Riedhagen. Cäci saß nun auf dem Beifahrersitz und betrachtete entsetzt die Waffe auf ihrem Schoß.

»Dani, du spinnst! Du reitest dich doch immer mehr in den Sumpf hinein!«

»Ja, da hast du recht, ich fühle mich, als ob mich jemand an den Beinen immer weiter in den Morast hinein zieht. Nur noch wenige Zentimeter, dann ersticke ich. Genau so fühlt es sich an, und das will ich eben nicht. Ich will nicht ersticken, ich muss mich wehren.«

»Aber Dani …«, flehte Cäci, »… wie willst du dich jetzt noch wehren? Nach dieser Flucht glaubt dir doch eh niemand mehr. Wie kannst du denn so dumm sein? Und dann noch die Waffe!«

»Cäci, du musst mir gut zuhören. Ich brauche jetzt zuerst mal mein Handy, um mit dir kommunizieren zu können. Das liegt noch bei Schaki.«

»Da kannst die Schaki nicht noch weiter in die Sache reinziehen. Die bekommt doch garantiert Ärger, weil sie dich versteckt hat!«

»Ich weiß nicht, wie das von der Rechtsprechung her ist, wenn man einen Unschuldigen versteckt, ob man dafür bestraft wird. Eigentlich sollte man das Bundesverdienstkreuz dafür bekommen. Aber in unserem Land ist ja mittlerweile alles möglich.«

Offensichtlich war es der überrumpelten Kommissarin noch nicht gelungen, sich bemerkbar zu machen. Ihr Smartphone ruhte auf dem Schreibtisch. Freie Fahrt bis Riedhagen!

64. FÖRSTER-GLÜCK

Joachim Sandleber war ein ausgezeichneter Förster und Jäger. Wie es sein Beruf verlangte, war ihm die nachhaltige ökologische Nutzung seines Reviers, und dazu gehörte auch das Naturschutzgebiet Ried, ein Herzensanliegen, und seine Leidenschaft waren die Biber. Ihm war sehr wohl bewusst, welche Konsequenzen es hatte, diesen riesigen Nager in so einem Gebiet anzusiedeln. Deshalb, um die Folgen für Flora und Fauna auszuloten, hatte er an vielen exponierten Stellen automatische Hightech-Kameras angebracht, um das Treiben des Plattschwänzigen zu erforschen. Die Kameras nannte er BiBicams, diese waren von 1 bis 8 durchnummeriert.

In dieser Nacht war er wieder unterwegs, mit Fernglas und Tablet ausgerüstet, um das Videomaterial gegebenenfalls zu überspielen. Das Gewehr geschultert. Die Kameras zeigten das Übliche, mal einen Igel, dann ein Reh, immer wieder die Biber, die als nachtaktive Nagetiere oft neugierig die Kameras beschnupperten, indem sie sich auf die Hinterbeine stellten. Nichts Aufregendes, nichts, was seine Forschungen vorantreiben würde. Bis er die Daten von BiBicam 7 auswertete, die am Rande des Naturschutzgebietes positioniert war. Immer der gleiche Prozess, Schnelldurchlauf der Aufnahmen, dann, wenn nötig, auf das Tablet überspielen. Diesmal war es nötig, die Daten musste er sofort diesem Kommissars-Team überspielen. Die würden nicht schlecht staunen, was BiBicam 7 da heimlich aufgenommen hatte. Das war der Hammer, der Höhepunkt seiner Karriere, er würde mithelfen können, einen Kriminalfall zu klären.

65. DAS UNGUTE GEFÜHL

Härmle hatte ein ungutes Gefühl. Nach der Probe im Akkordeon-Chor Obere Donau zog es ihn nicht wie sonst üblich mit seinen Co-Musikanten auf ein Bierchen in ihr Stammlokal, nein, es zog ihn Richtung Dienststelle.

Bei diesem Fall war bis jetzt alles anders gelaufen als bei vergleichbaren Fällen. Und ganz geschmeidig und zufriedenstellend war das Ergebnis nicht. Das war wie beim Akkordeonspiel, die linke und die rechte Seite dürfen nicht gegeneinander spielen, Bass und Melodie müssen in harmonischer Synchronizität einander ergänzen und begleiten. Das war in diesem Fall der Soko Schraubendreher nicht so. Da passte etwas nicht zusammen, auch die Verhaftung war nicht geschmeidig, das war irgendwie eigenartig. Und sein ungutes Gefühl hatte ihn selten getäuscht. Als er zur Dienststelle kam, erkannte er, dass auch dieses Mal seine Intuition noch ebenso gut funktionierte wie seine Finger, wenn sie über die hellen und dunklen Tasten seines Akkordeons tanzten.

»Wo hast du deine Dienstwaffe?«

»Oh verdammt, das darf nicht wahr sein!«

»Großfahndung?«

»Personenfahndung!«

»Ringalarmfahndung?«

»Sofortfahndung!«

»Mein Gott, wir sind doch total unterbesetzt! Lass uns nach Riedhagen fahren. Bis das SEK hier ist, vergehen wahrscheinlich Stunden. Wir müssen selbst schauen, was wir verhindern können.«

»Und ich habe vor Kurzem noch an seiner Schuld gezweifelt!«

Die beiden Frustrierten setzten sich in das Dienstfahrzeug, jaulend und bläulich blitzend jagten sie in die Nacht hinein.

66. DIE MELODIE

Für Versteckspiele war keine Zeit mehr. Nachdem ich mein Handy bei Schaki geholt hatte, stürmten wir zu Frieda.

Einige Gäste wunderten sich, was die Cäcilia mit einem Typen in Feinrippunterhemd und extrem kurz geschorener Frisur zu tun hatte. Andere, vor allem Verschwörungstheoretiker, schienen in der heruntergekommenen Erscheinung ihren Mann, den Bönle, zu erkennen. Das konnte aber nicht sein, da er erst vor wenigen Stunden verhaftet worden war.

Für mich gab es nur noch eines, wir mussten den ganzen Fall von vorne aufrollen. Ich hatte das Gefühl, der Lösung sehr nahe zu sein. Frieda sprang aufgeregt durch die Küche, in der wir uns versammelt hatten, und viele Ohjes, Ohgotts und vor allem Umderhimmelswillens begleiteten ihren unaufhaltsamen Redestrom. Cäci und ich konnten nicht in Ruhe nachdenken, wir beschlossen, Deo zu wecken. Auch schien uns sein Pfarrhaus sicherer als Friedas Gaststätte.

Deo war zu unserem Erstaunen noch nicht im Bett, er schaute einen Schweden-Krimi.

Er war völlig verwirrt, mich mit Cäci zusammen zu sehen:

»Um da Himmals willa, wie siehst auch du aus, Dani? Wo sind auch deina schöna Haaa geblieba? Jesus, Josef und Maia, was willst du denn bei mia?«

»Deo, wir brauchen deine Hilfe. Ich habe das Gefühl, der Lösung des Falles ganz nahe zu sein, ich brauche nur noch eine kleine Idee, eine Inspiration. Das ist so, wie wenn man ein Wort sucht, das einem auf der Zunge liegt, und man findet es nicht.«

Deo, der mich zunächst dazu überreden wollte, mich zu stellen, willigte ein, in seiner kleinen Küche mittels Stift und Block alle Fakten noch einmal zu sammeln.

»Aba, Dani, die Waffe legst du bitte nicht auf da Küchatisch!«

Cäci steckte Petra Kriegers Dienstwaffe in ihre Handtasche und staunte:

»Mein Gott, ist die schwer!«

Block und Stift lagen auf dem alten Küchentisch mit der strapazierten Resopalbeschichtung, und keiner sagte ein Wort, bis Deo als Gastgeber eröffnete:

»Bitte, Dani, stella dich der Polizei! Wenn ich seha, dass du hie völlig vaaratzt mit eina Waffa in meina Küche sitzt, dann weiß ich jetzt schon, dass das nicht gut geha kann! Komm, wir rufa da hübscha Frau Kommissain an, und dann wird allas wieda gut. Denk auch daran, dass unsa Herr dich beschützt!«

»Deo, lass das, ich bin geflüchtet, und für die da draußen bin ich der Täter. Es gibt nur eine Chance, dem ganzen Psychoinferno zu entkommen … Wir, wir und unser Verstand. Wir sind keine Idioten, und wenn ich nicht das Gefühl hätte, der Lösung ganz nahe zu sein, dann wäre ich auch nicht geflohen. Denkt ihr, das war schön, da im Sumpf auf dieser Insel oder das Gefühl zu haben, im Elternhaus unterm Dach zu ersticken, keine Luft mehr zu bekommen? Glaubt ihr, das war einfach, einen Strick zu basteln und sich so einzuhängen, dass man gerade so zwischen Leben und Tod schwebt?«

»Was hast du gemacht?«

Ich hatte Cäci im Auto eine mildere Variante erzählt. Deo schlug die Hände über dem Kopf zusammen:

»Jetzt reichts aba mit dem Gelabae, lasst uns anfanga. Aba vermutlich wird eh bald da Polizei hier anrücka und uns alle verhafta!«

»Also lass uns von ganz vorne anfangen!«

Das DIN-A4-Blatt war bald vollgekritzelt. Stichwörter, Personennamen, Zeitschienen und Symbole schienen wirr auf dem Blatt zu tanzen. Immer mehr Verbindungslinien gaben Struktur oder verwirrten noch mehr. Cäci führte meist das Wort, befragte, analysierte, gab Statements. Deo erwies sich mal wieder als ausgezeichneter Denker und Zweifler. Ich brachte meine gute Beobachtungsgabe und meine Fähigkeit, intuitiv zu verknüpfen, mit ein. All diese Fähigkeiten führten dann nach einer ersten ausführlichen Besprechung zum abschließenden Kurz-Resümee Cäcis:

»Ich fasse kurz noch mal alles zusammen. Also: Die Valentina verschwindet an besagtem Abend und wird auf der Wiese erstochen. Sie wird so zugerichtet, dass man von Übertöten sprechen kann. Valentina wird aber nicht auf der Wiese gefunden, sondern hinter unserem Haus im Naturschutzgebiet. Und weil Tote nicht laufen können, muss sie irgendwie dorthin gekommen sein. Unsere Vermutung ist, dass sie mit der Schubkarre aus Friedas Schopf transportiert wurde. Diese Spur wurde nach unserem Wissensstand nicht verfolgt. Aber alles, was wir hier auf unseren Zetteln aufgezeichnet haben, scheint über dieses Dreieck nicht hinauszugehen.«

Cäci kramte den Zettel mit den Örtlichkeiten hervor. Sie verband mit schnellen Strichen die Orte: »Goldener Ochsen«, das Haus Lederers und unser Heim. Ein Dreieck entstand.

»Sollta man nicht noch bis in da ›Riedwirtschaft‹ ausdehna?«

Cäci verlängerte zur »Riedwirtschaft«.

»Und wie sieht's mit Hilde aus?«

Cäci überlegte kurz und sagte:

»Die brauchen wir meines Erachtens nicht als Extrapunkt hier aufzeichnen. Als Täterin haben wir sie vorhin ausgeschlossen, sie hat auch eindeutige Alibis. Und von den Interessen her, also den Grenzstreitigkeiten, vertritt sie ja unsere Position.«

Cäci fasste Hildes Haus und unser Anwesen mit einem roten Kringel zusammen.

»Dann der zweite interessante Punkt. Der Schraubenzieher. Eigentlich reichen doch das Messer und der Fundort aus, den Verdacht auf Dani zu lenken. Warum der Schraubenzieher?«

»Um vielleicht ganz sicha zu gehen. Du musst wie der Täta denka. Wie bei eina Fallanalyse, eina oparativa Fallanalyse, wenn man eina Tätaprofil erstellt.«

Deo hatte offensichtlich großen Nutzen aus seinem Schweden-Krimi gezogen.

»Warum tut da Täta das? Er muss noch imma volla Hass gegn da Opfa, aba auch geen da zweita lebendiga Opfa sein, nämlich da Dani.«

Cäci setzte fort:

»Richtig, sehr gut, Deo. Da muss also eine Beziehung, die kann natürlich einseitiger Natur sein, zwischen Täter, dem Opfer Valentina und dem Sekundär-Opfer Daniel Bönle sein.«

Meine Psychologin war in ihrem Element, Deo hatte wichtige Impulse gegeben. Doch wer war verantwortlich für all den Schrecken und das fürchterliche Leid?

»Also, das Messer ist nichts anderes als eine Art Ausrufezeichen: Du bist es, Bönle! Aber wer hat so viel Hass gegen dich entwickelt, und vor allem, was sind die Gründe, jemanden so zerstören zu wollen?«

»Also, da kann ich nur wieda sagen, da müssat viela Emotiona dahinta stecka. So viel Energie, wie da aufgebracht wurda, um da Dani fertig zu macha … also da müssat schon großa Gefühla dahinta stecka!«

»Aber wen hast du so verletzt, dass er will, dass deine Existenz, die du dir aufgebaut hast, vernichtet wird?«

»Das frage ich mich auch. Ich kann mir niemanden in meinem Umkreis vorstellen.«

»Vielleicht ist es ja nua ein Verrückta?«

»Ich hatte auch einmal den Verdacht, dass es sich um Valentina handeln könnte, die war ja sehr verspult, aber wer schlägt sich selbst den Schädel ein? Die scheidet nun auch aus!«

»Vaspult ist aba auch da Flasch-Gordon!«

Deo wagte, das auszusprechen, was andere nur dachten.

»Und wir dürfat nicht da Fehla macha, dass wir die Tata nur eina Täta zusprechat. Wir müssat davon ausgeha, dass es für untaschiedliche Tata auch untaschiedliche Täta gibt.«

Da hatte Deo nicht ganz unrecht, obwohl es mir eher unwahrscheinlich erschien.

»Okay, weiter jetzt, also Tatwaffe und Schraubenzieher, Fundort und Motiv verweisen auf dich!«

Ich nickte und schluckte trocken. Bald würden mich die Kommissare finden. Tempus fugit, die Zeit rast!

»Wie sieht es nun beim zweiten Mord aus?«

»Auch nicht viel bessa für da Dani!«

»Richtig, anscheinend bist du als Mörder Lederers auf dem Überwachungsvideo zu erkennen. Ob das Video vor Gericht zählt, lassen wir mal dahingestellt sein. Da war ja dieser eigenartige Stromausfall, wer weiß, was in der Zeit passiert ist.«

»Ja, und ich habe für kurze Zeit, für einen Sekundenbruchteil, das Gesicht von der Seite sehen können.«

»Warum von der Seite? Wenn du gegen die Scheibe geklopft hast, da dreht man doch reflexartig den Kopf in die Richtung, aus der das Geräusch kommt!«

»Ja, da hast du recht. Es war, als ob der Täter durch etwas anderes abgelenkt worden wäre.«

»Wo hast du denn die Antonie herausgelassen?«

»Das war direkt vor Lederers Anwesen. Denkst du, die ist mir hinterher geschlichen?«

»Das ist bei der, was ich in den wenigen Tagen über sie herausbekommen habe, im Bereich des Wahrscheinlichen. Die tickt doch nicht richtig, die kennt keinerlei Distanz. Es ist gut möglich, dass die vor der Balkontür stand und gesehen hat, was da drinnen abging. Und weil sie den Täter vielleicht auch für ihren netten Lehrer gehalten hat oder vielleicht wieder auf dem Zombie-Trip war, hat sie sich nicht getraut, das zu sagen, was sie gesehen hat.«

»Das könnte passen. Als ich gegen die Scheibe geklopft habe, ging der Blick des Täters tatsächlich in Richtung Terrassentür und blieb da kurz hängen.«

»Das würde ja auch mit der letztendlichen Konsequenz übereinstimmen: Später schlägt man dann der Zeugin den Schädel ein! Und das Gesicht, kam dir das nicht bekannt vor?«

»Nein, die Sonnenbrille, die Dunkelheit. Das Einzige, was ich sagen könnte, es schien ebenmäßig.«

»Mann oder Frau?«

»Ich ging von einem Mann aus, als ich am Fenster stand. Das kann aber daran liegen, dass das meine Klamotten zu sein schienen.«

»Ja aber die wurden doch nicht gestohlen!«

»Ich verstehe das Ganze nicht!«

»Könnat wir a bissale weita macha? Mich intaressiert diesa Antonie.«

Ich musste Cäci und Deo noch einmal exakt schildern, wie ich in der Dämmerung die Beine im Hauseingang verschwinden sah und dann Antonie mit eingeschlagenem Schädel auffand.

»Aba, wie kommst du zu dem Stecka, da Tatwaffe?«

»Das war offensichtlich reiner Zufall. So viele Prügel in der Größe liegen da nicht rum, da ist ja fast nur Schilf. Korbi holt sich die manchmal aus dem Gehölz, um mit ihnen zu spielen. Nachdem der Täter zugeschlagen hatte, hat er den Prügel im Schilf liegen lassen, und ich habe dann einfach zugegriffen. Ich habe ja vor dem Haus noch kurz gewartet. Ich wollte wissen, ob da noch jemand drin ist … und dann das!«

Das Bild der Schülerin auf meinem Bett erschien mir

wieder. Ich fuhr mir über den stoppeligen Kopf und seufzte:

»Wir kommen nicht weiter, verdammt noch mal, wir kommen keinen Schritt weiter. Und in wenigen Augenblicken stehen wahrscheinlich die Polizisten vor der Tür, und dann war's das. Ab in den Knast, zu den richtig harten Buben!«

»Jetzt sei doch nicht so pessimistisch!«

Ich fuhr Cäci an:

»Oh ja, ich habe ja auch allen Grund für Optimismus!«

»Jetzt weiter! *Du* hast Antonie nicht den Schädel zertrümmert. Wenn wir der Einfachheit halber davon ausgehen, dass es nur einen Täter gibt, ergibt sich doch folgendes Bild: Täter tötet Valentina aus Hass, Eifersucht oder Rache. Der Hauptverdächtige, nämlich der Ehemann, wird später ebenfalls ermordet. Die Indizien sprechen für denselben Täter. Hauptverdächtiger bist nun du. Eine mutmaßliche Zeugin des Mordes an Lederer wird nun ein weiteres Opfer, vor unserer Haustür niedergestreckt und in unser Ehebett gelegt, und zwar auf deine Seite.«

»Das ist gaantiert keina Zufall. Wenn man da Fallanalyse betrachtat, muss man davon ausgeha, dass da Täta wusste, auf welcha Seita da Dani schläft. Also muss man davon ausgeha, dass da Täta Danis Schlafzimma kennt! Dani, da ist da Tätakreis aba plötzlich seah klein geworda!«

Deo kicherte und grinste zu Cäci hinüber.

»Deo, lass den Mist, uns ist nicht nach Scherzen! Außerdem sieht jeder Volltrottel, wo Danis Bettseite ist: die Biker-News, Whisky, der Totenkopfwecker, der Silberschmuck. Ein Blinder würde merken, wo der schläft!«

»Okay, da hast du wieda recht!«

»Aber Deo, der Ansatz ist gar nicht schlecht. Wer würde so etwas tun, das Opfer in das Bett eines Mannes legen! Das ist doch wie eine Anklage. Dani, wo hättest du das Opfer versteckt, wenn es nur um das Verbergen ging?«

»Ich hätte es in das Schilf hineingezogen, ich hätte es eigentlich nicht im Haus versteckt.«

»Und du, Deo, wenn du es im Haus verstecken wolltest?«

»Ich hätte es in da Kella versteckt, das macht man in da Krimis auch so! In meina Schweda- Krimi war das genau so!«

»Also ihr als Männer würdet nie auf die Idee kommen, die Antonie im Bett von Dani zu verstecken. Vielleicht haben wir ja auch eine Täterin!«

»Ja, man redet imma nur von Täta und geht viel zu häufig von Männa aus, die zu solcha Tata fähig sind!«

»Aber welche Frau käme denn außer mir infrage?«

»Da Frieda!«

Der Situation unangemessen kicherte Deo los und zwinkerte mir zu. Ich zwinkerte nicht zurück. Bei jedem Nebengeräusch meinte ich, Signalhörner zu hören.

»Wie war denn das noch mal genau, als du mit der Antonie in der Riedwirtschaft warst? Warum ist die überhaupt mitgefahren, was war denn ihr Ziel?«

»Keine Ahnung, ich weiß das auch nicht mehr so genau. Es ist ja mittlerweile so viel vorgefallen, was die Erinnerung auch wieder gelöscht hat. Da war halt diese Sprachnachricht von Lederer, die mich zu seinem Haus rief.«

»Das war kein Telefonanruf?«

»Nein, das kam über WhatsApp als Sprachnachricht!«

»Wir haben doch alle Daten auf dein Prepaid-Handy überspielt. Außerdem muss das auf deinem WhatsApp-Konto gespeichert sein, wenn du nichts gelöscht hast.«

Und so hörten wir uns die Sprachnachricht gemeinsam an:

»Hallo, Bönle, komm in einer halben Stunde zu mir. Es ist wichtig, ich muss unbedingt mit dir reden. Ich weiß jetzt, wer meine Vali auf dem Gewissen hat. Also, bis gleich.«

»Wann genau hast du die Nachricht abgehört?«

»Das war, als ich mit der Antonie in der Riedwirtschaft saß.«

»Hat sie das mithören können?«

»Das ist schon möglich. Aber was spielt das für eine Rolle?«

»Eine ganz entscheidende, dann wusste sie, dass es um den Mord geht. Das hat natürlich ihre Neugierde geweckt, die ist dir garantiert gefolgt. Und was glaubst du, warum sie ganz beim Lederer in der Nähe ausgestiegen ist?«

»Ich dachte, die wollte in die Gartenwirtschaft.«

»Dann wäre sie bestimmt am ›Goldenen Ochsen‹ ausgestiegen!«

»Mittlaweile bin ich mir auch sicha, dass da Antonie geseha hat, was da beim Ledara vorgefalla ist. Leida kann sie uns jetzt nicht helfa!«

»Lass die Nachricht noch mal hören. Schon seltsam, die Stimme von jemandem zu hören, der vor Kurzem noch lebte. Was ist denn das für ein Geräusch im Hintergrund?«

»Das hört sich an wie eine Melodie.«

»Wie ein Kindergesang.«

Wir lauschten gemeinsam der eingängigen Melodie, bis ein Leuchten über Deos Gesicht huschte:

»Ich hab's, ich bin mir sicha! Das höat sich an, wie da Kindareim ›Hoppa, hoppa, Reita‹!«

Cäci und ich schauten uns an, ja genau, das war der Reim.

Langsam dämmerte es, dann war das Licht der Erkenntnis wie ein Faustschlag in unseren Köpfen, bei Cäci eine Sekunde früher als bei mir. Ich griff nach ihrer Handtasche und nahm die Waffe heraus.

»Oh, mein Gott, das darf doch nicht wahr sein! Alles, nur nicht das!«

Ich sprang auf, Cäci stand schon.

»Tu die Waffe weg, die nutzt jetzt eh nichts mehr!«

Cäci war kreidebleich. Wir stürmten aus dem Pfarrhaus. Deo, nachdem sich seine Verwirrung etwas gelegt und er einen Telefonanruf getätigt hatte, hinterher. Er wusste nur nicht, wohin.

67. DER ZUFALL

Vergeblich. Der Forst- und Jagdmann gab seine Bemühungen auf. Niemand war auf der Dienststelle zu erreichen. Er schaute sich noch einmal die Aufnahme auf dem leuchtenden und flackernden Bildschirm an. Die Aufnahme war nicht schlecht, die BiBicams hatten sich gelohnt, wenigstens die hier, BiBicam 7. Er konnte nicht ewig versuchen, die Polizei zu erreichen, er würde in Eigenregie nun etwas unternehmen. Was, wusste er noch nicht so genau. Auf verschlungenen Pfaden ging es zurück zu seinem Wagen, das grüne Geländefahrzeug stand vor der »Riedwirtschaft«.

Der Zufall wollte es aber, dass just in dem Moment, als die Polizeibeamten mit ihrem Wagen zur Zufahrt auf die Riedallee einbogen, der rechtschaffene Förster und Jäger eine Stelle im Ried erreicht hatte, wo weder Bäume noch Sträucher den Blick versperrten. Er sah, wie sich das blitzende Blaulicht in rasender Geschwindigkeit näherte. Wenn er sich jetzt beeilte, dann konnte er sie vielleicht noch stoppen. Er musste sie stoppen, seine Video-Botschaft war wichtig. Das Tablet in seinem Rucksack enthielt die digitale Wahrheit. Er beschleunigte seine Schritte. Er würde es schaffen, vor ihnen auf der Straße zu stehen und sie anzuhalten. Zweige peitschten in sein Gesicht, das würde knapp werden. Aber knapp reichte trotzdem. Er stolperte, rappelte sich wieder auf, das würde sehr knapp werden. Das Auto zischte an ihm vorbei. Der Sprung auf die Straße. Verpasst!

68. ZWISCHENSTOPP

»Fahr doch nicht wie eine gesengte Sau!«

Härmle am Volant mit verbissenem Gesicht und zähem Grinsen. Der Wagen schwankte über die Wellen der Riedallee, einmal sogar verlor er kurzzeitig den Bodenkontakt, der Motor heulte auf.

»Ich hab gesagt, ras nicht so!«

»Wenn's dir zu schnell geht, dann kannst du ja laufen!«

»Mein Gott, ob wir den Bönle eine Sekunde früher oder später festnehmen, ist ja wohl egal! Ich möchte auf jeden Fall lebendig ankommen und nicht an einem Baum hier kleben!«

Die Birken, im Lichtkegel des rasanten Fahrzeugs stroboskopartig aufleuchtend, zischten an ihnen vorbei.

»Das sind Birken«, belehrte Härmle, »die Russen trinken gerne Birkensaft!«

Immer, wenn Härmle im Stress war, wurde er seltsam. Die Kommissarin hatte diese Eigenart an ihm schon häufig belächelt. Nun war ihr nicht nach Lächeln, sie hasste Raserei, wenn sie nicht selbst am Steuer saß.

»Heilandzack, Härmle, nimm das Tempo raus. Achtung, da vorne …«

Die Kommissarin schrie auf, hielt sich die Hände vors Gesicht und stammelte:

»Beinahe hättest du ihn erwischt!«

Härmle hatte den Menschen, der sich am Straßenrand bewegte, gar nicht bemerkt, so schnell und konzentriert war er unterwegs.

»Was war?«

Härmle ging etwas vom Gas.

»Da war ein Mann!«

Härmle bremste den Wagen leicht ab.

»Was für ein Mann?«

Härmle fuhr nur noch Schritttempo.

»Ein Mann mit einer Waffe!«

Härmle stoppte.

»Das ist er! Das ist Bönle!«

Härmle wendete auf der engen Riedstraße und zog gleichzeitig seine Dienstwaffe. Auch die Kommissarin griff instinktiv zum Halfter, doch dort war nichts.

Langsam fuhr der Kommissar auf die Person im Lichtkegel des Fernlichtes zu. Die Rechte am Lenkrad, die bewaffnete Linke aus dem Fenster haltend, so näherten sie sich der Person auf der Straße.

»Waffe weg!«

»Ich bin Förster, ich habe einen Waffenschein, ich bin berechtigt …«

»Halten Sie Ihren Mund, Waffe weg, auf den Boden legen!«

Bald schon war die zunächst verwirrende Situation geklärt. Der Förster war tatsächlich Förster, und was er zu berichten hatte, klang zunächst verwirrend. Die Beamten verstanden zunächst nur »Bibervideofallen, BiBicam 7, Leiche verstecken« und Bahnhof.

Weil der unerschrockene Forstmann so penetrant war und die Geschichte so unglaublich, schauten sich die ermittelnden und fahndenden Kommissare noch im Auto den Videobeweis an. Härmle entfuhr an der beweistragenden Stelle ein:

»Oh verdammte Scheiße, das hätte ich nicht gedacht!«

Die Kommissarin begnügte sich mit:

»Oh verdammt, das ändert alles! Härmle, gib endlich Gas!«

Der Forstmann ärgerte sich, er hatte in der Aufregung vergessen, dass sein Auto bei der »Riedwirtschaft« stand. Nun jagten sie gen Riedhagen.

69. DIE LIEBE

Der Kleine war ihr Goldschatz, schon seit Jahren, und der Große war ihr geheimer Schatz. Schon immer hatte sie sich einen Mann wie ihn, einen Sohn wie ihn gewünscht. Sie hob ihn wieder aus dem Bett heraus, schwer war er geworden, ein großer Bub. Ein Prachtkerl. Und der Vater, kein Auge hatte er für sie, auch wenn sie die knappen Kleidchen anzog. Nur immer seine Cäcilia. Auch für seine Nachbarin schien er offener zu sein als für sie. Natürlich war er Lehrer und sie nur das Mädchen für alles. Aber man sagte doch, dass es in Deutschland keine sozialen Grenzen gab. Sie hatte aber schnell gelernt, dass dies nur auf dem Papier galt. Eigentlich war nichts hier besser, die Demokratie war keine Demokratie, und alles haben können, was der Markt so bot, das war die reine Utopie. Das galt nur für die, die genug Kapital hatten. Und das waren nicht die, die wie sie nur ein bisschen mehr als den Mindestlohn hatten. Und davon konnte man kaum leben. Gut, sie hatte das Trinkgeld, so war es möglich, sich ein bisschen etwas zu leisten. Kosmetika, um schön zu sein, um eventuell in die große und reiche Welt mit ihren körperlichen Attributen einsteigen zu können. Vor dem Spiegel fand sie sich schön, ein bisschen herb vielleicht, ein bisschen zu groß. Aber viele der Männer in der Gastwirtschaft schauten sie lüstern an, das wusste sie. Auch dieser Immobilienhändler, den sie anfänglich gar nicht ausstehen konnte. Aber so einer war natürlich eine Nummer zu groß für sie. Der Bönle, der wäre es gewesen, sie hätten gut zusammengepasst, beide pechschwarzes Haar. Da hätten die anderen Frauen geschaut. Vor Neid wären die gestorben. Er hätte sie verwöhnt, hätte ihr glitzernden Schmuck gekauft, und sie hätte ihn auf hohen roten Schuhen überragt. Sie wären Arm in Arm durch die Innenstädte geschlendert und hätten sich dann in ein Café gesetzt. Er hätte zwar den anderen Frauen nachgeschaut, aber er hätte dann ihre Hand genommen und gesagt, dass sie die schönste sei. So wie im Märchen, und früher hatte man ihr eingeredet, dass Deutschland das Märchenland sei, in dem alle Träume wahr würden. Ein junges Mädchen wie sie würde sofort einen reichen Kerl finden, der sie verwöhnen würde. Er würde ihr ein schickes Flitzerchen für die Stadt kaufen, am Wochenende würden sie mit einem Cabriolet von der eigenen Villa aus zu einer Tour an den See starten mit einem Picknick-Korb. Fast wäre ihr das ja gelungen, nachdem sie den Bönle abgeschrieben hatte. Der Lederer hatte eine Villa und ein Cabriolet. Im Bett war er unersättlich. Aber seine Valentina wohl auch. Sie empfand meist Abscheu, aber daran hätte sie sich gewöhnen können, wenn er es nur ernst gemeint hätte. Bei dem Lehrer, da wäre es anders gewesen. Was war sie verliebt in ihn, als sie hier angefangen hatte! Doch er ließ sie einfach abblitzen, dieser arrogante Sack. Immer wieder hatte er ihr zugelächelt und ihr Hoffnung gemacht. Einmal in der Küche hat er sie sogar mit einem Arm an der Taille umfasst, als sie den Kleinen gerade auf dem Arm hatte. Das war das schönste Gefühl ihres Lebens gewesen. Für einen ganz kurzen Augenblick waren sie eine Familie. Was hatte sie nicht alles für ihn und seinen Sohn getan! Er schien gar nicht zu bemerken, dass sie immer seine seltsamen Lederstiefel fettete. Und das war nicht ganz einfach. Die Schuppen des Schlangenleders mussten auf ganz spezielle Art und Weise und sehr vorsichtig behandelt werden. Er hatte die Angewohnheit, wenn er von einer Ausfahrt zu Frieda kam, seine Klamotten einfach nur fallen zu lassen. Sie hatte die teure Lederjacke aufgehängt und gepflegt. Auch war sie es gewesen, die die Mücken von der Lederjacke, manchmal auch von seiner Hose herunter bürstete und dann das Leder wieder geschmeidig und glänzend pflegte. Vermutlich dachte er auch, dass sein Vollvisierhelm sich selbst reinigte. Sie kannte ihn, sie kannte ihn bestimmt so gut, wenn nicht noch besser als seine Frau. Er hatte panische Angst, dass sein schönes Gesicht von einer Wespe zerstochen werden könnte, deshalb fuhr er nur mit diesem Vollvisierhelm. Und zur nächsten Ausfahrt, wenn er seine Ausrüstung bei Frieda liegen gelassen hatte, war alles wieder blitzsauber. Was war es für eine Mühe, die Insekten mit dem Fingernagel vom Visier zu kratzen. Mit einem harten Schwämmchen konnte man da nicht hin. Und dann hatte sie entdeckt, dass mit Friedas PoliFix der Helm einen herrlichen Glanz bekam und eine ganz glatte Oberfläche. Manchmal streichelte sie den Helm und dachte, es wäre sein Kopf mit dem schwarzen Haar. Sie hasste ihn, er hatte ihre Liebe nie erwidert. Sie wäre schon dankbar gewesen, wenn er öfters mal ein paar Worte mit ihr gewechselt hätte. Aber mit einer Dienstmagd? Bestimmt sah er sie nur so wie die meisten Menschen in diesem Land als billige Hilfskraft. Aber sie hatte auch Gefühle, auch sie hatte das Recht auf ein bisschen Glück und Wohlstand – und fast hätte sie es in der Hand gehabt. Das kleine Stückchen vom deutschen Glück. Aber dann diese Blonde! Sie hatte alles zerstört! Und dann wird sie auch noch schwanger, das Miststück! Garantiert war nun auch das versprochene Erbe gefährdet!

Sie setzte sich auf das Bett in der Kondekammer. Kondekammer! Sie hatte sich erkundigt, welchem Zweck sie früher diente. Natürlich war hier alles perfekt renoviert. Es war wie eine winzige Wohnung mit schöner Aussicht ins Ried. Aussicht zu beiden, zum Unerreichbaren und zum wilden Hengst. Was wollte er immer? Hoppe, hoppe, Reiter. Genauso wie der Kleine da, aber auf eine ganz andere Art und Weise. Bei Theos Spiel fehlte jegliche Unschuld, bei dem Kleinen hingegen war sie immer mit dabei, die Unschuld. Sie stand vom Bettrand auf und betrachtete den schlafenden Buben andächtig.

Wie würde ihr Sohn aussehen, wenn sie einen hätte? Sie wollte nie ein Mädchen haben so wie die anderen Frauen. Sie wollte immer schon einen Sohn. Ein Sohn, der sie später ausführen würde. Sie wollte einfach nur geschätzt werden. Und nicht nur als Arbeitskraft. Frieda lobte sie oft: »Was würde ich nur ohne dich machen? Aber in den Arm genommen werden, weil man jemanden liebte, ist etwas komplett anderes, als auf die Schulter geklopft zu werden, weil man etwas gut gemacht hatte. War das so schwer zu verstehen, oder merkte gar niemand, wie einsam sie war? Wenn sie den Kleinen nicht gehabt hätte, wäre sie wie eine Blume ohne Wasser eingegangen. Der Kleine hatte ihr so viel Freude gegeben. Hatte er eigentlich nicht bemerkt, dass sie mehr Zeit mit dem Goldschatz verbrachte als seine eigene Mutter? Und bestimmt das Hundertfache an Zeit für den Buben aufgebracht hatte als er.

Mit ausdruckslosem Gesicht betrachtete sie den Kleinen, der, wohl schlecht träumend, sich hin und her wälzte. Schweiß stand auf seiner Stirn.

Sie fühlte mit der Hand die Wangen, beugte sich über ihn und küsste ihm den Schweiß von der Stirn. Sie summte und sang dann mit leiser, hohler Stimme:

»Schlaf mein Kind,
ich wieg dich leise,
Bajuschki, baju,
Singe die Kosakenweise,
Bajuschki, baju.
Draußen rufen
fremde Reiter

durch die Nacht sich zu.
Schlaf, mein Kind, sie reiten weiter,
Bajuschki, baju.
Einmal wirst auch
du ein Reiter,
Bajuschki, baju.
Von mir ziehen immer weiter,
fernen Ländern zu.
In der Fremde,
fern der Heimat
denkst du immerzu
an die Mutter, die dich lieb hat,
Bajuschki baju.
Schlaf mein Kindlein,
halt ein Schläfchen,
Bajuschki baju.
Silbermond und Wolkenschäfchen
Seh'n von oben zu.«

Als sie das Lied das letzte Mal gehört hatte, ging sie in den roten Schuhen tanzend, achtlos, ohne sie zu bemerken, an ihr vorbei. Da war sie plötzlich voller Zorn. Diese Frau hatte nicht das Recht, ein Lied zu singen, das für ihren kleinen Goldschatz war. Mit unbeweglichem Gesicht schaute sie auf ihren Goldschatz herunter. Tränen liefen ihr über die Wangen. Bajuschki baju!

70. STURM DER KONDEKAMMER

Ich hatte die Waffe entsichert und war zu allem entschlossen. Der kurze Weg von Deos Pfarrhaus hin zum »Goldenen Ochsen« kam mir meilenweit vor. Cäci konnte mir in ihren Cowboystiefeln mit den glatten Ledersohlen kaum folgen. Immer wieder rief sie mir zu:

»Warte, mach doch keinen Unsinn!«

Nur noch wenige Gäste saßen in Friedas Garten. Von unserem Sturmangriff bekamen sie nur das Gepoltere auf der steilen Treppe mit, da dieser Gebäudeteil vom Biergarten her nicht einsehbar war. *Hätten* sie etwas bemerkt, hätten sie trotzdem nichts mitbekommen, da sich die nächtlichen Zecher in einem unziemlichen Zustand befanden.

Ich stieß mit der Schulter kräftig gegen die Tür, als ich bemerkte, dass sie verschlossen war. Cäci trommelte gegen das Holz und flehte:

»Mach auf! Wo ist Korbi?«

Unten an der steilen Treppe stand Frieda und rief:

»Ja was ist hier wieder los? Spinnt ihr?«

Dann splitterte das Holz. Die Tür sprang mit einem ächzenden Geräusch auf. Ich hob die Waffe und zielte!

»Lassen Sie sofort die Waffe fallen!«

»Waffe weg!«

»Daaani!«

Zu viele Geräusche, zu viele Menschen hinter mir. Das surreale Bild, das sich mir bot. Die schwach beleuchtete Kondekammer. Die junge Frau mit den schwarzen Haaren. Das Kind! Das Kind, mein Sohn, er bewegte sich nicht. Das Lied:

Bajuschki baju.

Ich ging auf die Knie und fing an leise zu beten.

71. ABGEFÜHRT

Diesmal trug nicht ich die Handschellen. Oxana wurde abgeführt, sie hatte sich ohne jeglichen Widerstand wegbringen lassen. Auf ihrem Bett lag, fein säuberlich hergerichtet, ein Köfferchen mit dem Allernötigsten. Ganz erstaunt schaute sie mich mit glänzenden Augen an, als sie an mir vorbei abgeführt wurde:

»Ich würde doch *Korbi* nie etwas antun, meinem Goldschatz! Darf ich ihm noch einen Abschiedskuss geben?«

Sie betonte den Namen unseres Sohnes derart, dass ich ahnte, wem sie jederzeit etwas antun könnte. Mich fröstelte. Ich blickte unsicher zu Cäci. Sie nickte, ich nickte. Ein letzter Kuss. Eng umschlungen bildeten wir dann ein stabiles Dreieck: Cäci, Korbi und ich.

»Mama, was ist mit Oxi?«

»Die geht weg!«

»Wohin?«

»Dorthin, wo sie nachdenken kann.«

»Wo ist das?«

»Das ist … das ist die Nachdenkinsel!«

»Warum muss die da hin?«

»Weil sie viele Dinge falsch gemacht hat!«

»Wie viele?«

»Ganz viele!«

»Kann ich die Oxi auf der Nachdenkinsel besuchen?«

»Mal sehen!«

Härmle hatte sich bereit erklärt, den Abtransport Oxanas zu begleiten. Frieda brachte den müden Korbi wieder ins Bett. Die Kommissarin wollte so wenig wie möglich Buhei um die Verhaftung machen. Sie zog Cäci und mich, nachdem der größte Trubel vorbei und die erste Aufregung fast schon Historie war, zur Seite und meinte:

»Wir hatten ja eigentlich immer ein ganz ordentliches Verhältnis, Familie Bönle. Wenn Sie möchten, dass das so bleibt, dann wäre es von Vorteil, wenn Sie das mit der Waffe nicht erwähnen würden. Ich kann mich dann auch in einigen Punkten erkenntlich zeigen. Sie wissen, dass trotz Ihrer Unschuld noch einiges auf Sie zukommen kann!«

»Ich denke, das könnte man am besten bei einem Bierchen besprechen!«

So setzten wir uns, da es mittlerweile empfindlich kühl war und Nebel sich im Ried breitmachte, in das gemütliche Nebenzimmer. Die Kommissarin erzählte mit großem Humor, fein gespickt mit Ironie, die Geschichte von meinem Ausbruch, die man ja eventuell anders interpretieren könne, und die Geschichte vom Förster, der beinahe Opfer seines Engagements für den Biber und Härmles Fahrkunst wurde. Wir hatten es noch richtig lustig!

72. VESPERPLATTE UND KLEINER SALAT

Härmle hatte eine Vesperplatte bestellt und lobte die Vorzüge der Leberwurst. Liebevoll drapierte er Zwiebelchen und die Peterling-Garnitur auf dem grau gemusterten Streichbelag.

»Sagenhaft dieses Vesperbrettle hier! Da muss man weit gehen, um so etwas zu kriegen.«

Leidenschaftlich kümmerte er sich nun um eine Essiggurke, die er mit dem Messer zu einem kleinen Fächer verarbeitete. Auch ihn legte er auf das Brot. Zufrieden betrachtete er sein Werk … und er sah, dass es gut war! Dann biss er genüsslich hinein.

Die Kommissarin saß vor ihrem kleinen Salat und stocherte eher lustlos darin herum. Das Konglomerat aus Bauernbrot, Leberwurst, Zwiebel, Essiggurke und Petersil im Mund feucht wälzend fragte Härmle seine Kollegin mit besorgter Miene:

»Schmeckt's nicht, oder was ist los?«

Gereizt fuhr sie ihn an:

»Natürlich schmeckt's, aber immer diesen scheiß Salat.«

Neidisch blickte sie mit Gier in der Mimik auf Härmles Teller mit all den Köstlichkeiten und speichelte:

»Was glaubst du, wie gerne ich so was essen würde und nicht diesen Biomüll!«

Härmle war aufrichtig erstaunt:

»Warum tust du's dann nicht?«

Sie streichelte sich über den flachen Bauch und bemerkte:

»Ihr Männer denkt immer, wir sind genetisch auf schlank programmiert, aber dem ist nicht so. Das ist knallharte Arbeit, Härmle, das kostet Kraft ohne Ende. Die wenigsten Frauen können essen wie Scheunendrescher und haben so eine Figur. Darf ich?«

Bevor Härmle nicken konnte, stibitzte sie das Stück Schinkenwurst, das sich der Kommissar eigentlich bis zum Schluss aufheben wollte.

»Hast du den Bericht fertiggestellt?«

Härmle nickte traurig, als er sah, wie schnell seine Schinkenwurst den rechtmäßigen Besitzer gewechselt hatte und für immer verschwunden war.

»Das Schmalz in dem Töpfchen da, das ist noch übrig?«

War es eigentlich nicht.

Härmle zog den Bericht aus seiner Aktentasche, da seine Nahrungsaufnahme beendet war, und bemerkte zu seiner blonden Kollegin hin:

»Das war schon einer der eigenartigsten Fälle, den ich je hatte!«

Die Kollegin nickte und kaute. Härmle sagte:

»Da sind wir anfänglich falsch gelegen mit unserem Verdacht!«

»Anfänglich ist gut, bis zum Schluss haben wir falsch gelegen. Ohne den Förster hätten wir den Bönle noch einmal festgenommen und ihm einen weiteren Mordversuch vorgeworfen, *nämlich an Oxana!*«

»Das Geständnis Oxanas war schon beeindruckend. Wie ruhig die war und wie sachlich sie alles geschildert hat. Ich konnte kaum Emotionen bei ihr feststellen.«

»Vielleicht ist das ihre Art, sich zu schützen?«

Im Biergarten fassten die beiden Ermittler noch einmal die Tat mit den schrecklichen Geschehnissen und deren Motivation zusammen.

Oxana schilderte im Verhör ausführlich, mit welchen Erwartungen sie nach Deutschland gekommen war. Wie sie über die Bilder gestaunt hatte von Bekannten, die aus dem letzten Kaff an der kirgisischen Grenze in das Gelobte Land gekommen waren und nun mit einem roten BMW protzten. Oder die Freundin, die nach vier Jahren die deutsche Sprache perfekt erlernt hatte und in einem Friseursalon arbeitete. Sie posierte in der eigenen Dreizimmerwohnung umgeben von modernster Technik. Dass der BMW nach deutschen Maßstäben nur noch Schrottwert hatte und die Wohnung der Freundin nur in einer schlechten Wohngegend angemietet war, erfuhr sie erst, als sie selbst in Deutschland lebte. Zuerst das Leben in der Stadt, sie wurde nur ausgenutzt. Verkauft hatte sie sich aber nie, darauf war sie stolz. Dann die Fügung, das Schicksal hatte es gut mit ihr gemeint. Am Bodensee war sie gelandet, die Liebe, so dachte sie. Aber nein, auf Events sollte sie sich geldpotenten Herren widmen, Begleiterin sein. Auf Vergnügungsschiffen freundlich sein. Weg vom See und Glück gehabt. Nicht das, was sie sich je erhofft hatte, aber bei Frieda in der Gastronomie hatte sie einen fairen Lohn, ein winziges Dach über dem Kopf und vor allem das Trinkgeld. Die Schwaben waren gar nicht so geizig, wie man es ihnen immer wieder unterstellte. Aber auch hier wurde sie immer wieder angemacht, als Bedienung war man manchen Männern ausgeliefert. Sie hatte jedoch nur Augen für einen. Leider war der vergeben, sie war richtig verliebt in ihn. Die schwarzen Klamotten, die teuren Stiefel, das schwarze lange Haar. Ein Ritter, wenn er auf seinem Motorrad daher fuhr. Aus dem Verliebtsein wurde jedoch schnell Hass. Er schien sie völlig zu ignorieren. Was hatte sie nicht alles für ihn getan! Und er bemerkte es nie. Vielleicht ab und zu mal ein freundliches Wort, wenn sie mal wieder den ganzen Tag auf seinen Sohn aufgepasst hatte, mehr aber nicht. Sie wollte aber mehr.

Und dann hatte das Glück doch noch zugeschlagen, und zwar ganz in der Nähe. Der Lederer, ein netter Kerl, hatte offensichtlich Interesse an ihr. Sie wusste, dass er abends oft nur wegen ihr in den »Goldenen Ochsen« kam. Nicht, dass sie ihn geliebt hätte, er konnte ihr aber das bieten, was sie auch liebte, den Luxus. Immer hatte er versprochen, sich von seiner Frau zu trennen. Woche um Woche, aber nichts geschah. Sie hatte dann Druck gemacht, das konnte er gar nicht leiden. Aber sie konnte immerhin durchsetzen, dass er sie, ohne Wissen Valentinas, im Erbe bedachte. Sie hatte da Mittel und Wege. Valentina war wohl, entgegen ihrer Erscheinung, recht prüde im Bett. Aber sie nicht, und sie war eine gute Schauspielerin. Und immer die Hoffnung, dass Valentina von ihm zum Teufel geschickt würde. Aber immer nur diese leeren Versprechungen. Im Gegenteil, da hat dieses Schwein sie auch noch geschwängert. Sein Stolz war ekelerregend! Ihr Zorn füllte sich wie bei einem Sicomatic …

Härmle blickte auf und meinte zu seiner Kollegin:

»Das hat mir gefallen, dieses Bild vom Sicomatic. Das drückt es sehr gut aus, wie sie sich gefühlt haben muss. Der Druck auf sie wurde immer stärker, und dann hat sie es einfach getan, ohne dass sie es genau geplant hatte. Das waren bei ihr eher Bauchentscheidungen, dieser erste Mord, fast schon schicksalshaft zufällig.«

Oxana hatte in ihrem Geständnis geschildert, wie sie den Streit Bönles mit Lederer aufmerksam verfolgt hatte. Die Reaktion Valentinas mit ihrem aufreizenden Tanz fand sie abstoßend. Als die überdrehte Valentina sie dann im Vorbeigehen ignorierte, geschah alles ganz schnell. Sie schlüpfte in Bönles Stiefel, die sie gerade zuvor gereinigt hatte, zog sich die Lederjacke, die an der Garderobe am Hintereingang hing, über und rannte hinter Lederers Frau her. Und dann lag da das Messer in all der Unordnung. Die Klinge leuchtete sie an. Es war wie eine Aufforderung. Es ging dann alles sehr schnell.

Die Kommissarin unterbrach:

»Sollen wir vielleicht zusammen noch so eine Vesperplatte bestellen?«

Härmle nickte und fuhr fort:

»Und früh morgens baute sie dann ihre Idee aus.«

»Was für eine Idee?«

»Die Idee, das Ganze Bönle anzuhängen. Sie hatte

natürlich Angst, dass irgendjemand sie gesehen haben könnte. Aber bei der Dunkelheit und in Bönles Klamotten, der Sonnenbrille, die sie entweder auf den Haaren oder im Gesicht trug, zusammen mit dem langen Haar und ihrer großen sportlichen Figur könnte man sie bestimmt wirklich für Bönle halten. Und so zog sie ganz früh am nächsten Morgen in Bönles Jacke und seinen Stiefeln los, packte Valentina in die Schubkarre und legte sie hinter seinem Haus im Schilf ab.«

Die blonde Beamtin nickte und schaute gierig in die Richtung, aus der sich die Vesperköstlichkeit nähern musste.

»Aber zuvor war da noch die Sache mit dem Schraubendreher, da hat sie …«

»Sag doch bitte nicht immer Schraubendreher, ich kenne niemanden, der zu einem Schraubenzieher Schraubendreher sagt!«

»… auf jeden Fall sah sie diesen Schrauben*dreher*, der eigentlich Korbinians Schwert ist, beim Sandkasten liegen. Und dann hat sie noch einmal auf die Tote eingestochen, um den Verdacht auf den verhassten Bönle zu lenken, was ihr ja gelungen ist. Dass ausgerechnet ihr geliebter Korbinian den Schuh mit dem Zeh findet, war natürlich reiner Zufall wie so vieles an diesem Fall!«

»Mal was ganz anderes, Petra. Heißt der tatsächlich Korbinian *T. Rex* Bönle? Das ist ja furchtbar, wie kommt man denn auf so eine Idee?«

»Da müssen Sie Bönle fragen, der hat das verbrochen!«

Härmle schüttelte den Kopf und fuhr fort:

»Beim zweiten Mord, dem an Lederer, hat sie gestanden, ganz geplant vorgegangen zu sein. Sie konnte mit dieser Tat zwei Männer auf einmal vernichten. Das Opfer Lederer und psychisch auch Bönle. Sie hatte sich, weil Bönle nicht mit dem Motorrad unterwegs war, die Klamotten geholt. Dann ist sie zu Lederer, hat seine Sexspielchen mitgemacht und ihn überredet, die Sprachnachricht an Bönle zu senden, um ihm eins auszuwischen. Lederer ist offensichtlich darauf eingegangen. Was Oxana nicht ahnen konnte, war, dass Bönle in neugieriger Begleitung war. Sie dachte, alles perfekt getimt zu haben. Doch dann hat diese Antonie ihr einen Strich durch die Rechnung gemacht. Nachdem sie auf Lederer eingestochen hatte, war nämlich Bönle viel zu früh am Tatort, und dass Antonie Bleule an der Terrassentür stand, war ein Schock für sie. Denn zwei Bönles kann es ja nicht geben. Sie dachte, ihre Tarnung sei aufgeflogen, und war nun gezwungen, auch Antonie zu beseitigen. Sie wusste nicht, wie, äh, verspult diese Antonie war. Sie konnte nicht ahnen, dass die aller Wahrscheinlichkeit nach mal wieder unter Drogen stand und daran zweifelte, dass dies Realität war, was sie beobachtet hatte. Oxana wusste nichts von Frau Bleules Zombie-Welt. Die Bönles sind ja auch erst am Schluss darauf gekommen, dass die Antonie eine wichtige Zeugin sein könnte. Oxana blieb in diesem Augenblick nur eines, die Flucht. Da sie ja durch die vielen Schäferstündchen und den unerlaubten Besuchen in Abwesenheit des Ehepaars Lederer die häuslichen Gegebenheiten kannte, schaltete sie einfach die Hauptsicherung aus und floh. Doppeltes Glück, nun war die Aufzeichnung durch die Überwachungskamera gestoppt, die Bönle hätte entlasten können.«

Kommissar und Kommissarin widmeten sich konzentriert dem, was an Köstlichkeiten auf dem Brettle serviert wurde.

»Ich wusste nicht, dass man im Stengel so gut essen kann!«

Beide nickten.

»Für Oxana war es natürlich auch von Vorteil, dass Gordon Müller sich so seltsam verhielt. Sie bemerkte, dass er zum Kreis der Verdächtigen gehört. Das gab ihr noch mehr Oberwasser. Und als sie, während sie beim Bönle unten Korbis Trettraktor holen wollte, zufällig auf Antonie stieß, war das für sie wie ein Wink des Schicksals. Sie packte den nächstbesten Knüppel, Ironie des Schicksals, auch ein Spielzeug Korbis, und schlug damit Antonie nieder. Den Knüppel schleuderte sie danach weg. Und wiederum Ironie, genau diesen Knüppel fand nun Bönle, als er schauen wollte, was in seinem Haus vorging.«

Kommissar und Kommissarin zielten gleichzeitig auf das Stückchen Schinkenwurst. Wieder war die Kommissarin Gewinnerin. Härmle blickte leicht verärgert, fuhr aber mit seiner Zusammenfassung fort:

»Oxana hat dann geschildert, wie schwer es gewesen war, Antonie Bleule die Treppen hoch zu schleppen, und dass sie ständig befürchtete, dass Cäci kommen würde, wo sie denn so lange mit dem Trettraktor bliebe. Aber wie immer in diesem Fall hatte Oxana das Glück auf ihrer Seite!«

Die Kommissarin bestätigte:

»Stimmt, bis auf die Biber-Videofalle und das Liedchen im Hintergrund der Sprachnachricht.«

Härmle lächelte süffisant und hüpfte auf seinem Stuhl auf und ab:

»Hoppe, hoppe Reiter, wenn er fällt ...«

Die Kommissarin zischte:

»Lass das, Härmle, die Leute gucken her!«

Sie wendeten sich wieder professionell ihrem Thema zu. Härmle dachte laut nach:

»Dann kann man schon sagen, Hass und Eifersucht waren Oxanas Hauptmotiv!«

Die schöne Kommissarin korrigierte und strich noch etwas Senf auf die Schinkenwurst:

»Nicht nur, da war Oxana schon sehr berechnend. Sie hat es über ihre Liebesdienste geschafft, im Testament bedacht zu werden. Und ein Haus am Illmensee ist doch nicht zu verachten!«

Härmle wagte einen Gedankensprung:

»Aber die Sache mit dieser Antonie ist doch absurd. Ich bin ganz froh, dass wir jetzt nicht mehr weiterbohren müssen. Ich bin mir aber sicher, dass zwischen diesem misanthropischen Flaschen-Gordon, diesem Herr Müller und dieser Antonie etwas lief. Okay, bei dieser Frau ist das ja kein Wunder.«

»Wie meinst du das?«

»Bei seiner Frau, die wirkt ja schon recht streng und dominant!«

»Manche Männer brauchen das! Und wenn man sieht, was diese Motorradfahrer sich schon alles geleistet haben, dann ist es kein Wunder, dass die Frauen ein bisschen auf sie achten!«

73. IN VINO VERITAS

Die alteingesessenen Stammtischler, jeder bei einem Viertele Trollinger:

»Hab ich's nicht gleich gesagt, dass der Bönle mit dem Ganzen gar nichts zu tun hat?«

»Awa, ich hab gesagt, wir müssen vorsichtig mit unseren Verdächtigungen sein!«

»Jaja, jetzt hat es jeder mal wieder am besten gewusst. Jeder hat natürlich recht gehabt, wie immer. Aber keiner von euch hat gedacht, dass die Oxana dahinter steckt. Ausgerechnet die, die war doch dem Korbinian wie eine zweite Mutter!«

»Das hat doch mit der Sache nichts zu tun!«

»Ha doch, wer denkt denn bei so einer, dass sie kaltblütig die Leute umbringt? Also ich hätte das nie von der gedacht. Mir war sie immer die Liebste von den Bedienungen.«

»Awa, die hat doch nie bedient, die ist doch immer nur hinter dem Korbinian hergesprungen.«

»Du übertreibst mal wieder. Wenn das Weib und der Mann arbeiten, muss jemand aufs Kind achtgeben!«

»Arbeiten, ha, den Bönle siehst doch nur in seinem Garten oder mit seinen Motorradlern.«

»Ha, du übertreibst mal wieder. Der hat mit der Schule auch sein Kreuz. Man sieht jetzt ja, was da alles so aus den Schulen heraus kommt. Die eine spinnt, die andere ermordet Unschuldige … Was macht dann die Nächste?«

»Dir wahrscheinlich dein Viertele wegsaufen, du Depp!«

»Hano, jetzt wirst aber frech. Man wird doch wohl noch die Wahrheit sagen dürfen!«

»Welche Wahrheit denn?«

»Ja, dass die eine gesponnen hat, die war doch völlig plemplem. Diese Bleule, ja, so eine hab ich noch nie erlebt. Wenn du so eine in der Schule hast, da wirst du doch als Lehrer selbst wahnsinnig.«

»Lass doch das arme Mädchen in Ruhe!«

*

Die Hausfrauen im Biergarten mit einer Weißweinschorle und einem Scheibchen Biozitrone:

»Guckt auch mal da drüben. Die Cäcilia sieht wieder prächtig aus, die strahlt ja ganz!«

»Die hat auch jeden Grund dazu: der Mann unschuldig, kein Leben hinter schwedischen Gardinen!«

»Mein Gott, schwätzt du blöd daher! Das war mir von Anfang an klar, dass der Bönle so etwas nicht macht. Und wie gut der jetzt aussieht mit den kurzen Haaren, wie ein Gentleman, der macht jetzt richtig was her. Da könnt sogar ich noch schwach werden!«

»Du bist doch viel zu alt für den!«

»Aber jetzt muss die Frieda bestimmt noch mehr herhalten, um den Korbi zu betreuen. Jetzt, wo die Oxana fehlt!«

»Fehlt ist gut, die sitzt für einige Zeit im Gefängnis. Und die hat sich ja so gut mit dem Korbinian verstanden. Dem Kerlchen fehlt sie bestimmt!«

»Mir fehlt sie nicht. Die ist ja schon immer daher stolziert gekommen, hat uns Frauen immer ganz von oben herab behandelt!«

»Kein Wunder, so gestumpet wie du bist!«

»Ich bin auch nicht viel kleiner als du, und außerdem ist es klar, dass sie, wenn sie am Tisch vor uns steht, auf uns herabschaut. Die kann uns ja nicht auf den Knie bedienen. Aber das hättest du wohl gerne so!«

»Awa, du schwätzt wieder heraus. Mir ist es doch egal, ob jemand Bedienung oder die Frau von einem Arzt ist. Ich mach da keine Unterschiede, ich respektiere alle Frauen!«

»Haha, wie hast du über die Bleule, über die Antonie, gelästert! Du hast gesagt, so eine passt nicht in unser Dorfbild. Du hast sie als Assi bezeichnet, das arme Mädchen, und jetzt …«

»Ja, ist ja schon gut, vielleicht war ich da ein bisschen voreilig mit meiner Meinung, aber komisch war die ja schon.«

»Aber glaubt ihr, da ist was dran, dass die mit dem Müller was hatte?«

»Ja, was glaubst du denn. Denkst du, die haben sich zum Heidelbeerensammeln im Ried getroffen?«

»Stimmt das wirklich, dass die sich da getroffen haben, oder ist das nur deine Fantasie?«

»Ja, das ist sicher, das weiß ich aus absolut verlässlicher Quelle!«

»Von wem?«

»Die Tochter von meinem Bäsle und der ihr Freund, der hat einen Reisschlag und der hat gesagt, wenn er vom Holz machen …«

»Ach hör auf, über so viele Ecken, da wird aus dem Tratsch schnell eine Lüge. Und das Meiste, was man über die Antonie erzählt, ist auch Lüge. Ich glaub, dass die gar nicht gesponnen hat, die ist nur sehr sensibel!«

*

Die frühverrenteten Denker während eines vorgezogenen Dämmerschoppens mit einem Hagnauer:

»Mein Gott, das letzte Mal haben wir noch von einem finale furioso geredet, dann müssten wir heute über ein finale furiosissimo reden!«

»Furiosissimo gibt es nicht!«

»Woher willst du das wissen? Ich bin der einzige Lateiner am Tisch!«

»Richtig, und kein Italiener!«

»Das ist fast dasselbe.«

»Lasst doch den Blödsinn, genießt die Sonne, genießt den Wein und freut euch vor allem darüber, dass unser Dorf wieder seinen Frieden gefunden hat.«

»Ich denke, nun können auch die Lederers in Frieden ruhen, wenn die Schuldige hinter Schloss und Riegel ist. Stellt euch mal vor, sie hätten den Falschen eingesperrt.«

»Na ja, ich weiß nicht, was angenehmer ist, im Knast zu sitzen oder an einer Berufsschule zu unterrichten!«

»Ha, ha, ha!«

»Naja, der Bönle versteht es schon, das richtige Maß zwischen Pflicht und Freiheit zu finden, da bin ich mir sicher.«

»Wenn du mich fragst, steht bei dem die Freiheit an erster Stelle, der tut doch, was er will mit seinen Motorradbrüdern! Der sollte sich ein bisschen mehr um seine Frau kümmern, sonst verläuft die ihm eines Tages!«

»Ach was, schau doch, wie glücklich die jetzt wieder wirkt. Das ist doch eine richtig nette kleine Familie.«

»Naja, so klein auch nicht mit dem zweiten Kind!«

»Was, seine Frau ist wieder schwanger?«

»Nein, ich meine sein Motorrad!«

»Ha, ha, ha!«

»Jaja, die Frauen, das mit der Blassen war ja auch so eine Sache. Die hatte ja wohl was mit diesem Motorradfahrer.«

»Ja, diese kleine Spinnerin. Aber wenn man die Frau von diesem Müller gesehen hat … wenn ich wählen müsste …!«

»Aber jetzt hör auf, du könntest ja ihr Opa sein!«

»Ja, jung und schön und stramm sind wir alle nicht mehr. Trotzdem, ich möchte nicht mit dieser Antonie tauschen!«

74. ANTONIE KANN SCHON WIEDER LACHEN

Antonie konnte schon wieder lachen. Unter dem dicken Kopfverband sah es zwar ein bisschen hamsterhaft aus, trotzdem war es ein Lachen. Der prächtige Strauß weißer Lilien, die Whiskyflasche und der putzige Stoffbiber waren von den MIKEBOSSlern. Der Multivitaminsaft von ihren Eltern. Der Rosenkranz vom seltsamen schwarzen Pfarrer und der kleine Schminkspiegel mit Puder und Lippenstift von Bönles Frau.

Gordon wollte noch ein kleines bisschen bleiben, saß nun auf dem Bettrand und hielt die schmale Hand:

»Du hattest verdammtes Glück!«

»Ich weiß, einige Knochensplitter mussten sogar aus dem Gehirn rausgeholt werden!«

Antonie schluckte, Flaschen-Gordon drückte die schmale Hand noch heftiger.

»Aber Gott sei Dank hat sie dir den Schädel eingeschlagen …«

Der harte Biker stockte, er konnte nicht weiter sprechen. Antonie brachte den Satz zu Ende:

»Ja, sonst hätte man den Tumor nicht gefunden. Ich fühle mich seither auch viel, viel freier im Kopf, der Druck ist weg. Und ich habe bis jetzt noch keinen einzigen Zombie gesehen, und in Krankenhäusern müssten die ja massenweise herumlaufen.«

Antonie war schon wieder voller Empathie, fragte ihren Gogi:

»Und, wie geht's denn dir so?«

»Na ja, ich habe den Eindruck, dass es jeden Tag bergauf geht. Auch dein Schicksal hat mich wieder ein bisschen eingenordet! Ich habe einfach gemerkt, dass es Schlimmeres gibt als meine Depression!«

Antonie nickte verständnisvoll, erwiderte aber mit dünner Stimme:

»Sei mir nicht böse, aber meiner Ansicht nach hast du *einen* großen Fehler gemacht. Du hast vorgegeben, dass deine Probleme die Schule und deine Ehe wären, und das stimmt einfach nicht!«

Flaschen-Gordon zwang sich, aus dem Fenster zu schauen, der Himmel war eine blaue Explosion. Er nickte und bestätigte:

»Da hast du recht, aber was hättest du in meiner Situation gemacht, hättest du das alles zugegeben?«

»Ich glaube schon. Du redest immer von deiner großen Schuld, ich finde die gar nicht so groß. Für dich mag das so sein, aber objektiv betrachtet ist das … ist das eben so passiert. Da ist doch auch ganz viel Schicksal dahinter. Und die Sache mit mir, das ist doch Pillepalle, das würde ich niemandem erzählen. Das braucht auch deine Frau nicht zu wissen, die eigentlich am allerwenigsten. Das hat Spaß gemacht, das war ja nicht einmal eine Affäre, das war ein Tête-à-Tête zwischen Zombies!«

Sie lachte, verzog aber dabei vor Schmerzen ihr Gesicht. Gordon, wie ein besorgter Vater:

»Tut's schlimm weh?«

»Nein, es geht, aber das Lachen, ich denke, der Schnitt!«

»Du meinst mit der Sache zwischen uns, das soll ich meiner Frau nicht sagen?«

»Was willst du ihr denn sagen? He Klara, ich muss dir was beichten: ›Ich habe ein bisschen mit der Geschuckten herumgeknutscht und ein bisschen mit ihren kleinen Möpsen herum gespielt.‹ Willst du das wirklich sagen? Hör mal her, bist du ein Biker oder nicht?«

Ein heller Schein des Verstehens wanderte über Flaschen-Gordons Gesicht. Da hatte die kleine Schöne nicht ganz unrecht. Man musste nicht alles erzählen, um ein guter Mensch zu sein!

»Und die andere Sache, glaub mir, da kann man nicht von Schuld reden. Ich sehe das als Schicksal an!«

»Aber ohne mich, da würde Butzi noch leben. Das war mein engster Freund, und jetzt liegt er auf dem Friedhof! Wäre mir diese Wette nicht eingefallen, dann würde Butzi noch leben, könnte mit uns noch ausfahren, und seine Kinder hätten noch einen Vater!«

Flaschen-Gordon schluchzte auf. Antonie drückte mit schwacher Kraft seine Hand.

»Der könnte noch leben, nur wegen mir, wegen dieser blöden Wette!«

»Gogi, wir haben das doch schon im Ried besprochen. Wenn du nicht auf diese Idee gekommen wärst, sich als Wildschwein zu verkleiden, dann wäre vielleicht ein anderer von euch Idioten auf eine noch schlimmere Idee gekommen, und ihr wärt nun alle tot. Außerdem hat sich Butzi dieses Wildschweinfell, oder wie man das nennt, selbst umgehängt. Keiner hat ihn dazu gezwungen, und ihr wart ja alle betrunken. Ihr müsstet vielleicht allgemein ein bisschen ernster werden!«

Gordon konterte trotzig:

»Ja, so wie du und Zombies im Ried jagen!«

»Gogi, das ist jetzt ungerecht. Ich hab dir das schon vorhin gesagt, mir ist so leicht im Kopf, und ich glaube, dass meine Zombie-Phase vorbei ist.«

Gordon schüttelte den Kopf:

»Eigentlich schade, wenn solche Phasen vorübergehen, irgendwie fand ich das irre mit den Zombies. Bei dir waren immer und überall Zombies!«

Antonie pflichtete ihm flüsternd bei:

»Ja, massenweise waren die manchmal da, und für mich war das nicht immer lustig, nicht zu wissen, sind die nun real oder nur in meinem Kopf. Massenweise!«

Gordon nickte und schluckte wieder:

»Massenweise! Die Zombies.«

75. FESTESSEN

»In so einer Küche kann man ja nicht arbeiten, dieser moderne Scheißdreck macht einen ja wahnsinnig! Überall piepst's und leuchtet's, aber nichts wird heiß. Bin ich froh an meinem Gas und meiner Feuerstelle! Ja, ist das ein Scheißdreck, ein moderner!«

Frieda schimpfte heftig, dann kehrte meditative Kochruhe ein. Sie hatte noch nie auf dem Herd ihres Schwiegersohnes Essen zubereitet. Sie wollte aber unbedingt für die drei und den speziellen Gast etwas Feines kochen. Aber keinesfalls an ihrem Arbeitsplatz im »Goldenen Ochsen«.

Die kleine Familie hatte sich auf Boeuf Stroganoff nach Friedas Art, herzhaften Kartoffelbrei, ebenfalls nach Friedas Art, und ein Karottengemüse geeinigt. Als Vorspeise hatte sie schon die geschnittenen Flädle und eine eingefrorene Rinderbrühe mitgebracht. Cäci stand ihrer Mutter bei. Sie war besonders für die weniger anspruchsvollen Aufgaben geeignet. Sie taute gerade die Brühe auf.

So wenig hatten sie selten miteinander geredet. So innig verbunden hatte sie sich selten gefühlt wie bei diesem gemeinsamen Kochen.

Das geschnetzelte Rindfleisch wurde in Butterschmalz heiß angebraten, fein geschnittene Speckwürfel, Zwiebeln, Karotten und als besonderer Kick Essiggürkchen wurden dazugeben. Mit Mehl bestäuben, dann wurde mit Brühe abgelöscht, etwas Senf und Tomatenmark dazu, Knoblauch fein würfeln, Pilze dazu, abschmecken. Ja, noch etwas Salz, eine Prise Zucker, nachpfeffern, frische Rosmarinzweiglein. Umrühren und fertig. Der Kartoffelbrei, mit Speck und Röstzwiebeln verfeinert, dampfte schon auf dem Tisch. Die Karotten, in hauchdünne Blättchen geschnitten, waren nebenher in der Pfanne mit viel Butter angebraten und geschwenkt worden. Nun streute Cäci etwas Petersilie darüber, das konnte sie!

Unten hörte man die Haustüre schlagen.

»Oh, riecha ich da da feina Buttaschmalz?«

»Wo ist eigentlich Dani? Das Essen ist fertig!«

76. HOPPE, HOPPE

»Hoppe, hoppe, Reiter …«

Korbi krächzte vor Vergnügen:

»Wann kommt eigentlich Oxi wieder?«

GMEINER KULTUR
WWW.GMEINER-VERLAG.DE
Mensch, Kultur, Region

Das Neueste aus der Gmeiner-Bibliothek

Unser Lesermagazin

Bestellen Sie das kostenlose Krimi-Journal in Ihrer Buchhandlung oder unter www.gmeiner-verlag.de

Informieren Sie sich ...

www ... auf unserer Homepage:
www.gmeiner-verlag.de

@ ... über unseren Newsletter:
Melden Sie sich für unseren Newsletter an unter www.gmeiner-verlag.de/newsletter

f ... werden Sie Fan auf Facebook:
www.facebook.com/gmeiner.verlag

Mitmachen und gewinnen!

Schicken Sie uns Ihre Meinung zu unseren Büchern per Mail an gewinnspiel@gmeiner-verlag.de und nehmen Sie automatisch an unserem Jahresgewinnspiel mit »mörderisch guten« Preisen teil!

GMEINER SPANNUNG

WWW.GMEINER-VERLAG.DE
Wir machen's spannend